KB131590

나의 별에 부는 바람 *2*

나의 별에 부는 바람 2

이현성 장편소설

결 BESIDE

차례

2

내 삶은 감옥이라고, 찬혁은 말했다.

"내 일거수일투족은 모두에게 감시를 받고 있어. 삶이 무엇인지 알기도 전부터, 나는 내 행동 하나하나를 조심해야만 했지. 내가 하는 행동은 기삿거리가 되고, 혹은 부모님의 이름에 영향을 미치니까. 그래서 단 한순간도 내가 원하는 대로 해본 적이 없어. 무엇을 해도 원하는 것을 가질 수 없다는 걸 알게 되니, 부질없는 감정 따위 느끼지 않게 되더라."

그가 손으로 자신의 얼굴을 쓸어내렸다.

"그래서 네게 내 감정을 알리지 않으려고 했는데."

"그게 왜 그래서야?"

"너를 이 감옥에 끌어들이고 싶지 않으니까."

"형…."

"나와 관계되는 순간, 너 역시 갇히게 될 거야. 사람들의 시선과 평가에. 그래서 절대로 이 감정 드러내지 않으려고 했는데… 미안하다, 지완아."

"사과하지 마, 형."

말해주고 싶었다.

사랑한다는 말을 들어서 행복하다고.

지금껏 단 한순간도 소망이 이루어진 적 없었는데, 처음으로 기적이 일어났다고.

내 삶에서 이렇게 반짝거리는 순간은 처음이라고.

이것이 영원하지 않더라도, 이 짧은 순간이나마 빛이 나서 세상을 얻은 기분이라고.

내가 다시 어둠 속에 들어가게 되더라도, 나는 평생 이 순간의 빛을 기억하면서 살아갈 거라고.

그렇게 말해주고 싶었다.

하지만 그러려면 모든 것을 다 이야기해야만 했다. 그리고 그것이 옳은 일인지 확신할 수가 없었다.

"나는 행복한데. 나는 좋아, 형. 형이 나에게 사랑한다고 말해줘서, 나도 형에게 그렇게 말할 수 있어서. 그래서 좋아, 형."

찬혁이 지완을 돌아봤다.

그의 손이 머리를 쓰다듬어주는 것이 말도 못 하게 좋았다.

"우리 관계는 절대로 드러나면 안 돼. 데이트를 하기 힘들 거야."

"응, 알고 있어."

"하지만 매일 전화할게. 매일 문자를 하고, 시간이 날 때마다 보러 올게."

"응, 그러면 돼."

"그리고…."

찬혁이 작게 한숨을 내쉬었다.

"내게는 약혼녀가 있어."

지완은 침을 삼켰다.

안 그래도 묻고 싶었던 부분이었다.

"그 사람을 좋아해?"

"말했잖아. 널 만나기 전에는 그 어떤 감정도 느끼지 못했다고."

"…."

"아는지 모르겠지만, 연예계 생활을 하다 보면 저 높으신 곳에 있는 사람들과의 관계가 생기게 되는 경우가 있어. 우리 부모님의 경우에는, 그 높으신 분들이 한성 그룹 쪽 사람들이었지."

"아…."

"그쪽에서 우리 부모님을 지원해줘서, 이렇게 오랫동안 정상을 유지할 수 있는 거야. 그리고 내 약혼녀는, 한성 그룹의 아가씨야."

"그래."

"그 애가 나를 버리지 않으면, 나는 그 애를 벗어나지 못해…."

"형."

지완은 찬혁의 손을 힘주어 잡았다.

"괜찮아. 나는 내 평생 미래를 꿈꾼 적이 없어."

"뭐?"

찬혁의 눈동자가 일렁거렸지만 지완은 무시하고 말했다.

"내게 중요한 것은 지금 이 순간이야. 지금 현재 형이 내 옆에 있고, 날 사랑하고 있으면 그걸로 돼. 미래의 일까지 생각할 필요 없어. 그냥 지금, 나는 형을 사랑하고 형은 나를 사랑하잖아. 그러면 그걸로 됐어. 미래를 생각하면서 걱정하고, 미안해할 필요 없어."

"지완아."

"내게도 많은 이야기가 있어. 지금은 형에게 말하지 못하겠어. 하지만 언젠가 준비가 되면 말할게. 그러니까 지금은 그냥 이렇게 있자. 지금 나는 행복하니까."

아침이 오는 것이 아쉬울 정도로, 지완과 함께 있는 시간은 빨리 지나갔다. 그러나 함께 있느라 스케줄을 캔슬할 수는 없기에, 찬혁은 지완을 데려다주고 숙소로 향했다.

폭발할 듯한 감정을 이기지 못해 고백을 한 것이 과연 잘한 일일지, 아직도 의문이었다.

하지만 지완의 입에서 '나도 사랑해.'라는 말이 나왔을 때는, 정말이지 세상을 다 얻은 기분이었다. 그 순간만큼은 주위를 둘러싼 시선도, 평가도 느껴지지 않았다.

숨통이 트였다. 처음으로.

다만.

'미래를 꿈꾼 적이 없다고?'

그 말이 마음에 걸렸다.

스물두 살의 입에서 나올 만한 말이 아니었다.

'나는 내 평생 미래를 꿈꾼 적이 없어.'

그렇게 말하는 지완의 눈동자는 흔들리지 않았다. 그렇다고 딱히 어둠을 담고 있지도 않았다.

그저 진실을 전하듯 담담했다.

'대체 왜?'

찬혁이야 어차피 정해진 길을 걸어갈 뿐이니, 미래를 꿈꾸지 않는 것이 당연했다. 아무리 꿈꿔도 이룰 수 없으니까.

그렇다면 지완에게는 어떤 문제가 있는 걸까? 무엇이 미래를 꿈꾸지 못하게 만드는 걸까?

숙소에 들어갔을 때, 재희는 거실에 앉아 커피를 마시며 잡지를 보고 있었다.

재희가 천천히 찬혁을 향해 시선을 돌렸다. 그러더니 피식 웃으며 말했다.

"너, 표정 좋아 보인다. 좋은 일이라도 있었냐?"

얼마 전, 재희가 했던 고백이 떠올랐다. 그것에 대해 새까맣게 잊고 있었다.

"별로."

찬혁은 무뚝뚝하게 대답하며 신발을 벗었다.

"이 시간에 어디 다녀와? 아니, 이제 들어오는 건가?"

묘하게 날이 선 말투였다. 마치 지완을 만나고 들어오는 걸 알고 있다는 듯.

찬혁은 잠시 멈춰서 재희를 응시했다.

재희는 지완을 사랑한다고 했다.

확실히 지완을 대하는 재희의 행동은 다른 때와 달랐다. 지완을 만난 이후부터 여자들을 만나는 일도 없어졌다.

아마도 그 고백은 진심일 것이다.

하지만 찬혁은 재희 때문에 지완에 대한 감정을 접을 생각이 없었다.

'나는 내 평생 미래를 꿈꾼 적이 없어.'

꿈꾼 적이 없다면, 꿈꾸게 해주고 싶었다.

자신의 목줄을 끊어내서라도, 지완에게 미래를 주고 싶었다.

그런 말을 담담하게 하는 것이 얼마나 슬픈 일인지 알게 해주고 싶었다.

사랑하기에 해주고 싶은 것들이 생겨났고, 사랑을 받고 있다는 것을 알기에 찬혁은 처음으로 미래를 꿈꾸게 되었다.

단 한번도 이 목줄을 끊어야겠다고 생각한 적 없었는데, 이제는 그럴 수 있을지도 모르겠다는 생각이 들기 시작했다.

그러니 재희에게 양보할 생각은 없었다.

"너에게는 항상 고맙게 생각한다, 강재희."

찬혁의 말에 재희가 살짝 미간을 좁혔다.

생각지 못한 이야기라 당황한 것 같았다.

"그런데 양보할 생각하지 마. 나도 안 할 거니까."

재희의 눈이 커졌다.

"너…"

"들어간다."

찬혁은 재희를 남겨두고 방으로 들어갔다.

재희는 거실에 서서 찬혁의 방문을 응시했다.

얼마나 그러고 서 있었는지 모르겠다.

문득 정신을 차리니 손가락 끝이 차갑게 식어 있었다.

'그런 건가?'

실소가 나왔다.

'결국 서로의 마음을 알게 된 건가?'

양보하지 않을 거라고 말하는 찬혁의 눈빛은 전과 달랐다.

항상 허공을 응시하고 있던 텅 빈 눈동자에 무언가가 가득 담겨 있었다.

그것이 기쁘기도 하고, 싫기도 했다.

이건 처음부터 지는 싸움이니까.

지완의 마음은 처음부터 찬혁에게 향해 있었고, 재희 자신은 수작을 부려 그 마음을 돌리려고 했을 뿐이니까.

'하지만 찬혁아.'

재희는 차게 식은 손을 꽉 움켜쥐었다.

'나도 쉽게는 포기 못 하겠다. 이런 감정은 처음이라서.'

무언가 벌어지고 있다고, 민하는 생각했다.

'저놈이 왜 저러지?'

민하의 눈은 찬혁에게 향해 있었다.

민하와 재희, 찬혁은 연습실에서 안무를 새로 짜는 중이었다.

평소라면 찬혁은 다 죽어가는 표정을 하고 구석에 앉아서 조용히 안무를 구상했을 것이다.

그런데 지금.

'실성했나? 왜 자꾸 피식피식 웃는 거야?'

찬혁이 자꾸 웃고 있었다!

물론 눈에 띌 만큼 환한 미소는 아니었지만, 찬혁을 오래 봐온 민하에게는 '박장대소'로 여겨질 만한 미소였다.

안 그러던 녀석이 웃어대니 팔뚝에 소름이 돋았다.

'진짜 뭐지? 왜 저러지? 슬슬 무서워지는데?'

"민하야. 이 부분, 좀 더 빠르게 가볼까?"

심지어 찬혁이 의견을 묻기까지 했다.

"어, 그래. 너 하고 싶은 대로 해라."

그렇게 대답하며, 민하는 슬금슬금 뒤로 물러났다.

그런데….

'이놈은 또 왜 이래?'

평소에는 실성한 놈처럼 웃어대던 재희가, 오늘따라 웃음기를 싹 거두고 있었다.

웃는 상이라는 말을 들을 정도로 재희의 얼굴에서는 미소가 떠나는 법이 없었다. 그런데 오늘의 재희는 어두운 눈으로 어딘가를 노려보고 있었다.

그 시선을 따라가 보니, 끝에 찬혁이 있었다.

'뭐지? 송찬혁이 실성한 것 같아서 진지하게 걱정을 하는 건가?'

그건 재희답지 않다.

재희라면 실실 웃으며 농담으로 분위기를 바꾸려고 하지, 이렇게 말없이 걱정만 하고 있지는 않을 것이다.

이 기묘한 분위기는, 지완이 도착하자 더 진해졌다.

"지완아, 왔어?"

찬혁이 반갑게 인사를 건네는 모습에, 민하는 급기야 부르르 몸을 떨기까지 했다.

'미쳤나? 그런 건가?'

찬혁이 저렇게 밝은 목소리를 내는 건 처음 들었다. 게다가 먼저 인사를 하다니.

'귀신이 씌었나?'

귀신은 믿지 않지만 그런 생각까지 들 정도였다.

"목은 좀 어때?"

송찬혁이 안부를 묻다니?

"좀 괜찮은 것 같은데. 사실 아팠던 건 아니라서 잘은 모르겠어."

"목이 안 좋아?"

그때, 재희가 끼어들었다.

"어떻게 안 좋은데? 무리해서 쉰 거야?"

민하는 숨을 멈추고 재희를 응시했다.

'저놈이 진짜 왜 저러지?'

지완의 목 상태를 묻는 재희도 찬혁만큼이나 이상했다.

'왜 안 웃는 거야, 저 놈은? 한 놈은 웃고, 한 놈은 안 웃고. 뭐, 번 갈아 가면서 한 놈씩만 웃고 울어야 하는 법이라도 있는 거야?'

"조금 쉬었나 봐."

지완은 이 모든 것이 무섭지도 않은지, 평소처럼 대답했다.

"그래? 목 관리 잘해야지. 목에 뿌리는 프로폴리스가 있는데, 그 거 가져다가 줄게. 생각날 때마다 한 번씩 뿌리면 좋아."

"응, 고마워."

"어제 산 꿀은 오늘 타서 마시고 왔어?"

찬혁이 물었다.

"응, 진하게 타서 마셨어. 너무 달더라."

"단 거 별로 안 좋아하나?"

재희의 질문에 지완이 고개를 저었다.

"아니, 안 좋아하는 건 아닌데. 꿀물은 진짜 달더라. 뭔가 속이 뒤집어지는 느낌이야."

"그럼 안 되지. 좀 연하게 타 마시고 내가 준 프로폴리스 스프레이 자주 뿌려. 효과 좋거든."

"고마워, 재희야."

지완이 재희를 보면서 웃자, 찬혁의 표정이 굳어졌다.

그제야 민하는 이 광경이 왜 이리 소름 끼치고 수상쩍은지 깨달았다.

민하는 그런 것을 속에 담고만 있는 성격이 아니기에, 성큼 다가서며 버럭 외쳤다.

"야, 이 미친놈들아! 니들 왜 이래? 여자 하나 사이에 두고 사랑싸움 하는 놈들처럼!"

물을 마시고 있는데, 재희가 와서 옆에 섰다.

"따뜻한 물로 마셔. 차가운 물은 목에 안 좋아."

"너, 은근히 잔소리가 많다?"

"그런가?"

"무슨 일 있어?"

"응?"

"표정이 별로 안 좋아 보여."

"흐응, 그래? 그렇게 티가 나나?"

재희가 한 손으로 턱을 문지르며 흘끗 옆을 돌아봤다.

찬혁이 민하와 무언가 대화를 하는 중이었다. 아마도 안무에 대해 의논을 하고 있는 것이리라.

"티가 나다니. 무슨 일인데 그래?"

"그냥 별로 대단한 건 아니고."

지완은 컵을 입에 대고 재희를 빤히 올려다봤다.

재희가 피식 웃었다.

"그렇게 보지 마. 너무 귀여우니까."

"귀엽다니. 남자한테 그런 말은…."

"찬혁이랑 키스했어?"

"어?"

"키스를 한 얼굴인데, 이건."

재희의 손이 지완의 뺨에 살며시 닿았다가 떨어졌다.

지완의 얼굴이 순식간에 붉어졌다.

'어떻게 알았지? 나야말로 그렇게 티가 나?'

물론 오늘 하루 종일 찬혁과의 키스가 떠올랐던 것은 사실이다. 하지만 나름대로 잘 숨기고 있다고 생각했다.

그런데 재희가 눈치를 채다니.

그렇다면 찬혁도 알고 있을지도 모른다. 내가 하루 종일 그와의 키스를 떠올리며 황홀해하고 있다는 걸.

쥐구멍이 있다면 기어들어가고 싶은 심정이었다.

안 그래도 종일 생각이 나서 '난 너무 음란해.'라는 자괴감에 빠져 있었는데.

새빨갛게 물든 얼굴로 우물쭈물하는 지완을, 재희는 물끄러미 응시했다.

지완은 완전히 여자의 얼굴을 하고 있었다.

지금은 아무리 남자라고 주장해도, 아무도 안 믿어줄 것이다.

질투와 짜증, 그리고 동시에 안도감이 찾아왔다.

다행이다. 지완이 여자의 얼굴을 하게 되어서. 이렇게 수줍은 소녀처럼 얼굴을 붉힐 수 있게 되어서.

이렇게 만들어줄 사람이 자신이기를 바랐지만, 어찌 되었든 다행이었다.

그때, 이쪽으로 걸어오는 찬혁의 모습이 보였다.

"야, 얘기하다 말고 어디 가? 넌 내가 쉽냐?"

민하가 투덜거리는 소리가 들려왔다.

아마도 재희와 지완이 필요 이상으로 가까이 있는 모습에, 하던 일을 멈추고 방해하러 오는 것이리라.

'그 송찬혁이 질투라.'

웃음이 나왔다.

사랑은 사람을 변하게 만든다는 말을 항상 무시해왔다.

아무리 사랑을 해도 사람은 변하지 않는다고 생각해왔다.

하지만 아니라는 걸 이제야 알겠다.

사랑은 사람을 변하게 만든다. 그것도 완전히 다른 사람처럼.

송찬혁도, 그리고 나도.

사랑을 하며 변했다.

이 자그마한 여성이 변하게 만든 것이다.

'그러니까 역시 포기 못 하겠어.'

재희는 지완과 눈을 맞췄다.

"왜, 왜 그렇게 봐?"

지완이 손등으로 입가를 가리며 시선을 옆으로 피했다.

그 모습마저 귀엽고 사랑스러웠다.

재희는 지완의 머리를 쓱 쓰다듬으며 말했다.

"그만두지 못 하겠어. 나도 심기일전해야지."

'심기일전. 뭘 심기일전하겠다는 거지?'

집에 돌아온 지완은 휴대폰으로 '심기일전'을 검색해보았다.

– 심기일전. 바꾸다 마음의 기틀이 한 번 변하다. 어떠한 계기를 통해 지금까지 지녔던 생각과 자세를 완전히 바꾸다.

'지금까지 지녔던 생각과 자세를 완전히 바꾸겠다고? 재희한테 그럴 만한 일이 있었나?'

그러다가 재희의 과거가 떠올랐다.

재희는 어린 시절 형의 손을 끝까지 잡지 못한 죄책감을 안고 살아왔다.

'아, 그걸 극복하겠다는 건가?'

그렇다면 잘된 일이다.

지완은 재희의 얼굴에서 가면 같은 미소가 사라졌으면 좋겠다고 생각하고 있었다. 재희는 항상 웃지만, 그 미소는 어쩐지 가짜처럼 보일 때가 많았기 때문이었다.

가면을 쓰고 살아가는 사람들은 타인에게 자신의 진짜 모습을 보이지 않으려고 한다. 그것은 약한 모습일수도, 잔혹한 모습일수도 있었다.

재희의 경우, 약한 부분을 감추고 싶은 것이리라.

지완은 샤워를 하고 나와, 통기타를 들고 소파에 앉았다.

작은 창문 바깥의 회청빛 밤하늘을 보며, 통기타의 줄을 튕겼다.

매일 몇 시간씩 연습하는 기타가, 이제는 손에 많이 익었다. 그래서 안 보고도 어지간한 곡은 전부 연주할 수 있을 정도가 되었다.

'춤도 이렇게나 잘 습득하면 좋을 텐데.'

남들보다 배우는 속도가 빠른 지완을 보며, 현준이 혀를 끌끌 차던 모습이 떠올랐다. 그래도 진짜로 걱정하는 눈치는 아니었다. 아마도 지완의 춤에 대해서는 포기한 것이리라.

풍월의 새 앨범인 7집 준비는 끝냈다.

풍월 멤버들은 뮤직비디오를 찍는 중이었고, 지완이 뮤직비디오에 참여할지에 대해서 한참 고민을 했다.

결국 지완은 뮤직비디오에는 나가지 않기로 했다.

좀 더 비밀스럽게 유지하다가, 새 앨범 발매 한 달 후부터 있을 콘서트에 참여를 하고, 지완에 대한 사람들의 궁금증이 폭발할 때쯤에 지완도 데뷔를 하기로 결정했다.

지완의 첫 앨범에 수록될 곡들도 거의 준비가 되었다.

그래서 지완은 최근 풍월 콘서트 준비를 하랴, 1집 앨범 준비를 하랴 정신이 하나도 없었다.

지완은 1집 앨범에 수록될 곡 중 하나를 연주하며 흥얼거렸다.

아직은 연주를 하면서 자연스럽게 노래할 정도로 기타에 익숙하지는 않았지만, 조금 더 연습하면 가능할 것도 같았다.

곡 중의 하나는 지완이 직접 연주를 하면서 부르기로 했기 때문에, 일과를 마친 후에는 기타 연습을 하고 있었다.

'아무 일도 없었던 게 아냐.'

문득 찬혁의 음성이 떠올랐다.

아니, 문득이 아니다.

어젯밤 이후로 계속 찬혁과의 일이 떠올랐다.

그의 눈빛, 숨결, 향기, 그리고 그의 입술에서 흘러나온 말 하나, 하나. 뇌리에 깊이 각인되어 생생하게 떠올랐다.

'잊지 마. 자고 일어나도 잊지 마. 나는 널 사랑해.'

그의 묵직한 고백을 떠올릴 때마다 그때로 돌아간 것처럼 심장이 쿵쾅쿵쾅 뛰었다. 이러다가 심장이 나비로 변해 팔락팔락 날아가는 게 아닌지 걱정스러울 정도였다.

'으아. 진짜 죽겠네.'

지완은 기타를 치던 손을 멈추고 고개를 숙였다.

이렇게 자꾸 생각나서야 일상생활이 불가능하다.

심지어 오늘 연습실에서 함께 있는 동안에도, 어제의 기억이 자꾸 떠올라 평정을 유지할 수가 없었다.

이러니까 재희가 눈치를 채는 것도 당연했다.

'하, 어쩌지? 계속 이렇게 티를 내면 안 되는데. 부대표님까지 눈치챌지도 몰라. 민하 선배는 눈치가 좀 없는 것 같으니까 괜찮을 것 같긴 해도. 아, 제나. 제나 누나도 있구나.'

머릿속이 복잡한 와중에도 그의 얼굴이 아른거렸다.

지완을 응시하던 그 진지하고 깊은 눈동자.

지완은 머리가 아플 정도로 고개를 획획 저었다.

"그만! 이제 그만 좀 생각해!"

그에게 폐를 끼칠 수는 없었다.

지완과 찬혁은 미래가 없는 사이였다.

찬혁은 언젠가 그의 삶으로 돌아가야 할 테고, 그건 지완도 마찬가지였다.

그러니까 이 감정을 여러 사람에게 들켜, 그의 발목을 잡는 일이 벌어져서는 안 됐다.

'하아. 죽겠네, 진짜.'

지완은 두 손으로 얼굴을 감쌌다.

휴대폰이 울린 것은 지완이 간신히 마음을 가다듬었을 때였다.

휴대폰 액정에 뜬 '송찬혁'이라는 이름을 보자, 다시 심장이 두근거렸다.

이름만 봐도 설레다니. 이거 진짜 중증이다.

"응, 형."

"뭐해?"

당신 생각, 이라는 말을 하고 싶은데 쑥스러웠다.

"그냥. 기타 연습하고 있었어."

"현준이 형이 너 기타 잘 친다고 하더라."

"정말?"

"응. 춤만 빼고 다 잘한다고."

"하하하하. 내 춤이 좀…."

"응, 가관이더라."

"너무 솔직한 거 아냐?"

"그래도 귀여웠어."

무심한 듯 던진 칭찬이 심장에 분홍빛 물결을 일으켰다.

예쁘다는 말을 귀에 못이 박히도록 들으면서 살아왔는데, 찬혁의 '귀엽다.'는 한마디에 이렇게나 가슴이 떨리다니.

"그러고 보니, 형. 형이 먼저 전화 걸어준 거 처음이야."

"아, 그런가?"

"좋다, 정말."

"앞으로 자주 걸게."

"에이, 형 바쁜데 그러지 않아도 돼."

"아니, 내가 그러고 싶어. 나는 네 목소리를 들으면 기분이 좋아지거든."

"아…."

"그래, 쭉 그래왔어. 처음부터. 나한테 휴대폰은 날 속박하는 성가신 물건이었는데. 그래, 이상하게도 너한테 문자가 오고 전화가 걸려올 때는 좋아서. 그래서 늘 기다렸어, 네 연락."

그의 담담하고 솔직한 고백이 달콤했다.

아무것도 먹지 않고 있는데도 입안에 단맛이 감도는 느낌이었다.

"형은… 어, 그러니까… 의외로 되게 로맨틱하다."

"그런가?"

그가 작게 웃는 소리가 들려왔다.

듣기 좋았다.

"내일 스케줄 몇 시에 끝나?"

"밤 10시쯤엔 끝날 것 같아. 왜?"

"데이트할까?"

"데이트?"

"응. 나도 그쯤 끝나니까. 데리러 갈게."

"아, 어. 응, 알겠어."

얼굴이 화끈거렸다.

데이트라니.

평생 그런 단어를 들어볼 줄은 몰랐다.

"그럼 잘 자고, 내일 봐."

"응, 형. 잘 자."

전화를 끊지 않고 그가 먼저 끊기를 기다렸다.

하지만 그도 전화를 끊지 않았다.

"형, 안 끊어?"

"먼저 끊어."

"형 먼저 끊어도 되는데."

"아냐, 먼저 끊어."

그래서 아쉬움 가득한 손으로 종료 버튼을 눌렀다.

끊긴 휴대폰을 가만히 응시하다가 끌어안았다.

많은 감정이 가슴 안에서 물결쳤다.

그 중에 가장 큰 감정의 이름을, 지완은 알고 있었다.

내 삶에서 절대로 느끼지 못하리라고 여겼던 감정이 지완을 가득 채우고 있었다.

'아, 행복하다.'

전화를 끊은 찬혁의 입가에 미소가 떠올랐다. 지완을 생각하면 저도 모르는 새에 웃게 된다. 아까 숙소에 돌아왔을 때, 민하가 찬혁에게 조심스럽게 말했다.

"너, 왜 실실 쪼개냐? 무서워 죽겠다, 야."

그제야 자신이 웃고 있다는 것을 자각했다. 연기를 하는 것도 아닌데 웃을 수 있다니. 신기한 기분이었다.

찬혁은 침대에 누워 휴대폰으로 인터넷을 열었다. 사실 찬혁은 데이트를 해본 적이 한 번도 없었다. 그런 쪽으로는 관심도 없었기 때문에, 사랑하는 사람과 무엇을 하며 시간을 보내야 좋을지 알지 못했다. 다만 지완을 만나고 싶었다. 하루 일과를 마친 후에 지완과 조금 더 시간을 보내고 싶었다.

'데이트 코스'라고 검색을 했더니, 수많은 정보가 떴다.

서울의 어느 맛집, 어느 거리, 어느 공원, 서울 근교의 예쁜 카페, 영화관, 테마 체험…. 찬혁이 알지 못하는 세상이 존재하고 있었다. 전부 지완과 함께하고 싶지만, 그럴 수 없었다. 어디를 가도 사람이 많을 것이다.

'어째야 하나.'

평범한 데이트를 하고 싶었다.

온몸을 둘둘 말아 가리고 사람들 눈을 피해 전전긍긍하는 것이 아니라, 편하게 시간을 보내고 싶었다.

한참을 고민하던 찬혁의 머리에 좋은 생각이 떠올랐다. 그래, 그거라면 데이트 기분을 낼 수 있을 것이다.

기타 레슨을 받고 나오는데 현준에게 전화가 왔다. 잠깐 사무실에 들르라는 전화였다. 다음 스케줄은 풍월 콘서트 연습이었고, 조금 빨리 가서 찬혁을 보려고 생각하고 있었는데 아쉽게 됐다.

'그래도 오늘 저녁에는 데이트를 할 테니까.'

데이트, 라는 단어를 떠올리는 것만으로도 기분이 달달해졌다. 지완은 자신이 실실 웃고 있다는 자각도 하지 못한 채로 택시를 타고 MS 본사로 향했다.

본사에 들어가자마자 제나와 마주쳤다.

"어? 여긴 어쩐 일이야?"

제나가 다가왔다.

"부대표님이 잠깐 오라고 해서. 누나는?"

"차기작 드라마 건으로 회의가 있었어. 좀 더 쉬고 싶었는데."

"인기 많은 사람은 역시 바쁘구나."

"나보단 네가 더 바쁜 것 같은데? 요새 왜 이렇게 얼굴 보기가 힘들어?"

"이제 1집 앨범 작업에 들어가서 정신이 없어. 하루에 네 시간도 못 자는 것 같아."

"그래? 그런 것치고는, 흐응."

제나가 지완의 얼굴을 빤히 들여다보다가 지완의 뺨에 살며시 손을 얹었다.

"되게 예뻐졌는데? 너, 연애하니?"

"연애라니."

지완이 동요를 감추며 피식 웃었다.

"그런 거 아냐."

"그래? 평소랑 좀 달라 보이는데. 나 이래 봬도 입 무거워."

"진짜로 아니야, 누나."

"그럼 하게 되면 나한테 제일 먼저 알려주기야? 나도 너한테는 알려줄게."

"알겠어, 그럴게."

"남의 입을 통해서 알게 되면 서운할 거 같아. 우리 베프잖아."

"베프?"

"베스트 프렌드."

"아아, 그런 거였어?"

"뭐야, 너. 넌 그렇게 생각 안 했던 거야? 내가 너네 집도 가고 그랬잖아. 나, 원래 남의 집에 잘 안 가거든?"

"아냐, 나도 그렇게 생각했어."

제나와 보내는 시간은 재희와 보낼 때와는 또 다른 느낌이었다. 자신이 여자라는 사실을 충동적으로 내뱉을 뻔한 적이 몇 번이나 있을 만큼 편했다. 그런 걸 두고 베스트 프렌드라고 하는 거라면, 제나와는 그런 사이일지도 모르겠다. 물론 진실을 알려주지는 못했지만.

'언젠가 내가 여자라는 걸 알게 되면, 날 많이 싫어하겠지.'

제나뿐이 아니다. 민하도, 그리고 찬혁도. 가장 중요한 부분을 감췄던 지완에게 실망할 것이다. 두 번 다시는 얼굴을 안 보려고 할지도 모르겠다.

찬혁과의 데이트를 떠올리며 좋았던 기분이 확 가라앉았다. 제나와 헤어지며 부대표실로 향하는 동안 가슴에 바위가 얹힌 것처럼 마음이 무거웠다.

'그래, 내가 아무리 남자라고 주장해도 어쨌든 난 여자고… 언젠가는 알려지게 될 거야. 부대표님도 재희도 그렇게 쉽게 눈치를 챘으니까. 함께 있는 시간이 길어질수록 알게 되는 사람들도 많아지겠지.'

손가락 끝이 차갑게 식었다.

'다들 실망하겠지.'

전에는 이런 생각을 해본 적이 없었다. '관계'라는 것을 맺은 적이 없으니, 누군가를 속이는 일이 이렇게 마음을 무겁게 만드는 줄 몰랐다. 그들이 자신에게 실망할지도 모른다고 상상하는 것만으로도 가슴이 답답했다.

'사람을 알고 지낸다는 건 이런 거구나.'

기분이 수시로 변한다. 휘둘리지 않으려고 노력하는데, 노력만으로는 어쩔 수 없다는 걸 깨닫게 된다.

'나중 일이잖아. 아직 벌어진 일도 아니고.'

현준의 사무실 문 앞에 서서, 지완은 표정을 갈무리했다.

'어차피 하루, 하루 살아가는 인생이었어. 지금부터 미래를 생각할 거 없어. 어차피 내 미래는 정해져 있고, 나는 그냥 지금 이 순간을 즐기면 돼.'

미래는 정해져 있다.

또다시 아무도 없는 어둠.

그곳으로 돌아가는 시기가 언제인지만 달라질 뿐이다.

'그래, 괜찮아. 나는 괜찮아.'

지완은 어릴 적 어둠에 갇혀 있을 때부터 항상 했던 말을 되뇌며, 사무실 문을 열었다.

현준이 하얀 봉투를 내밀었다.

"이게 뭡니까?"

"열어봐."

지완이 봉투를 집어 들었다. 돈이 들었나 싶었는데 그건 아닌 것 같았다.

봉투를 열어 안에 든 것을 꺼낸 지완의 눈이 커졌다. 현준이 그 모습을 즐거운 표정으로 지켜봤다. 지완은 두 손으로 그것을 잡고 뚫어져라 응시했다.

"이건…."

"그래. 네 민증이야."

"아…."

작은 직사각형 카드 안에 새겨진 지완의 사진과 주민등록번호. 누구에게나 있지만 지완은 가질 수 없었던 그것이 이제 지완의 손 안에 있었다.

감동이 가슴을 채웠다. 무어라 말해야 좋을지 알 수 없었다.

"아, 그러니까… 저기…."

목이 메었고 콧등이 시큰거렸다. 물결치는 감정을 표현하고 싶은데 적당한 표현이 생각나지 않았다. 지완은 코를 훌쩍이며 손등으로 눈가를 슥 닦았다.

"감사합니다, 부대표님."

"옷을 사주고 집을 줬을 때보다 더 좋아하는 것 같다?"

"네. 저는… 이런 걸 갖게 될 줄 몰랐거든요. 생각해본 적도 없었고요."

"생각 정도는 좀 해."

현준의 말에 지완이 후, 하고 웃었다.

"그러게요. 감사해요. 정말요."

"나중에 여자로 돌아가게 되면, 그땐 다시 바꿔줄게."

현준이 다정하게 말했다. 현준의 따스한 눈빛을, 이제는 믿을 수 있게 되었나 보다. 지완은 그 눈빛을 똑바로 볼 수가 없어서 고개를 푹 숙였다.

"왜 이렇게 잘해주시는지 모르겠습니다."

흥미가 떨어지면 버려질 거라고 생각했다. 또 다른 괜찮은 인물을 발견하면, 내쳐질 것이라고 여겼다.

하지만 현준은 항상 따뜻하게 지완을 응시했다. 믿고 싶지도 않고, 기대하고 싶지도 않은데, 자꾸만 신뢰하게 되어 난처했다.

"저 정도 되는 인물은 얼마든지 있고, 오히려 저는 여러 가지로 복잡해서 폐가 될지도 모르는데… 왜 이렇게까지 잘해주시는지 모르겠어요."

"잘해주면 안 돼?"

"기대하게 될 것 같아서."

지완은 쥐어짜내듯 본심을 이야기했다.

"꿈을 꾸게 될 것 같아서."

천천히 고개를 들어 현준을 응시했다.

"소망을 품게 될 것 같아서 무섭습니다."

현준이 안타까운 듯 눈썹 끝을 내렸다.

"품어도 돼, 지완아."

"아뇨, 부대표님."

지완이 고개를 붕붕 저었다.

"안 됩니다. 저는, 알아요. 헛된 소망이 사람을 얼마나 괴롭게 만드는지. 옷장에 갇혀 있을 때마다 늘 생각했어요. 내일은 괜찮겠지, 내일은 이러지 않겠지. 언젠가는 괜찮아지겠지. 그 집에서 구출돼 고아원으로 향하면서 생각했어요. 고아원은 옷장 안보다 낫겠지. 하지만 더 끔찍했죠."

"지완아…."

"고아원에서 도망칠 때 생각했어요. 고아원보다는 낫겠지. 아뇨, 그렇지 않았어요. 맞고, 도망 다니고, 강간당할 뻔하고, 납치될 뻔하는 생활의 반복이었어요. 한번은 겨울에 얼어 죽을 뻔한 적도 있었어요. 그래서… 안 돼요, 부대표님. 소망이 좌절됐을 때, 사람은 죽고 싶어지거든요. 그러니까 안 돼요."

무거운 침묵이 내려앉았다. 현준은 가만히 지완을 응시했다.

다시 고개를 숙인 작고 어린 소녀. 아직도 그 어두운 옷장에서 벗어나지 못한, 겁에 질린 소녀가 어느새 현준의 가슴 안에 들어와 있었다.

상처받은 소녀를, 현준은 그 어둠 속에서 구해주고 싶었다. 사랑이라고 해도 좋고, 우정이라고 해도 좋을 감정이었다. 아니, 그보다는 가족을 향한 애정이라고 해야 옳을 것이다.

"너는 내게 널리고 널린 연습생 중 한 명이 아니야. 그래, 처음에는 그랬을지도 몰라. 재미있고 독특한 녀석이라고 생각했지. 잘 만들면 커다란 이슈가 될 거라고도 생각했고."

"…."

"하지만 이젠 아니야. 내가 보호해주고 싶고 아껴주고 싶은, 소중한 존재가 되었어. 어떤 순간에도 네 든든한 나무가 되어주고 싶다는 생각을 하고 있어."

지완이 고개를 들었다. 눈가가 젖어 있었지만 눈물을 흘리지는 않았다.

"왜요?"

지완이 코를 훌쩍이며 물었다.

"어째서요? 저는 부대표님의 지갑을 훔치려고 했던 소매치기일 뿐인데, 왜요?"

"글쎄, 왜일까?"

현준은 아직 인간관계에 미숙한 어린 소녀를 향해 빙그레 미소를 지었다.

"누군가가 좋아지고 싫어지는 데는 정확한 이유를 말할 수 없을 때가 많더라. 이제는 너도 경험한 적이 있을 거야. 유독 좋은 사람, 유독 싫은 사람. 너는 내게 유독 좋은 사람이고, 유독 아껴주고 싶은 사람이야. 나도 모르는 새에 그런 사람이 되었어. 그게 이유야."

"이상합니다, 그런 건."

"하지만 그다지 이상한 게 아니라는 걸, 너도 언젠가는 알게 되 겠지. 그리고 나는, 네가 그런 것들을 알아가는 모습을 지켜보고 싶 고."

현준이 일어나 지완의 옆으로 자리를 옮겼다.

현준은 커다란 손으로 지완의 어깨를 꽉 잡으며 말했다.

"그러니까 믿어 봐. 시간이 흐른 후에도, 지금 네가 가진 것들은 사라지지 않을 거야."

풍월 연습실로 향하는 동안, 지완은 몇 번이나 주민등록증을 들 여다봤다.

뒷자리 맨 처음이 1로 시작하는 주민등록번호였지만, 그래도 이 제 대한민국에 존재하는 사람이 되었다는 것이 신기했다.

연습실에 들어갔더니 재희만 있었다.

마침 잘되었다 싶어, 지완은 재희를 향해 달려갔다.

"재희야!"

재희가 눈을 크게 떴다가 곧 빙그레 웃었다.

"왜 그렇게 신이 났어?"

"이것 봐!"

지갑에서 주민등록증을 꺼내 재희의 눈앞에 내밀었다.

"나, 주민등록증이 생겼어!"

"오, 그러네. 축하해."

지완에게 주민번호가 없다는 걸 아는 사람은 MS의 대표 문승호와 현준, 그리고 재희뿐이었다.

벅차는 감동을 함께 나눌 사람이 있다는 것은 생각보다 훨씬 좋았다.

"잘됐다, 진짜. 앞자리가 1이네?"

"응, 난 남자니까."

"그래도 나중에….'

"나중에는 부대표님이 2로 바꿔주시겠다고 했어."

"그래, 정말 잘됐네."

그런 얘기를 하고 있을 때, 민하와 찬혁이 연습실로 들어왔다.

"뭔 얘기들을 그렇게 즐겁게 해?"

민하가 물었다.

지완은 황급히 주민등록증을 지갑에 넣었다.

"아니, 그냥."

"아니, 그냥이 아닌데. 뭐야? 뭐 좋은 일 있나? 너, 되게 즐거워 보인다? 같이 좀 즐겁자. 요새 즐거운 일도 없는데."

민하가 툴툴거리며 다가왔다.

"아냐, 진짜. 별일 없어."

"무슨 일인데?"

찬혁이 지완을 응시했다.

그의 진지한 눈을 보자, 지완은 마음이 무거워졌다.

찬혁에게 모두 말하고 싶은데, 그래도 되는지에 대한 답을 여전히 얻지 못했다.

말해도 될까? 내가 여자라는 걸.

내가 살아온 삶이 어떠했다는 걸.

그런 이야기를 했을 때, 찬혁의 반응이 두려웠다.

단 한 번도 자신의 과거를 부끄럽다고 생각한 적이 없었다. 과거는 그저 과거일 뿐, 자기에게만 끔찍한 기억일 뿐, 타인이 어떻게 느끼든 상관없었다.

지금이라도 민하나 제나에게 말하라면 아무렇지도 않게 말할 수 있다. 하지만 상대가 찬혁이라면 달랐다.

공포에 질린, 굶주리고 마른 소녀. 도망칠 수밖에 없었고, 타인의 것을 훔칠 수밖에 없었던 그 소녀를, 찬혁이 알지 못하길 바랐다.

'게다가….'

지완은 한숨을 삼켰다.

'찬혁이 형은 내가 남자라서 좋아하는 걸지도 모르잖아. 만약 여자라고 밝히면, 제나한테 하듯이 나한테도 할지도 몰라.'

그게 무서웠다.

"지완이가 민증을 잃어버렸는데 재발급 받았대."

우물쭈물하는 지완을 대신해서, 재희가 말했다.

"뭐야, 그게?"

대단한 일이라도 기대했는지, 민하가 오만상을 찌푸렸다.

"그런 걸로 이렇게 신이 난 거냐? 그래, 어디 좀 보자, 그 민증."

민하가 손을 내밀기에, 지완은 지갑에서 민증을 꺼내 민하에게 건넸다. 민하가 민증을 들여다봤고, 찬혁도 민하의 어깨너머로 민증을 확인했다.

"사진 잘 나왔네. 보통 민증 사진은 되게 이상하게 나오던데."

"포토샵도 좀 한 것 같아."

지완의 말에 민하가 씩 웃으며 지완의 머리를 쓰다듬었다.

"아니, 넌 그냥 예뻐. 본인의 예쁨에 자신을 가져라, 임지완이여."

"남자한테 예쁘다는 말은…."

"난 원래 매너가 개똥 같거든."

민하가 지완의 말을 끊으며 말했다.

찬혁이 피식 웃으며 민하의 손에 들린 민증을 빼앗아 지완에게 돌려줬다.

"정말 예쁘게 잘 나왔네."

민하에게 듣는 '예쁘다.'와 찬혁에게 듣는 '예쁘다.'는 느낌이 완전히 달랐다.

지완 본인도 깜짝 놀랄 만큼 순식간에 얼굴이 붉어졌다.

지완은 지갑에 민증을 넣는 척 고개를 숙이고 붉어진 얼굴을 감췄다. 재희는 무표정하게 그 모습을 지켜보다가, 불현듯 물었다.

"지완아. 너, 오늘 저녁에 뭐하냐?"

"어? 오늘?"

지완의 시선이 찬혁에게로 향했다가 다시 재희에게로 향했다.

"나, 오늘은 약속이 있는데."

"그래? 그럼 내일은?"

"내일은 없어."

"그럼 내일 스케줄 끝나고 나 좀 보자."

"응, 그래."

지완으로서는 거절할 이유가 없었다.

하지만 재희의 마음을 아는 찬혁에게는 그렇지 않았다.

연습이 끝나고 지완이 돌아가자마자, 찬혁이 재희에게 물었다.

"너, 내일 지완이랑 뭐하게?"

찬혁의 단도직입적인 질문에 재희의 눈이 가늘어졌다.

"그걸 네가 알아서 뭐하게? 내가 내일 일정을 알려주면, 너도 말해줄 거야? 오늘 저녁에 뭐할 건지."

"나는 오늘 저녁에…."

"거짓말은 하지 마. 지완이 만나려는 거 아니까."

확신에 찬 재희의 말에 찬혁은 말문이 막혔다.

둘은 말없이 서로를 응시했다.

그 모습을 멀찌감치 서서 지켜보던 민하가 인상을 찌푸리고 외쳤다.

"아, 진짜! 니들 왜 이러냐고? 사랑싸움하는 놈들처럼! 징그러 죽겠네, 진짜!"

1집 앨범에 수록될 곡들을 녹음하고 있는데, 찬혁에게서 문자가 왔다.

– 어디야?

오늘따라 현준이 와 있었기 때문에, 지완은 현준의 눈치를 보며 답장을 보냈다.

– 지금 스튜디오. 한 시간쯤 후에 끝날 것 같아.

– 알겠어. 잘해.

짧은 문자였지만 기분이 좋아졌다.

"누구한테 온 연락인데 그렇게 기분이 좋아 보여?"

현준이 물었다.

"아, 그냥… 친구요."

"친구?"

현준은 고개를 갸우뚱했지만 마침 프로듀서가 현준을 부르는 바람에 대화가 끊겼다.

"다 담기지가 않는데요."

"다 안 담긴다고?"

"네. 물론 좋아요. 좋긴 한데. 들어보세요."

프로듀서가 녹음한 곡을 재생시켰다.

곧바로 지완이 노래를 부른 부분이 흘러나왔다.

항상 느끼는 거지만, 자기 목소리를 이런 식으로 듣는 건 쑥스럽다. 원래 목소리가 이랬나 싶다.

"그러게. 다 안 담기네."

현준이 난감하다는 듯 중얼거렸다.

"저, 뭔가 잘못됐나요?"

지완의 질문에 현준이 말했다.

"아니, 잘못된 게 아니라. 잘못됐다고 해야 하나? 넌 잘했어. 아주 잘했는데…."

"목소리의 매력이 다 안 담겨."

프로듀서가 거들었다.

"물론 기본적인 매력이 있어서 다른 애들에 비해 대단하기는 해. 그런데… 실제로는 훨씬 좋은데, 그게 반의반도 안 담긴 느낌이라 아쉽네."

"풍월이랑 같이할 때는 이렇지 않았는데."

"그건 아마 비교 가능한 다른 애들이 있어서 그런 걸 거예요. 다른 애들 목소리보다는 월등히 좋으니까 괜찮게 느껴졌던 거겠죠."

"그런데 솔로로 했더니 확 티가 난단 말이지?"

"한번 걸러서 들으면 매력이 반감되긴 하지만, 지완이 경우에는 정말 아쉬울 정도네요. 그렇다고 뭘 어떻게 할 수 있는 부분도 아니고. 일단 계속 진행하죠. 한 곡 제대로 완성해놓고 생각 좀 해봐야겠어요."

한 곡 녹음을 간신히 끝냈다.

"두 곡 정도는 풍월이 게스트로 참여해줄 테니까, 그 곡만으로도 네 매력을 드러낼 수 있을 거야. 걱정하지 마."

스튜디오 계단을 올라가며 현준이 말했다.

"네, 걱정 안 합니다. 부대표님이 알아서 잘 해주시겠죠."

"날 신뢰하는 건지, 귀찮아하는 건지 모르겠네."

"귀찮아하다니요. 하루하루가 신기하고 새로운데요."

지완의 말에 현준이 놀란 듯 눈을 크게 떴다.

"왜 그렇게 보십니까?"

"아니, 너한테 그런 말을 듣는 건 처음인 것 같아서."

"아, 그런가요? 그냥… 늘 그렇게 생각은 하고 있어요. 다만 그걸 입 밖으로 꺼내면, 더 많은 것들을 기대하고 꿈꾸게 될 것 같아서 말하지 않는 거죠."

"아직도 꿈꾸는 게 싫어?"

"싫은 게 아니라 그저…."

그렇게 말하며 마지막 계단을 밟은 지완은, 문 너머로 보이는 자동차의 모습에 말을 멈췄다.

눈에 익은 차가 서 있었다.

지완이 갑자기 말을 멈추자, 현준도 의아해하며 지완의 시선이 향한 곳으로 고개를 돌렸다.

"저거, 찬혁이 차 아니냐?"

"아, 그런 것 같은데…."

오늘 스케줄이 끝나면 찬혁과 데이트를 하기로 했고, 데리러 오겠다는 말도 들었다. 하지만 집으로 데리러 올 줄 알았지, 스튜디오로 올 줄은 몰랐다.

'어떡하지?'

찬혁은 반가웠지만, 옆에 현준이 있었다.

현준에게 찬혁과의 관계를 알릴 수는 없었다.

그래서 주먹을 꽉 쥐고 머뭇거리는데, 현준이 먼저 문을 열고 나가서 찬혁의 차창을 톡톡 두드렸다.

조수석의 창문이 내려갔다.

"너, 여긴 어쩐 일이냐?"

지완도 슬금슬금 다가가 현준의 옆에 섰다.

"지완이 데리러 왔습니다."

"지완이를?"

"네. 지완아, 타."

찬혁이 말했다.

현준이 얼떨떨한 표정으로 조수석의 문을 열어줬다. 지완은 현준에게 꾸벅 인사를 하고 조수석에 올라탔다.

찬혁이 무슨 생각으로 이러는 건지 알 수 없어서, 초조한 마음으로 두 손을 꽉 잡았다.

"너네, 어디 가는데?"

현준이 조수석의 문을 잡은 채로 물었다.

찬혁이 피식 웃으며 말했다.

"문 닫아주세요. 출발해야 하니까."

"어, 그래. 닫아주긴 하겠는데."

탁.

문이 닫혔다.

"너네, 진짜 어디 가는데?"

열린 창문으로 현준이 물었다.

찬혁은 지완을 흘끗 보고는 다시 현준과 시선을 맞췄다.

찬혁과 눈이 마주친 현준의 눈이 커졌다. 찬혁의 눈빛이 전과는 달랐기 때문이었다.

어린 시절부터 찬혁을 봐왔던 현준으로서는, 저 녀석이 내가 아는 그 송찬혁이 맞나 싶을 정도로 눈동자 안에 무언가가 가득 차 있었다.

항상 허공만 향하던 공허한 눈동자는, 목적을 가지고 현준에게 고정되어 있었다.

그리고 찬혁은, 현준이 그대로 얼어붙어 더는 붙잡지도 못할 만한 대답을 날렸다.

"데이트요."

"형, 미쳤어?"

운전을 하는 찬혁에게, 지완이 물었다.

찬혁은 대답하지 않았다.

"그래, 형은 미친 거야. 미친 거겠지. 맞지?"

"안 미쳤어."

"하지만 아까… 왜 그런 식으로 말했어? 그냥 나 데려다주러 왔다고 하면 되잖아. 아니면 연습이 좀 더 남았다든가. 변명할 말은 많아."

"변명하고 싶지 않았어, 적어도 현준이 형한테는."

"…."

"우리 관계는 남들에게 알리기 힘든 관계야. 팬들에게도, 부모님에게도, 동료들에게도 알릴 수 없는 관계. 그러니까 적어도 신뢰할 만한 사람들에게만큼은 알리고 싶어. 우리 관계."

'우리 관계'라는 말이, 찬혁의 입에서 나올 줄은 몰랐다.

지완은 그와의 관계를 꿈꾸지 않았고, 정의 내리려는 생각도 없었다.

그저 이렇게 지내다가 언젠가 더는 안 된다 싶을 때에, 조용히 그의 곁을 떠날 생각이었다.

아니, 어쩌면 그가 먼저 떠나게 될지도 모른다고 생각해왔다. 그럴 가능성이 더 높았다.

주먹을 꽉 쥐고 정면을 응시했다.

'안 돼, 형. 우리는 아무 관계도 아냐.'

그러나 그런 말을, 즐거워 보이는 찬혁에게 말할 수가 없었다.

우리는 아무 관계도 아니다.

나는 당신에게 감추는 것이 너무나 많다.

나의 진짜 모습을 알았을 때에, 당신은 실망하고 혹은 절망할 것이다.

그러니까 우리의 관계는 규정짓지 말아야 한다.

그저 오늘을, 지금 이 순간을 즐길 수 있는 사이로만 남아야 한다.

해야만 하는 말을 하지 못한 채, 자동차는 계속 달려갔다.

지완의 눈은 차의 앞유리 너머를 응시하고 있었지만, 늦은 밤 거리의 정경이 하나도 눈에 들어오지 않았다.

이윽고 차가 멈췄다.

"다 왔어. 내리자."

"어? 아, 응."

차에서 내린 지완은 가까이에 보이는 건물의 모습에 눈을 휘둥그레 떴다.

"형, 여긴…."

"응, 호텔이야."

"어?"

첫 데이트에 호텔로 직행할 줄은 꿈에도 생각하지 못했다.

뻣뻣하게 굳어 있는 지완의 손목을, 찬혁이 가볍게 붙잡았다.

"뒤에 입구가 하나 더 있어. 그쪽으로 가면 눈에 띄지 않을 거야."

"아니, 저기… 형."

"가자."

찬혁이 걸음을 옮겼고, 지완은 그의 뒤를 따랐다.

'어쩌지? 호텔이라니!'

연애는 처음이지만, 남녀가 호텔에서 무엇을 하는지 모를 만큼 바보는 아니었다.

'아니, 남녀가 아니지. 찬혁이 형한테는 남남이라고, 우린!'

남자와 남자. 그런데도 찬혁은 상관이 없는 걸까?

호텔 뒷문으로 들어가 직원용 엘리베이터에 올랐다.

찬혁은 즐거워 보였고, 지완은 바짝 긴장해서 그런 찬혁의 옆모습을 지켜봤다.

'이 형은 대체 무슨 생각인 거야? 왜 이렇게 진도가 빨라? 아니, 그리고 나는 왜….'

무섭지 않았다.

사내의 욕망은 항상 지완을 두렵게 만들었다. 욕정 어린 시선이 무서워서, 남자로서 데뷔를 결정할 정도였다.

그런데 어째서 지금은 두려움을 느끼지 않는 걸까?

그저 이 다음에 벌어질 일에 대한 당혹감만 있을 뿐, 무섭다는 생각은 조금도 들지 않았다.

'큰일이네. 옷 벗으라고 하면 안 되는데. 나, 여자라는 거 들통 날 텐데. 지금 말해야 하나? 여자라고?'

심지어 지완은 옷을 벗는 행위에 대해서까지 깊이 고민을 하고 있었다.

'아, 나 미쳤나? 왜 이렇게 앞서가?'

지금 혼자라면, 지완은 머리를 쥐어뜯으며 자괴감에 빠져들었을 것이다.

'나 이렇게 밝히는 인간이었어? 안 된다고. 오늘 첫 데이트인데 이러는 건 정말 안 된다고.'

하지만.

찬혁의 넓은 어깨에 시선이 닿았다.

찬혁이라면.

그의 단단한 팔뚝과 넓은 가슴이 눈에 들어왔다.

괜찮지 않을까?

아니, 괜찮은 정도가 아니라 안기고 싶었다.

그의 품에, 팔에 가둬지고 싶었다. 그의 손이, 입술이 자신을 만져주기를 바랐다.

'안 돼, 이런 생각은.'

엘리베이터가 올라가는 길지 않은 시간 동안, 지완은 숨이 막히는 고뇌에 빠져 있었다.

그걸 아는지 모르는지, 엘리베이터 문이 열리자 찬혁이 말했다.

"스위트룸을 빌렸어. 오늘은 여기서 보내자."

"저기…."

지완의 목소리가 잔뜩 쉬어 있었다.

"괜찮아. 나, 돈 많아."

"아니, 그런 문제가 아니라…."

"가자."

연애를 하는 찬혁은 생각보다 제멋대로였고, 지완은 그런 찬혁의 모습이 싫지 않았다.

항상 숨 막히는 듯 살던 찬혁이 이렇게 멋대로 행동하는 모습이 좋아서, 다행이라고 생각되어서.

'그래, 가자.'

그가 원하는 대로 해주자고 결심했다.

중요한 순간에 거부를 하면 되겠지. 말이 안 통하는 상대는 아니니까.

찬혁이 카드키로 방문을 열었다.

처음 보는 스위트룸의 정경에, 지완은 온갖 고민이 사라질 만큼 깜짝 놀랐다.

스위트룸이라는 건 말로만 들었지, 이렇게까지 화려하고 넓을 줄은 몰랐다.

복층 구조에 방이 여러 개였고, 가구들도 전부 고급이었다.

넓은 창문으로는 도시의 정경이 보이고, 커튼은 우아한 와인색, 양탄자가 깔려 있어서 걸을 때 폭신폭신했다.

"제대로 데이트를 하고 싶었는데, 어디를 가도 사람이 많은 곳들 뿐이더라. 그래서… 여기서 하자. 영화도 보고, 밥도 먹고, 차도 마시고. 우리 첫 데이트, 여기서 해보자."

찬혁이 말했다.

그제야 지완은 어째서 찬혁에게 두려움을 느끼지 않았는지 알 수 있었다.

그의 눈에는 욕정이 없었다.

그저 지완과 제대로 데이트를 할 생각뿐이었다.

그를 향한 사랑이 지금보다 더 커질 수는 없을 거라고 생각했다. 하지만 아니었다.

안 그래도 감당하기 힘들 정도의 애정이, 순식간에 부풀어 올라서 눈물을 흘릴 뻔했다.

기쁜데, 좋은데 어째서 눈물이 나는 걸까?

"형…."

"응?"

"사랑해."

지완의 고백에 찬혁이 빙그레 웃었다.

그 미소가 무척이나 따스해서, 지완은 햇살 같다고 생각했다.

"응, 나도."

룸서비스로 들어온 저녁을 함께 먹으며, 커다란 텔레비전으로 영화를 봤다.

스테이크와 와인은 맛있었고, 영화도 재미있었다.

"차 마실래, 아니면 와인 한잔 더 할래?"

영화가 끝났을 때, 찬혁이 물었다.

"와인."

"이거 맛있지?"

"응. 진짜 맛있다. 고기보다 더 맛있는 것 같아."

찬혁이 지완의 잔에 붉은 와인을 따랐다.

"너, 취하면 춤춘다면서?"

"재희가 그래?"

"응. 그러더라. 그런데 재희는 왜 형이라고 안 불러?"

"아, 그냥… 사실 난 호칭에 익숙하지가 않아서. 게다가 재희는 친구고."

"흐음. 그래도 슬슬 호칭을 정리하는 편이 좋을 텐데. 데뷔를 하게 되면 선배들한테는 꼬박꼬박 선배라고 하는 게 좋아."

"응, 그럴게."

둘은 창문 앞에 나란히 서서 야경을 내려다봤다.

"이렇게 높은 데서 서울을 보는 건 처음이야."

"그래? 남산도 안 가봤어?"

"응, 안 가봤어. 형은?"

"예전에 촬영 때문에 가봤어."

"형은 보통 촬영 때문에 갔겠구나."

"응. 개인적으로 간 적은 한 번도 없지."

"언젠가 개인적으로 편하게 갈 날이 올까?"

"글쎄."

"그런 날이 왔으면 좋겠어, 형."

지완은 진심을 담아서 말했다.

"형이 자유롭게 어디든 돌아다닐 수 있는 날이 왔으면 좋겠어. 그 래서 그런 표정은 안 지었으면 좋겠어."

"내가 어떤 표정을 짓는데?"

지완이 찬혁을 돌아봤다. 찬혁도 지완에게로 시선을 돌렸다.

"형은 때때로."

시완은 손을 뻗어 그의 뺨에 살며시 가져다댔다.

"숨이 막혀 죽을 것 같은 표정을 지어."

"지금도 그래?"

"아니, 지금은 안 그래. 그래서 다행이라고 생각해. 계속 지금 같았으면 좋겠어."

"그럼… 계속 이렇게 내 옆에 있어줘."

"어?"

"네가 있으면 나는 숨을 쉴 수 있어. 네가 있어야 내가 숨을 쉴 수 있어."

대답해주고 싶었다.

응, 그렇게.

평생 옆에 있어줄게.

하지만 지키지 못할 약속을 할 수는 없었다.

평생 따위는 존재하지 않는다.

이 시간은 언젠가 끝날 것이다.

게다가 아직 찬혁에게 자신의 과거에 대해 말하지도 못했다. 진짜 성별조차, 찬혁은 모르고 있었다.

그런데 어찌 그런 허황된 약속을 한단 말인가.

"형은…."

'내가 남자인데도 괜찮은 거야?'

그 질문은, 초인종 소리에 끊겼다.

"누구지?"

의아해하는 지완을 향해 싱긋 미소를 지어준 찬혁이 호텔방의 문을 열었다.

보이가 카트를 밀고 들어왔다.

카트 위에는 뚜껑이 덮인 은쟁반이 있었다.

보이는 은쟁반을 식탁에 올려둔 후 꾸벅 인사를 하고 나갔다.

"아직도 먹을 게 남아 있어? 나 배부른데."

지완이 중얼거리며 다가갔다.

찬혁은 그런 지완을 한동안 물끄러미 응시하다가 은쟁반의 뚜껑을 열었다.

그 안에 담긴 것은 음식이 아니었다.

파란색 리본이 달린 붉은 장미꽃 한 송이.

찬혁이 꽃을 들어 지완에게 내밀었다.

"우리, 연애하자."

"…."

"우리, 연인이 되자."

"형, 나는…."

"널 사랑해, 지완아. 나는 두 번 다시는 너 말고 사랑하는 사람을 만나지 못할 거야."

"…."

"네가 어떤 삶을 살아왔는지, 너의 과거가 어땠는지, 나는 몰라. 하지만 네가 어떤 삶을 살았든, 네게 어떤 과거가 있든, 이 마음은 변하지 않아. 그러니까 우리, 사귀자."

찬혁의 다정한 눈빛을 똑바로 마주할 수가 없었다.

지완은 두 눈을 질끈 감았다.

'어쩌지? 말해야 할까? 나 사실은 여자라고, 나 사실은 소매치기였다고, 나 사실은 얼마 전까지 신분도 없었다고. 말해야 할까? 말해도 될까?'

사랑이 마음을 약하게 만들었다.

내 과거를 말했을 때, 정말로 찬혁이 괜찮다고 받아들일지 알 수 없었다.

게다가 이 달콤한 말들도 현재가 지나 미래가 되었을 때에 여전할지 확신할 수가 없었다.

단 한 번도 갖지 못했던 빛.

단 한 번도 꿈꾸지 못했던 달콤한 미래.

그런 것들을 소망하게 되는 것이 두려웠다.

그것이 깨어졌을 때의 고통과 절망을 알기에, 지완은 꽃을 받아들지 못했다.

"괜찮아."

찬혁은 말했다.

끝까지 꽃을 받아들지 못하는 지완을 소중하게 보듬어 안으며, 찬혁은 말했다.

"괜찮아, 지완아. 괜찮아."

항상 자신이 스스로에게 들려주던 말이었다.

괜찮아, 지완아. 괜찮아. 견딜 수 있어.

그 말을 다른 사람이 해주고 있었다.

"한번에 널 얻을 수 있을 거라고는 생각하지 않았어. 너도 혼란스러울 거야. 우린 같은 남자이니까."

아니, 그런 문제가 아니다.

"하지만 괜찮아. 내 마음은 변하지 않을 거야. 계속 널 향해 있을 거야. 그러니까 언젠가 마음에 결심이 서면, 그때 대답해줘도 돼. 그때, 다시 한번 꽃을 달라고 말해줘."

아아.

어쩌면 이 남자는 이리도 달콤할까.

이런 감미로움을, 어떻게 억누르고 살아왔던 걸까.

지완도 팔을 올려 그의 허리를 끌어안았다.

"미안해, 형. 형이 싫은 게 아니야."

"그래."

"그저… 말하지 못한 이야기가 있어. 그걸 먼저 말해야 할 것 같은데…."

"항상 들을 준비를 하고 있을게. 결심이 서면 그때 말해줘."

"왜 이렇게… 내 멋대로 구는데 다 받아주는 거야? 내가 뭐라고?"

한없는 그의 자상함에, 저도 모르게 투정을 부리는 듯한 말을 하고 말았다.

곧바로 후회하며 사과하려 했지만, 그전에 찬혁이 지완의 양쪽 볼을 감싸 자신을 보게 만들었다. 검고 깊은 눈동자로 지완을 오롯이 응시하며, 찬혁이 말했다.

"너는 내가 사랑하는 사람이니까. 나는 네가 하는 건 뭐든 받아줄 수 있어."

　- 사무실로 좀 와라.

　아침에 눈을 뜨자마자 휴대폰을 확인했더니, 아니나 다를까 현준에게 문자가 와 있었다.

　어제는 새벽 3시가 넘어서 집에 돌아왔다.

　찬혁은 지완을 집 앞까지 데려다주었고, 마지막까지 다정하게 입맞춤을 해주었다.

　찬혁을 떠올리면 행복하면서도 저릿했다.

　'말하고 나면 마음이 편하기는 할 거야. 하지만… 만약 찬혁이 형이 날 보는 눈빛이 변하면 어쩌지?'

　그런 생각에 쉽사리 마음을 결정할 수가 없었다.

　샤워를 하고 나와 서둘러 MS 본사로 향했다.

　사무실에 들어가자 현준이 어두운 표정으로 소파에 앉아 팔짱을 끼고 있었다.

　"부대표님."

　"거기 앉아, 지완아."

　현준이 맞은편을 가리키며 말했다.

지완은 벌을 받는 기분으로 현준의 맞은편에 앉았다.

지완을 물끄러미 응시하던 현준이 피식 웃었다.

"왜 그런 표정을 하고 있어? 혼내려고 부른 거 아냐."

"어제 그 일… 그것 때문에 화나지 않으셨을까 해서요."

"성인 남녀가 데이트를 하겠다는데, 내가 그런 걸로 화를 낼 리가 없지."

"성인 남녀가 아니라, 성인 남남이잖아요."

"역시 말 안 했구나?"

"네."

"그걸 물어보려고 불렀어. 재희는 네가 여자라는 걸 알지?"

"네."

"그런데 찬혁이한테는 왜 말 안 한 거야?"

"그건…."

지완은 무릎 위에 놓인 손을 꽉 움켜쥐었다.

"모르겠습니다. 입이 안 떨어져요."

"입이 안 떨어진다라…."

현준이 피식 웃었다.

"지금 내 앞에 있는 게, 내가 아는 그 임지완 맞나?"

"그 임지완이라니요?"

"깜짝 놀랄 만큼 담담하게 과거를 얘기하고, 내가 당황스러울 만큼 아무렇지도 않게 생리한다고 말하는 임지완."

"아, 그렇죠. 부대표님한테는 가능한데, 재희한테도 말할 수 있는데, 찬혁이 형한테는 정말… 못 하겠어요."

"호오. 언제 그렇게 푹 빠진 거지? 난 전혀 눈치 못 챘는데."

"그러게 말입니다. 저도 몰랐습니다, 제 마음."

"찬혁이도 그렇고, 너도 그렇고… 참, 대단들 하다. 쉬운 걸 놔두고 하필이면 그렇게 어려운 쪽으로."

"그러게요. 어렵죠."

"찬혁이한테는 말해두는 게 좋을 거다. 나중에 알게 되면 그 녀석도 충격받을 거야."

"역시… 그렇겠죠?"

"응."

"그나저나 반대 안 하십니까?"

"뭘?"

"저랑 찬혁이 형."

"글쎄. 어째야 하나 고민 중이야. 네 일에는 이성이랑 감성이 따로 놀거든."

현준이 검지로 무릎을 톡톡 두드렸다.

"사실 찬혁이는, 네 연인으로 권장하고 싶지 않은 녀석이다."

"제가 찬혁이 형의 연인으로 권장하고 싶지 않은 게 아니고요?"

"넌 문제가 없잖아."

"없긴요. 저는…."

"네 과거에 무슨 일이 있었든, 그건 아무래도 좋아. 찬혁이가 그렇게 말해주지 않든?"

"…말해줬어요."

"그래, 허투루 말하는 녀석 아니야. 정말로 아무래도 좋기 때문에 그렇게 말한 거야. 문제는 찬혁이의 현재와 미래야."

"저는 찬혁이 형한테 방해가 될 거예요."

지완의 말에 현준이 갑자기 크게 웃었다.

지완은 한쪽 볼을 부풀리고 현준을 노려봤다.

"뭡니까, 사람이 진지하게 말을 하는데."

"아니, 정말로 내 앞에 있는 게 그 임지완인가 싶어서. 이렇게 약하고 자조적인 임지완은 처음 보는데?"

"하아. 그렇잖습니까. 저는 남자예요. 언젠가 제 과거에 대해서 밝혀질지도 모르고요. 그러면 찬혁이 형의 인생에 큰 스크래치가 날 거예요."

"그건 됐어. 정말로 내가 신경을 쓰는 건 그 부분이 아니거든. 문제는… 너, 찬혁이 상황은 알지? 찬혁이가 한성 그룹이랑 얽혀 있는 건 알아?"

지완이 고개를 끄덕였다.

"그래. 그럼 얘기가 빠르겠네. 최해림이라고, 한성의 공주님인데. 걔가 찬혁이의 약혼녀야. 때가 될 때까지 쉬쉬하고는 있지만 알 만한 사람은 다 알지."

"네."

"한성은 찬혁이 부모의 스폰서야. 아주 더러운 관계지."

"더러운… 관계요?"

"이쪽에 좀 그런 사람들이 있기도 해. 찬혁이 부모는 부부지만, 각자 한성에 시중을 드는 사람이 있지."

처음엔 그게 무슨 말인지 알 수 없었다. 하지만 곧 그 의미를 깨달은 지완의 얼굴이 하얗게 질렸다.

"그런…."

"그래. 그런 일들이 있지. 눈 밖에 나면 안 돼. 찬혁이도, 찬혁이 부모도. 다 잃게 될지도 몰라. 그래서 찬혁이는 도망치지 못한 채로, 여기저기 목줄을 잡힌 채 끌려다니는 거야."

이미 알고 있었지만 현준에게 들으니 다시금 가슴이 아팠다.

찬혁의 공허한 눈동자가 떠올랐다.

"네가 찬혁이와 관계가 있다는 걸 알게 되면, 한성의 공주님은 너에 대해 조사를 하겠지. 나랑 대표님은 어떻게든 감추려고 하겠지만, 한성을 이길 수는 없어. 결국 네 정체도 알려질 거야."

"네."

"그때가 되면 네가 그만두는 걸로는 안 끝나. 한성의 공주님은 널 짓밟으려고 할 거야."

"…."

"찬혁이는 그런 애야. 이 관계에서 위험해지는 쪽은 찬혁이가 아니라 너야, 지완아."

잠시 침묵이 흘렀다.

이윽고 지완이 말했다.

"위험할 건 없어요. 짓밟는다고 해도 빼앗길 것도 없고요. 손에 쥔 게 없는 사람입니다, 저는. 그 공주님이라는 사람이 절 짓밟는다고 해도, 결국 예전으로 돌아가는 것뿐. 무섭지 않아요."

"지완아!"

"저는 그저 제 존재가 찬혁이 형에게 폐가 되지 않기를 바랄 뿐입니다. 찬혁이 형은, 본인은 잘 모르겠지만, 가진 게 많은 사람이니까요."

"지완아."

"그러니까 말하지 않을래요. 제가 여자라는 거. 저의 과거. 저는 언젠가 찬혁이 형을 떠나게 될 거예요. 그러니까 이 상태가 좋습니다. 이 정도의 거리가 딱 좋습니다."

현준의 얼굴이 괴롭게 일그러졌다.

상처받은 어린 소녀를 빛 속으로 끌어들이고 싶은데 어떤 방법을 써도 끌려나오지 않았기 때문이다.

그렇다고 해서 찬혁과의 밝은 미래를 꿈꿔보라고 떠들 수도 없는 상황이었다. 현준에게는 한성으로부터 찬혁과 지완을 보호해줄 힘이 없었다.

승호에게라면 있을지도 모르겠다. 하지만 승호는 이 문제에 끼어들려고 하지 않으리라.

"그런 표정 짓지 마세요, 부대표님. 지금 저는 행복하고, 그걸로 만족합니다. 가볼게요. 이따 봬요."

결론을 짓고 떠나는 지완을 붙잡을 수가 없었다.

차가운 어둠 속에서 얼어붙은 심장을, 현준의 힘으로는 녹일 수가 없었다.

누구든 저 심장을 녹여주었으면 좋겠는데, 찬혁의 상황 역시 지완의 심장을 찌르는 또 하나의 얼음송곳이 될 것만 같아 불안했다.

지완이 떠나고 얼마 지나지 않아 누군가 현준의 사무실 문을 노크했다.

"들어와요."

대답과 동시에 문이 열리고 찾아온 사람이 너무나 의외의 인물이었다.

"송찬혁?"

현준은 찬혁을 호출하지 않았고, 찬혁은 현준의 호출이 없는 한 찾아오는 일이 없었다.

"네가 어쩐 일이냐?"

"말씀을 드려야 할 것 같아서요. 어제의 일에 대해."

아까 지완을 볼 때도 그랬지만, 현준은 지금 이 앞에 있는 송찬혁이 내가 아는 송찬혁이 맞나 싶었다.

사랑은 사람을 변하게 만든다지만, 지완도 그렇고 찬혁도 그렇고 너무 변했다. 이쯤 되면 무서울 지경이다.

"사람이 안 하던 짓을 하면 일찍 죽는다던데."

"지완이 두고 죽을 생각은 없습니다. 안심하시죠."

"…무서운데, 이거. 너 진짜 송찬혁 맞냐? 피 검사 좀 해보자."

"송찬혁 맞습니다, 형."

찬혁이 현준의 손길을 피해 소파로 향하며 말했다.

"커피 마실래?"

"네, 한잔 마실게요."

"너 진짜 송찬혁 맞아? 지금까지 남이 주는 음식은 죽어도 안 받아먹었으면서."

"그만 좀 의심하세요. 송찬혁 맞으니까."

현준은 혀를 끌끌 차며 커피를 타러 구석에 놓인 바로 향했다.

아침에 오자마자 내려둔 원두커피를 잔에 따르며, 참으로 놀라운 변화라고 생각했다.

사랑이 사람을 이렇게까지 변하게 만드는 경우는 처음 봤다.

머그컵을 찬혁의 앞에 내려놓고, 현준도 소파 맞은편에 앉았다. 방금 전까지 지완이 앉아 있던 자리에 찬혁이 앉아 있었다.

지완에게 얘기를 듣고 찾아왔나 싶었지만, 그건 아닌 것 같았다.

시간상으로 맞지 않았고, 지완이 그런 이야기를 찬혁에게 할 리 없었다.

지완은 찬혁과의 미래를 꿈꾸지 않으니까, 찬혁에게 기대는 일도 절대 없을 것이다.

"단도직입적으로 말씀드리겠습니다."

찬혁이 입을 열었다.

"저, 지완이를 사랑합니다."

"그건 너무 단도직입적인데?"

"이 감정을 달리 표현할 말이 없어서요. 사랑합니다, 임지완을."

"걔는 남자야."

떠볼 겸 말했더니 찬혁이 피식 웃었다.

전처럼 허무하게 하, 하고 웃는 웃음이 아니었다.

"그런 건 상관없습니다. 제가 그 녀석을 사랑한다는 걸 자각했을 때, 걱정되는 건 딱 하나였으니까요."

"뭔데?"

"나와의 관계 때문에 그 녀석에게 피해가 갈지도 모른다는 거."

"그러냐."

"네, 그래요."

찬혁이 머리를 뒤로 쓸어 넘겼다.

"사는 게 지옥 같아서 지완이를 이 지옥에 끌어들이고 싶지 않았습니다. 그런데 정말 참을 수가 없었어요. 그래요, 정말 어떻게 할 수가 없었어요."

"나는 너를 아끼지만 지완이도 아낀다. 너 때문에 지완이가 상처받는 걸 보고 싶지 않아."

일부러 모질게 말했다.

"저도 그래요, 형. 저 때문에 지완이가 상처받게 되는 게 싫어요. 하지만… 지완이를 놓치는 건 더 싫습니다. 제 인생에 처음으로 찾아든 바람입니다. 제 감옥에 처음으로 들어온 햇살입니다. 그리고 아마 마지막이 되겠죠."

"찬혁아."

"이뿐이라면, 그래요. 놓아줬을 겁니다. 가슴이 타 들어가는 한이 있어도 지완이를 위해 놔줬을 거예요. 그런데… 지완이가 그러더라고요. 괜찮다고."

"괜찮다고?"

"네, 형. 지금 이대로 괜찮다고 했습니다. 그러면서 그러더라고요. 평생 미래를 꿈꿔본 적이 없다고."

"…."

"지완이에게 무슨 사정이 있는지는 듣지 못했습니다. 아직은 그정도로 절 신뢰할 수 없는 모양이더군요. 하지만 형은 알겠죠, 지완이가 안은 문제에 대해."

"그래, 안다. 하지만 말해주지 않을 거야."

"네, 그럴 것 같았어요. 말해 달라고 할 생각도 없었고요. 그저 저는… 제가 해결해주고 싶어졌어요."

"너는 네 문제나 해결해야 하지 않을까?"

이번에도 모질게 말했다.

허황된 꿈은 좌절되었을 때에 커다란 상처로 남는다.

처음으로 사랑이라는 감정을 느낀 찬혁이, 자신의 상황도 인지하지 못한 채 막무가내로 달려가게 될 것 같아 걱정이 되었다.

'아아, 이런 건가? 지완이가 미래를 소망하지 않는 이유?'

지완에게는 꿈을 꾸라고 하면서, 찬혁의 꿈을 짓밟으려고 하는 자신이 우스웠다.

"그렇겠죠. 제 문제. 해결하기 쉽지 않겠죠. 해결하는 과정에서 지완이가 힘들어질지도 모르겠어요. 하지만 그 이상으로 행복하게 만들어줄 겁니다, 제가. 제가 하고 싶어요, 지완이를 행복하게 해주는 걸."

"찬혁아."

"못 할 거라고 생각하십니까, 형?"

"너한테는 미안하지만, 그래. 네가 지완이에게 또 다른 상처가 될까 봐 걱정이다."

찬혁의 얼굴이 울 것처럼 일그러졌다.

"그러게요. 걱정이 됩니다. 하지만 전 기대도 하고 있어요. 지완이와의 미래를. 그래서 이걸 지완이에게도 느끼게 해주고 싶어요."

단호하게 말하는 찬혁에게, 현준은 더 이상은 아무 말도 할 수 없었다.

찬혁의 소망이 좌절되어 갈기갈기 찢기는 모습을 보고 싶지 않았다. 하지만 지금처럼 찬혁이 살아 있는 것처럼 보이는 게 처음이기에, 찬혁의 결심을 부정하고 싶지도 않았다.

찬혁은 밝은 미래를 보고 있는 듯했지만, 현준의 눈에는 그게 조금도 보이지 않았다.

그래도.

"내가 도울 일이 있을까?"

찬혁이 저렇게 반짝반짝 빛이 나니까.

"제 상황 때문에 지완이가 힘들 때, 옆에 있어주세요."

모처럼 저렇게 웃으니까.

"그래, 그 정도는 해줄게."

일단은 방해하지 말자.

둘의 불안한 사랑을.

바쁜 하루를 보내는 동안에도 틈틈이 찬혁을 생각했다.

오늘은 풍월과의 연습이 없는 날이라서, 그가 몹시 그리웠다. 아직 스물네 시간도 채 지나지 않았는데, 며칠은 보지 않은 것처럼 보고 싶다는 마음이 드는 게 신기했다.

재희에게 연락이 오기 전까지, 오늘 재희와 약속이 있다는 것을 잊고 있었다.

"스케줄 끝났어?"

"응, 지금 집이야. 넌 어디야?"

"나도 방금 끝내고 차에 탔어. 너네 집으로 갈게."

"응."

재희가 오기를 기다리는 동안, 지완은 고민했다.

찬혁과의 관계를 재희에게 말해야 할까?

재희는 지완이 여자라는 것도, 과거도 아는 사람이었다.

어찌 보면 '친구'라고 말할 수 있는 유일한 사람이기도 했다.

'제나 누나가 그렇게 말했지. 남의 입을 통해서 알게 되면 서운해 할 거라고.'

그렇다면 재희도 마찬가지이지 않을까.

'그래, 말해두는 게 좋겠다. 일단 그냥 좋아하는 사람이 생겼다는 정도로만.'

찬혁이 남자인 임지완을 좋아한다는 사실까지는 밝힐 수 없었 다. 상대가 찬혁이라는 것은 말하지 않는 게 좋겠다.

재희는 금방 왔다.

"들어와."

지완의 말에 재희가 싱긋 웃었다.

"아니, 나가자."

"어디 가게?"

"놀이공원."

"놀이공원?"

깜짝 놀란 지완의 손목을, 재희가 붙잡았다.

"가자. 더 늦기 전에."

놀이공원에 가기에는 너무 늦은 시간이었다. 게다가 간다고 해도 재희가 그런 곳을 돌아다녀도 될지 걱정이었다.

"사람이 많을 텐데."

"사람이 없는 곳으로 갈 거야."

그런 곳이 있을까 싶었지만, 지적하기에는 재희의 표정이 너무 신나 보였다.

재희의 차를 타고 가며 물었다.

"어디로 가는 거야? 롯데월드? 서울랜드?"

"아니. 용마랜드."

"용마랜드?"

처음 들어보는 이름이었다.

"폐장한 놀이공원이야. 원래 7시쯤에 문을 닫는데 미리 예약을 해뒀어."

"아…."

"조금 스산할지도 모르지만 그래도 기분은 낼 수 있겠지. 놀이공원, 가본 적 있어?"

"아니, 한 번도 없어. 넌?"

"난 어릴 때. 그리고 예능 촬영 때문에 몇 번."

용마랜드는 시내에서 꽤 떨어진 곳에 있었다. 늦은 시간이라 길이 막히지 않는데도 시간이 꽤 걸렸다.

"아, 맞다. 거기 열어봐."

재희가 조수석 앞의 수납장을 가리키며 말했다.

열었더니 그 안에 손바닥만 한 크기의 검은 상자가 들어 있었다.

"이게 뭐야?"

"선물."

"선물?"

지완은 꺼내서 상자를 열었다.

검은색의 반지갑이 들어 있었다.

"저번에 네 지갑 보니까 많이 낡았더라고. 선물해주고 싶었어."

"괜찮은데, 이런 건."

뭔가 재희의 분위기가 이상하다는 생각이 들었다.

"그냥 주고 싶었어. 안 받으면 좀 서운할 것 같은데."

"고마워, 재희야."

지완은 지갑을 꺼냈다.

이런 걸 받아보는 건 처음이라서 어떻게 반응해야 좋을지 알 수 없었다.

"고마워, 정말. 친구한테 이런 걸 받아보는 건 처음이야. 뭐라고 말해야 할지 모르겠어."

"그냥 웃는 얼굴 보여주면 돼."

"내 웃는 얼굴이 뭐라고."

"뭐긴. 엄청 예쁘지."

"남자한테 예쁘다는 말은…."

"나한테 넌 여자야."

재희가 단호하게 말했다.

"여자야, 임지완."

덧붙인 재희의 말을 들으며, 지갑을 꽉 움켜쥐었다.

어째서일까.

재희는 항상 편하고 좋은 사람이었는데, 이 자리가 무척이나 숨
이 막혔다.

도망치고 싶다고, 지완은 생각했다.

슬쩍 재희의 옆얼굴을 살폈더니, 재희는 평소와 다름없이 옅은
미소를 띠고 정면을 응시하고 있었다.

'왜 이러지? 뭐가 달라진 거지?'

지완은 다시 재희에게서 시선을 떼고 지갑을 열어보았다.

지갑 안에 5만 원짜리 지폐가 들어 있었다.

"이건 뭐야?"

"원래 지갑 선물 줄 때는 돈 넣어주는 거야. 돈 많이 벌라고."

"돈, 많이 벌면 좋겠다."

"많이 벌게 될 거야. 민하가 그러더라. 넌 뜰 것 같다고."

"민하 선배가?"

"응. 걔가 그래 봬도 사람 보는 눈이 있거든. 걔가 뜰 것 같다고 말한 애들은 다 떴으니까, 너도 뜰 거야."

다행히 평소처럼 대화할 수 있었다.

지완은 한숨을 삼키며 원래 가지고 다니던 지갑을 꺼내 그 안에 있던 것들을 옮겨 담았다.

"돈 많이 벌면 뭐할 거야?"

재희가 물었다.

"모을 거야. 모아서 집을 사려고."

"집을 사고 나면?"

"빈털터리가 되지 않을까?"

"그렇진 않을걸. 그보다는 더 벌 것 같은데."

"그건 잘 모르겠어. 그전에 여자라는 걸 들켜서 연예계 생활을 접게 될지도 모르니까."

"하지만 여자라는 걸 들킨 후에도 연예계 생활을 계속하게 될 수 있을지도 모르잖아."

"그런 건 생각해본 적이 없는데."

"생각해 봐."

재희가 말했다.

"좀 긍정적인 방향으로도 생각해봐. 그게 그렇게 무서운 일은 아니니까."

"…잘 모르겠어, 그런 건."

재희도 그렇고 현준도 그렇고, 왜 자꾸 밝은 미래에 대해 이야기하는지 모르겠다.

아마 그들은 꿈을 꾸면 그것이 이루어지는 그런 삶을 살았기 때문에, 때때로 절망해도 일어설 수 있으니 쉽게 생각하는 것이리라.

하지만 지완은 그렇지 않았다.

기억이 존재하던 그 어린 나이일 때부터 어둠에 갇혀 있었다. 울고 악을 쓰고 발버둥을 쳐도, 그 어둠에서 벗어날 수 없었다.

혹시나 이 문이 열리면. 혹시나 이 방을 벗어나면.

그렇게 품었던 소망은 지완을 비웃기라도 하듯 좌절되었고, 더한 어둠 속으로 밀어 넣었다.

그래서 싫었다.

잠시라도 빛을 꿈꾸다가 암흑의 구렁텅이에 빠져 허우적거리게 되는 것은.

폐장한 놀이공원이라는 용마랜드는 늦은 시간인데도 불이 밝혀져 있었다.

사람이 아무도 없고, 기계들도 낡아서 스산한 분위기였지만, 무섭다는 생각은 들지 않았다.

"너랑 같이 놀이공원에 갈 친구가 있으면 좋을 텐데."

안쪽으로 걸어 들어가며 재희가 말했다.

"지금 같이 왔잖아."

지완의 말에 재희가 피식 웃었다.

"제대로 된 곳은 아니잖아. 사람이 북적거리고 놀이기구도 많은, 그런 데서 편하게 놀 수 있는 친구가 있으면 좋았을 텐데. 그렇게 해주질 못해서 아쉽다."

"그게 무슨 소리야. 네 덕에 이런 데도 다 와봤는데. 정말 고마워, 재희야."

고맙다는 말은 진심이었다.

재희는 지완에게 많은 추억을 만들어주기 위해 노력했다. 재희 덕분에 지완은 친구와 지내는 것이 어떤 것인지 조금씩 알아가는 중이었다.

지완을 가만히 내려다보던 재희가 지완의 이마에 흘러내린 머리카락을 살짝 뒤로 넘겼다.

"머리를 기르면 정말 예쁘겠다. 지금도 예쁘지만."

역시 오늘의 재희는 무언가 이상하다.

눈빛도, 미소도, 말투도.

전부 평소와는 달라서 지완은 고마운 와중에도 당혹스러웠다.

"나, 좋아하는 사람이 생겼어."

그래서 저도 모르게 말했다.

"찬혁이?"

재희가 놀라는 기색 없이 담담하게 되묻는 바람에, 도리어 지완이 당황했다.

"아, 그게…"

"찬혁이도 네가 좋대?"

"…"

"걱정 마. 찬혁이가 널 남자로 알고 좋아하든, 여자라는 걸 알게되었든, 그런 걸로 찬혁이를 비방하고 여기저기 알릴 생각은 없으니까."

"그렇게 생각하지는 않아."

"그래?"

재희는 싱긋 웃었지만 눈은 웃고 있지 않았다.

지완은 이제야 오늘따라 재희가 불편하게 느껴지는 이유를 알수 있었다.

재희는 남자의 눈빛을 하고 있었다.

그걸 깨닫는 순간, 저도 모르게 주춤 뒤로 물러섰다.

재희의 눈이 씁쓸하게 이그러지는 것을 보며, 지완은 곧바로 자신의 행동을 후회했다.

재희는 좋은 사람이었다.

지완에게 나쁜 짓을 할 리가 없었다.

그걸 알면서도 심리적 거부감을 겉으로 드러내고 말았다.

"미안…"

고개를 푹 숙이고 중얼거렸다.

"뭐가 미안해?"

재희가 피식 웃었다.

"그냥… 미안해, 재희야."

"내가 무서워?"

"네가 무서운 게 아니야. 난 그저…"

생각이 나.

남자의 눈빛을 보면 그때의 일들이 생각나.

과거의 기억이 목을 콱 움켜쥐고, 다시금 그때로 나를 끌어들이려고 해.

아무 힘이 없어서 반항하지 못했던, 비쩍 마른 어린 소녀의 모습으로 돌아가게 해.

그런 말들이 입안에서 맴돌았지만 내뱉을 수 없었다. 남자의 눈빛을 한 재희를 비난하는 것만 같아서.

"말하지 않아도 돼."

재희가 말했다.

"네 마음이 어떤지 알아."

"…"

"지완아."

"응."

"날 좀 봐."

"…"

"괜찮으니까 고개 들어봐."

지완은 힘겹게 고개를 들었다.

재희의 얼굴에 옅은 미소가 묻어 있었다.

아까처럼 눈은 웃지 않는 미소가 아니었다.

평소처럼, 아니, 평소보다는 조금 슬프게 재희는 웃고 있었다.

"지완아. 너는 나한테 처음부터 여자였어. 남자로 생각할 수가 없어. 그래서 가끔은 네가 무서워하는, 그런 눈빛을 하게 될지도 몰라. 하지만 나는 절대로 네가 싫어하는 짓을 하지 않을 거야."

"응, 알아."

"그래, 다행이다. 그러면 됐어. 지금 당장 무서워하지 말라고 말하지 않을게. 무서워해도 돼. 하지만 부담스러워하지는 말아줘."

"…"

"어느새 네가 소중한 사람이 되었어. 그래서 네가 아직도 어둠 속에 잠겨 있는 걸 보는 게 참 슬프고 안타까워."

재희가 손을 뻗어왔다.

이번에는 피하지 않았다.

커다란 손이 지완의 머리를 조심스럽게 쓰다듬었다.

"나는 네가 그 어둠에서 걸어 나오기를 바라고, 또 기대해. 네가 무서워서 품지 못하는 소망, 내가 대신 품어줄게. 네가 두려워서 꾸지 못하는 꿈, 내가 대신 꿔줄게. 그러니까 지완아."

재희는 거기서 말을 멈추고 크게 심호흡을 했다.

"다 괜찮을 거야. 나를 믿어봐. 나, 이래봬도 꽤나 운이 좋아서, 원하는 것들이 잘 이루어지는 편이거든."

재희의 다정한 한마디, 한마디가 가슴에 내려앉았다. 부드러운 다갈색 눈동자에는 진심이 담겨 있었다.

주민등록증을 처음 받았을 때보다 더한 감동이 뭉클하게 가슴이 적셔왔다.

내 인생에서 이렇게 말해주는 사람을 만나다니.

어쩌면 지금이 바로 '반짝이는 순간'일지도 모르겠다.

어둠에 갇혀 있었을 뿐, 지완의 인생에도 반짝이는 순간은 간혹 존재했다.

옷장 문을 열어준 아버지가 어쩐 일인지 기분이 좋아 맛있는 것을 사주었을 때.

아버지가 실종된 후 옷장에 갇혀 굶어죽기 직전, 이웃 사람이 눈치를 채고 구해줬을 때.

고아원을 탈출해 그 언니를 만났을 때.

아주 짧게 스쳐가기는 했지만 분명 빛을 마주한 적이 있기는 했었다. 단지 그것이 길지 않았기에, 어둠이 너무 깊었기에 자각하지 못했을 뿐.

처음으로 지완은 소망했다.

이 빛은 사라지지 않았으면 좋겠다고.

처음으로 지완은 기대했다.

이 빛은 꺼지지 않을 것 같다고.

눈물이 고인 눈을 재희에게 보이고 싶지 않았다. 그래서 고개를 푹 숙인 채 재희의 손목을 잡고 말했다.

"고마워."

집으로 향하는 차 안에서 재희가 말했다.

"내일부터는 날 부르는 호칭을 바꾸는 게 좋겠어."

"호칭?"

"응. 이제 선배라고 부르는 게 좋을 것 같아. 데뷔하고 나면 다른 사람들 눈을 신경 써야 하니까."

"아, 그렇지. 안 그래도 찬혁이 형이 그러라고 했었어."

"그래. 그러는 게 좋을 거야. 아, 말 나온 김에 지금부터 해볼까?"

재희가 장난스럽게 말했다.

"재희… 선배?"

"왜 의문형이야?"

"뭔가 어색해."

"그러니까 얼른얼른 불러서 익숙해져야지. 민하한테는 선배라고 잘 하잖아."

"민하 선배는 처음부터 그렇게 부르라고 딱 잘라서 말했거든."

"그건 아마 널 생각해서 그런 걸 거야. 이쪽은 군기가 세서 호칭이나 말투 조심하지 않으면 뒤에서 말이 나오거든."

"아, 그래?"

그런 식으로 생각해본 적은 없었다.

민하는 보기보다 마음씀씀이가 깊은가 보다.

나름대로 사람을 잘 판단한다고 생각했었는데, 사람들과의 관계가 깊어지면서 오만이었다는 것을 깨닫게 된다.

잠깐의 대화, 잠깐의 마주침 정도로는 그 사람을 규정 지을 수가 없다. 사람에게는 늘 겉으로 보이지 않는, 숨겨진 무언가가 있었다.

"이제 정말 얼마 안 남았네."

"뭐가?"

"네 데뷔."

"아직 몇 달 남았는데."

"공식적으로야 몇 달이지만, 비공식적으로는 우리 새 앨범이 데뷔잖아. 기대된다."

"난 걱정돼. 부대표님이 기대를 많이 하시는데, 그만한 반응이 안 나올까 봐."

"걱정할 거 없어. 잘될 테니까. 네 목소리는 정말 끝내주거든."

'날 반하게 할 만큼.'

마지막 말을, 재희는 속으로 삼켰다.

'그래, 날 반하게 할 만큼. 네 목소리도, 눈빛도, 그 행동들도. 날 반하게 할 만큼 매력적이니까 분명히 잘될 거야.'

그렇게 말해주고 싶었다.

그러나 이제 그 말들이 자기 몫이 아니라는 것을 알게 되었다.

찬혁이 지완을 사랑하고, 지완 또한 찬혁을 사랑한다는 걸 알고 있었다.

그러나 포기하지 않으려고 했다. 인생에 찾아온 사랑을 아무런 노력도 없이 놓치고 싶진 않았다.

서서히 다가가면, 조금씩 잘해주면, 그러면 언젠가는.

그런 기대를 했다.

하지만 오늘 함께 있는 내내 긴장한 지완을 보며, 놀이공원에서 주춤 물러서는 지완을 보며.

포기해야 한다는 걸 깨달았다.

지완에게 남자는 상처이고 공포이고 절망이고 어둠이었다.

상대가 어떤 사람인지는 중요하지 않았다.

깊은 트라우마가 거미줄처럼 지완의 심장을 옭아매고 있었다.

건드리면 조여드는 트라우마의 거미줄을 걷어낼 사람은, 재희가 아니었다. 재희는 오히려 그 지독한 거미줄을 더 자극할 뿐이었다.

자기 때문에 사랑하는 그녀가 두려워하는 모습을 보는 건 유쾌한 일이 아니었다. 아니, 오히려 그것은 가슴을 찌르는 고통을 안겨 주었다.

그렇기에 재희는 이 감정을 고이 접어 깊숙이 밀어 넣겠다고 결심했다.

더는 그녀를 무섭게 만들고 싶지 않았다.

풍월 7집 앨범이 발매되었다.

기존의 신나는 분위기의 곡보다는 느릿한 향수를 자아내는 곡이 많이 실린 7집 앨범의 반응은 좋았다.

발매를 하자마자 7집에 실린 곡들이 각 음악 사이트의 1, 2, 3위를 차지했고, 다른 곡들도 전부 100위 안에 들었다.

놀랄 일은 아니었다.

풍월은 팬층이 두터워, 항상 이런 현상을 보여왔다.

게다가 이번에는 멤버인 윤진이 퇴출을 당한 후 첫 앨범이었기에, 남은 멤버들끼리 어떤 곡을 만들었을지 호기심으로 구입하는 사람들도 많았다.

하지만 며칠이 흘렀을 때, 게시판을 뜨겁게 달군 이슈는 단 하나였다.

- 게스트 보컬 임지완이 누구야?

풍월은 지금까지 게스트 보컬을 사용한 적이 한 번도 없었다. 때문에 임지완에 대한 의견이 분분할 수밖에 없었다.

- 윤진 빠지고 임지완이 들어가는 거 아냐?

- 목소리가 미쳤네. 어떻게 저런 목소리를 내지?

- 남자 맞겠지? 좀 중성적인 목소리인데.

- MS에서 띄워주는 신인인가? 왜 음악방송엔 같이 안 나오지?

- 새 멤버로 들어오는 거면 반대.

- 노래 진짜 잘하네. 풍월 기존 멤버들보다 나은 듯.

- 이번 앨범은 임지완이 다했네.

- 임지완이 부르는 부분이 더 많았으면 좋았을 텐데.

- 왜 방송에 안 나오지? 얼굴 없는 가수인가?

- 목소리는 좋은데 얼굴이 엉망인 거 아냐?

게시판의 뜨거운 반응들을 확인하며, 현준은 피식 웃었다.

지완의 첫 앨범도 이제 마무리 단계에 들어갔다.

뮤직비디오만 찍으면 끝인데, 뮤비에 풍월 멤버를 넣을지 말지에 대한 의견이 좁혀지질 않아서 계속 미루는 중이었다.

풍월을 넣으면 확실히 이슈는 되겠지만, 풍월을 등에 업고 얻은 인기라는 오명이 생길 수도 있었다. 하지만 풍월이 들어가면 좀 더 재미있는 그림이 그려질 것 같아서 단번에 포기하기도 힘들었다.

'다들 깜짝 놀라겠지, 임지완을 실제로 보게 되면.'

현준은 거울에 비친 지완을 보며 생각했다.

지완은 미용실에서 헤어스타일을 바꾸는 중이었다. 얼마 전에 한 염색이 지완을 너무 가벼워 보이게 만들었기 때문이다.

미용실에서 머리를 할 때 예쁘게 보이는 사람은 많지 않았다. 지완의 머리를 스타일링해주는 헤어 아티스트는 지난번부터 지완을 볼 때마다 입에 침이 마르도록 칭찬을 해댔다.

"두상이 너무 예뻐. 피부도 곱고. 어떻게 남자가 이렇게까지 예쁠 수가 있지?"

몇 번이나 했던 칭찬을 또 하는 헤어 아티스트를 보며, 현준은 생각했다.

'사실 그 아이는 여자니까.'

이 말을 데뷔 전에 할 수 있으면 좋겠다고, 현준은 간절히 바랐다.

지완과 찬혁이 서로를 사랑한다는 말을 들었다. 아마도 둘은 연인이라는 관계가 되었을 것이다.

지완은 자신의 미래에 찬혁이 없다고 말했지만, 찬혁은 지완이 미래를 꿈꾸게 해주고 싶다고 했다.

둘의 관계에서 미래를 향해 이끌어가는 쪽은 아마도 찬혁이리라.

둘이 어떻게 지내는지는 특별히 보고받지 않지만, 둘 다 표정이 좋은 걸로 봐서는 잘 만나고 있는 중인 모양이었다.

'지완이는 찬혁이가 안 무서운 건가? 찬혁이가 자기를 여자가 아닌 남자로 알고 있어서?'

지완의 트라우마는 쉽게 고쳐질 수 있는 성질의 것이 아니었다. 그런데도 찬혁을 무서워하는 것처럼 보이지는 않았다.

'아니면 사랑하기 때문인가?'

문득 든 생각에 피식, 자조적인 웃음을 흘렸다.

사랑 때문이라니.

웃음이 나올 정도로 유치하지만 그럴듯한 생각이었다.

"그렇게 웃깁니까?"

거울로 현준의 웃는 얼굴을 본 지완이 물었다.

"어? 뭐가?"

"제 몰골이요."

지완이 자기 머리를 가리켰다.

지완은 펌을 하느라 머리에 롤을 말고 있었다.

"아냐, 귀여워."

"표정은 그렇지 않은데요."

"정말이야. 펌을 하면 잘 어울릴 거야."

"펌은 한 번도 해본 적이 없는데."

"이제 많이 하게 될 거야. 피부도 피부지만 머릿결도 꾸준히 관리를 받아야 돼."

"연예인이라는 건 정말 할 게 많네요."

"그래. 백조 같지."

호수 위에 우아하게 떠 있지만, 수면 아래에서는 쉴 새 없이 다리를 움직이는 백조.

연예인은 그와 같았다.

화려한 듯, 언제나 느긋한 생활을 즐기는 듯 보이지만 아름다움을 유지하기 위해 끊임없이 노력한다.

몇 시간에 걸린 헤어 스타일링은 아주 만족스러웠다.

연한 갈색의 머리카락에 살짝 웨이브가 생겨, 조금 강하던 인상이 훨씬 부드러워졌다.

"역시 잘 어울리네. 너한테는 펌이 괜찮을 것 같았어. 1집은 이 스타일로 가자."

"너무 여자 같지 않은가요?"

지완이 거울로 자기 얼굴을 들여다봤다.

손가락으로 앞머리를 말아 잡아당기는 지완을 향해 말해주고 싶었다.

'너, 여자 맞잖아.'

그 말을 얼마나 질색하는지 알기에 꿀꺽 삼키고 말했다.

"요새 아이돌들 봐라. 여자 같은 애들이 태반이야. 여자들한테 잘 먹히니까 걱정 마."

"여자들은 왜 여자 같은 얼굴을 좋아하는 걸까요? 남자다운 얼굴이 훨씬 좋지 않나?"

"그러는 넌 왜 민하가 아니라 찬혁인데?"

"네?"

"민하는 남자답게 생겼지. 찬혁이는 곱상하니 비교적 계집애처럼 생겼고."

현준의 말에 지완의 얼굴이 대번에 붉어졌다.

'이런, 이런.'

이름만 나와도 이런 반응이라니.

좋기는 정말 좋은가 보다.

"그냥 뭐… 제가 찬혁이 형을 얼굴 보고 좋아한 건 아니니까요."

"그럼 뭐가 좋은데?"

항상 궁금했던 것을 물었다.

왜 하필이면 송찬혁인데?

네가 여자라는 걸 아는 재희도 있고, 입은 거칠지만 속은 따뜻한 민하도 있는데. 어째서 무심하고 말도 없는 송찬혁인데?

"그러게요."

지완이 한쪽 볼을 부풀렸다.

"왜 송찬혁일까요?"

"너도 모르는 거냐?"

"항상 생각해요. 다정해서 좋다고. 웃는 게 예뻐서 좋다고. 열정이 있어서 좋다고."

"…지금 네가 말하는 게 송찬혁에 대한 거 맞아?"

다정하고 웃는 게 예쁘고 열정이 있다니.

적어도 현준이, 그리고 찬혁의 지인들이 아는 송찬혁의 모습은 아니었다.

"네, 찬혁이 형은 그렇잖아요."

'그거야 너한테만 그렇겠지. 난 전혀 모르겠다!'

라고, 현준은 생각했다.

"하지만 결정적으로 왜 사랑에 빠졌느냐고 묻는다면. 그건 잘 모르겠어요. 그냥… 좋았어요. 그냥."

"그냥."

찬혁은 그렇게 대답했다.

음악방송 때문에 이동을 하는 차 안에서, 민하는 고된 일과에 지쳐 코를 골며 자고 있었다.

재희가 지완과 마지막으로 데이트를 한 이후, 찬혁과 재희 사이는 약간 어색한 관계였다. 그나마 민하가 있어서 부드러운 분위기를 유지할 수 있었는데, 그 민하가 잠을 자는 바람에 차 안은 무거운 침묵에 눌려 있었다.

그러던 중에 재희가 물었다.

"너, 지완이가 왜 좋은 거냐?"

그 질문에 찬혁은 생각해볼 것도 없다는 듯 대답했다.

"그냥."

대답하는 찬혁의 입가에 옅은 미소가 떠올랐다.

생각만 해도 좋다는 듯 묻어나는 미소를 보는 것이 싫지 않았다.

아직도 지완을 생각하면 명치 부근이 욱신, 욱신. 그러나 재희는 도무지 찬혁을 미워할 수가 없었다.

찬혁이 이쪽을 어떻게 생각하는지는 중요하지 않았다. 재희에게 있어서 찬혁은 오랫동안 동고동락해온 가족과도 같은 친구였다.

웃지도, 울지도 못하는 안쓰러운 친구.

그런 친구가 진심으로 미소를 짓는 것이 싫을 이유가 없다.

"남자인데도 상관없는 거야? 그게 아니면… 원래 남자도 가능했던 거냐?"

재희의 질문에 찬혁이 고개를 돌렸다.

"그러는 넌?"

찬혁의 진지한 눈동자가 재희를 똑바로 응시했다.

"넌 지완이가 남자여도 상관이 없는 거냐, 아니면 원래 남자도 가능했던 거냐?"

날이 선 말투는 아닌 순수한 호기심에서 비롯된 질문이었다.

순간 재희는 말문이 막혔다.

'원래 남자는 가능하지 않아. 남자여도 상관이 없는 것도 아냐. 임지완은 여자야. 나는 걔가 여자라는 걸, 처음부터 알고 있었고. 만약 걔가 진짜 남자였다면, 걔가 여자라는 걸 몰랐다면, 나는 그 애를 사랑하지 않았을 거야.'

솔직한 대답을 할 수가 없었다.

"그러게."

그래서 후, 하고 앞머리를 불어 넘기며 대답했다.

"그러게 말이야."

"그래, 그런 거지."

뭐가 그렇다는 건지 모르겠다.

찬혁과 재희는 상황이 완전히 다른데, 그 부분에 대해 설명할 수 없으니 답답했다.

"성별을 생각해본 적이 없어. 그냥 임지완을 사랑해. 임지완이니까 사랑해서, 걔가 여자든 남자든 상관없어."

다행히 찬혁이 덧붙였다.

"아, 그래?"

"응. 다만… 걱정이 될 뿐이야."

"뭐가?"

"이 족쇄가 지완의 발목에까지 채워질까 봐."

"…."

"내가 임지완을 사랑한다는 걸 알게 되면, 사람들은 나보다 임지완을 더 비난하겠지. 물론 나를 비난하는 사람들도 많겠지만, 그보다는 임지완이 더 크게 당할 거야. 사람들에게도, 그리고… 내 부모님과 한성에게도."

찬혁이 품고 있는 문제를 이렇게 솔직하게 말할 줄은 몰랐다. 그래서 재희는 숨도 멈추고 찬혁의 입술만 주시했다.

"부모님과 한성은 나를 지키려고 하겠지. 여론은 지완이를 비난하는 쪽으로 흘러갈 거고, 나는 피해자인 것처럼 꾸며질 거야."

"그렇게까지 할까?"

"응, 그렇게까지 할 사람들이야."

대답하며, 찬혁은 하, 하고 웃었다.

오랜만에 보는 쓸쓸한 웃음이었다.

"나만 비난을 받고 끝날 문제라면 당장이라도 임지완 손을 잡고 말하고 싶어. 이 사람이 내가 사랑하는 사람이라고. 하지만 안 되겠지. 그건 지완이를 어둠 속에 밀어 넣는 일이니까."

"내가 도울 일은…?"

도울 만한 힘이 없다는 걸 알지만, 저도 모르게 묻고 말았다.

찬혁은 이런 말을 들을 줄 몰랐다는 듯 눈을 크게 떴다가, 곧 웃었다. 가슴이 시릴 정도로 예쁜 미소였다.

"고마워, 재희야. 네가 있어서 정말 든든하다."

무엇을 도와 달라, 찬혁은 말하지 않았다.

그러나 재희는 그 고맙다는 말이 진심이라는 것을 모를 만큼 바보가 아니었다.

"정말로 없는 거냐, 내가 도울 일?"

그래서 다시 물었더니 찬혁이 작게 한숨을 쉬고 대답했다.

"어쩌면 언젠가, 어쩌면 조만간. 내가 잠시 지완이 곁에 머물 수 없을 때. 지켜줘, 지완이를. 나는 최선을 다해서 노력하겠지만, 만약 그래도 안 될 때… 지완이가 너무 멀리 사라지지 않게 붙잡아줘."

"멀리 사라지다니."

혹시 이 친구가 지완의 사정을 알고 있는 걸까?

"지완이는 내게 아무 것도 알려주지 않았어. 하지만… 때로 난 그 애가 공기 중에 흩어질 것 같다는 생각을 해. 처음부터 그랬어."

"…."

"그 애가 흩어지는 걸 보고 싶지 않다. 그러니까 네가 붙잡아줘. 지완이는 너를 꽤나 신뢰하는 것 같으니까."

'뭔 소리들이야, 대체?'

차가 방지턱에 걸려 덜컥거리는 바람에 깨어났던 민하는, 남몰래 주먹을 꽉 쥐었다.

이해할 수 없는 대화가 재희와 찬혁 사이에 오가고 있었다.

'뭔 개소리야, 저게? 송찬혁이 임지완을 사랑한다고? 남자든 여자든 상관이 없다고? 뭔 소리야, 대체?'

도저히 끼어들 수가 없고, 방해할 수도 없어서, 민하는 계속 잠든 척을 하고 있었다. 하지만 손바닥이 축축하게 젖을 만큼 긴장했다.

'망할. 윤진도 퇴출된 마당에 송찬혁이 게이라고? 미친. 뭐야, 대체? 미친 거 아냐? 대체 언제부터? 아, 젠장.'

마음 같아서는 당장이라도 찬혁의 먹살을 잡고 외치고 싶었다.

정신 차려, 이 친구야. 임지완은 남자야. 아무리 예뻐도 같은 게 달린 사내놈이라고!

너는 풍월의 리더야, 이 자식아. 너까지 이러면 어떻게 해? 우리 풍월, 완전히 망한다고!

하지만 그럴 수가 없는 이유는, 다름 아닌 '한성'의 이름이 나왔기 때문이었다.

'한성은 또 뭐야? 한성이랑 송찬혁이랑 대체 뭔 관계인데? 지완이를 지킬 만한 상황이 생기는 이유가 뭔데? 아니, 애초에 송찬혁은 왜 사내놈을 사랑하게 된 건데!'

해림은 다리를 꼬고 앉아 노트북을 노려봤다.

해림의 방에는 풍월 7집에 수록된 노래가 흐르고 있었다.

'임지완…'

풍월 7집이 발매된 후 7집에 대한 평가보다는 '임지완'이라는 게스트 보컬이 이슈였다.

게시판은 '임지완이 누구냐.'에 대한 의문으로 시끄러웠다.

풍월의 게스트 보컬인 임지완에 대한 것은 알려진 것이 하나도 없었다. 심지어 성별조차 알 수 없었다.

'여자는 아니겠지.'

만약 지완이 여자였다면 해림의 귀에 그 정보가 들어오지 않았을 리가 없었다.

제나, 찬혁의 열애설 이후, 찬혁에게 사람을 붙여놓았다. 만약 여자가 필요 이상으로 찬혁에게 접근을 했다면, 해림에게 보고가 들어왔을 것이다.

지완이 여자가 아니라면 신경 쓸 일이 아닌데도 해림의 굳은 표정은 펴지지 않았다.

노래를 부르는 찬혁의 목소리 때문이었다.

7집에는 찬혁과 지완의 듀엣 부분이 많았다. 굵은 저음인 찬혁의 목소리와 약간 가늘지만 허스키한 지완의 목소리는 아름다운 하모니를 자아냈다.

거기까지라면 해림도 이렇게까지 거슬리지 않았을 것이다.

'찬혁이 기분이 좋은 것 같아.'

앨범만 듣고서는 알 수 없었다.

하지만 음악방송 녹화분을 보는 동안, 해림은 찬혁의 표정이 변했다는 것을 느낄 수 있었다.

그동안 찬혁에게 특별한 사건이 벌어졌다는 보고는 받은 적이 없다. 그렇다면 '임지완'이라는 인물 때문에, 저런 표정을 짓게 된 걸지도 모른다.

노트북 안을 가득 채운 찬혁의 눈동자는 생기로 가득 차 있었다. 특히 임지완과의 듀엣 부분을 부를 때마다 눈빛이 온화해졌다. 마치 녹음된 임지완의 목소리만 들어도 좋다는 듯이.

'거슬려, 진짜.'

별문제는 없을 것이다.

제나와의 열애설 때문에 예민해졌는지도 모른다.

하지만 까끌까끌한 모래가 신발 안에 들어온 것처럼 거슬렸다.

'아무래도 직접 못 본 지 너무 오래 됐어.'

지난번에 한국에 가려고 했던 계획은 아버지에게 먼저 알려져 호되게 혼나고 그만두었다.

아버지가 MS에 얘기를 해두겠다고 했으니 안심해도 되겠지만, 불안한 마음이 쉽게 가시지 않았다.

연예계 활동을 하는 것에 대해서는 터치하지 않겠다고 했지만, 찬혁이 여배우들과 촬영을 할 때마다 기분이 상하는 건 어쩔 수가 없었다.

쿨한 척하려고 해도, 사실 해림은 집착이 심하고 질투가 많았다.

아무리 연기라도, 다른 여자가 자기 것을 건드리는 건 끔찍하게 싫다.

해림은 벌떡 일어나 거실로 나갔다.

창성이 소파에 앉아 신문을 읽고 있었다.

"창성아."

"어."

창성이 천천히 고개를 들었다.

짙은 눈썹과 부리부리한 눈, 오뚝한 코와 강한 턱선. 남자답고 잘

생긴 얼굴이기는 하지만 찬혁에 비하면 고급스러움이 떨어지는 감이 있었다.

보디가드로 데리고 다니기에는 좋지만, 내 남편감으로는 부족하다고 생각하며, 해림은 말했다.

"조사 좀 해줘야겠어."

"임지완에 대해?"

"어떻게 알았어?"

"너랑 알고 지낸 지 몇 년인데 그걸 모르겠냐. 풍월 7집 나오고 나서부터 계속 표정이 안 좋았잖아."

"조사 좀 해봤어?"

"대충 알아봤는데 나오는 게 없어. MS에서 밀어주는 신인이라는 말은 있던데, 개인적인 인적사항은 걸리는 게 없다."

"자세히 좀 알아봐. 건성으로 훑지 말고."

"그렇게까지 해야겠냐? 어차피 일 때문이고, 찬혁이도…."

"찬혁이가 즐거워 보여."

"뭐?"

"찬혁이가 즐거워 보인다고. 내가 없는데도 즐거워 보여. 이 정도면 의심할 만하지 않아?"

해림의 말에 창성의 표정이 굳었다.

"찬혁이는 즐거우면 안 돼?"

해림이 차가운 눈으로 창성을 쏘아봤다.

"내가 잘해준다고 기어오르지 마, 지창성. 넌 내 고용인이야. 난 고용주고."

"…."

"조사나 해봐. 남자든 여자든 찬혁이 때 타는 꼴은 보고 싶지 않으니까."

시간은 빠르게 흘러갔다.

멀게만 느껴졌던 풍월 콘서트가 이틀 후로 다가왔다.

풍월 멤버들은 콘서트 리허설을 하느라 바빴고, 짧은 연습을 끝내고 돌아와 컨디션 조절을 하는 중이었다.

"긴장한 상황에서 무리하게 연습하면 병나. 콘서트 앞두고 아프면 안 되니까 푹 쉬어라. 딴 생각하지 말고."

현준이 당부하고 돌아갔다.

푹 쉬라는 말을 들었지만 도무지 쉴 수 있는 기분이 아니었다.

이틀 후면 수많은 사람들 앞에서 라이브로 노래를 불러야 한다. 그 사람들의 시선을 견딜 수 있을지, 실수를 하지 않을지 걱정이 되어 심장이 죄었다.

맛있는 거라도 먹으면 좀 나아지지 않을까 싶었는데, 너무 긴장을 해서인지 입맛도 없었다. 지완의 인생에서 입맛이 없어 보는 건 처음이었다.

'우와. 가수들은 매번 이런 긴장감을 어떻게 견디는 거지?'

지완은 소파에 반쯤 누운 자세로 풍월 7집의 노래를 들었다. 만의 하나라도 무대 위에서 가사를 잊어버리는 일은 없어야만 했다.

어깨만 툭 쳐도 가사가 나올 만큼 지완은 노랫말을 달달 외웠다.

얼마나 그러고 있었을까.

딩동.

초인종이 울렸다.

도어뷰로 밖을 확인했더니 찬혁이 서 있었다.

몇 시간 전에 보고 왔는데도 반가운 마음에, 지완은 황급히 문을 열었다.

"누구냐고 물어보고 문 열어."

찬혁이 안으로 들어오며 말했다.

"이걸로 확인했어."

지완이 도어뷰를 가리키며 말했다.

찬혁이 도어뷰를 가리키는 지완의 손가락을 잡더니, 그 끝에 살짝 입을 맞췄다.

"보고 싶었어."

찬혁이 지완을 응시하며 말했다.

그가 자기와 같은 마음이라는 것이 기뻤다.

"응, 나도."

지완의 대답에 찬혁이 부드럽게 웃었다.

그는 최근 자주 웃게 되었는데, 전처럼 건조한 미소가 아니었다. 옅게 번지는 미소가 보기 좋아서, 지완은 '내가 이 사람 곁에 없더라도, 쭉 이렇게 웃을 수 있으면 좋겠다.'라는 생각을 했다.

"지금 연습 중 아니야?"

"컨디션 관리도 해야 돼서 일찍 끝났어."

"그럼 집에 가서 좀 쉬지."

"널 보는 게 쉬는 거야."

찬혁이 지완의 손을 잡고 안으로 들어갔다.

"뭐 하고 있었어?"

"그냥 소파에 누워 있었어. 형, 저녁 먹었어?"

"아직. 넌?"

"나도 아직."

찬혁이 벽시계를 확인했다.

저녁을 먹기에는 조금 늦은 시간이었다.

"임지완이 이런 시간까지 저녁을 안 먹다니. 긴장을 많이 했나?"

"어, 진짜 긴장돼. 내가 살면서 입맛 없어본 건 처음이야."

"뭐라도 먹자. 콘서트 시작하면 뭐 먹기도 힘들어. 체력 보충 제대로 해둬야 돼."

둘은 소파에 나란히 앉아서 찬혁의 휴대폰으로 배달어플을 들여다보고 음식을 골랐다.

이걸 먹을까, 저걸 먹을까.

도란도란 의견을 나누다가 결국은 치킨으로 정했다.

바쁠 때가 아닌지 30분도 안 돼서 치킨이 배달 왔다.

식탁에 마주 보고 앉아 치킨 상자를 열었다. 간장 양념 치킨 냄새
가 퍼지자, 지금껏 못 느끼던 허기를 느꼈다.

찬혁이 닭다리 하나를 집어 지완의 앞접시에 놔주었다.

입맛이 없다던 지완은 닭다리를 잡고 맛있게 먹기 시작했고, 찬
혁도 다른 하나를 가지고 와 천천히 살을 뜯었다.

짭쪼롬하고 달달한 맛이 입안에 퍼졌고 '맛있다.'고 생각했다.

이상한 일이었다.

예전에는 산해진미를 먹어도 맛있다고 느껴본 적이 없는데. 지
완과 함께 있을 때는 무엇을 먹어도 맛있다.

살아가는 데 필요한 수준으로만 먹던 밥이었는데, 최근에는 맛
있는 것을 찾게 된다. 지완과 함께 먹기 위해서. 지완에게 맛보여주
기 위해서.

지완은 무엇을 먹어도 맛있게 먹지만, 정말 맛있는 걸 먹을 때는
눈이 동그래진다.

아몬드 형의 눈이 동그랗게 뜨여지는 모습이 귀엽고 사랑스러워
서, 찬혁은 그 모습을 자꾸만 보고 싶었다.

무엇이라도 해주고 싶다.

지완을 사랑하게 되면서 매일 생각한다.

지환을 위해 무엇이라도 해주고 싶고, 계속 해주고 싶다고.

"아, 맛있다. 막상 먹으니까 맛있네."

지환이 말했다.

"그럴 줄 알았어."

"그런데 형. 이거 내가 좀 예민하게 생각하는 걸지도 모르는데… 민하 선배랑 혹시 무슨 일 있었어?"

느닷없는 질문이기는 하지만, 찬혁은 지환이 왜 이런 질문을 던지는지 알 것 같았다.

언제부터인가 민하가 조금 이상해졌다.

말없이 생각에 잠기는가 하면, 재희와 찬혁을 가만히 노려보기도 했다.

지난번에는 방송국 복도를 나란히 걸어가다가 어깨를 부딪혔는데, 질색을 하며 멀찌감치 떨어졌다. 마치 만져서는 안 되는 걸 만졌다는 듯이.

그런 태도는 재희보다는 찬혁에게 더 심했다.

같이 있는 시간이 길지 않은 지환이 눈치챌 정도라면, 확실히 민하를 변하게 한 이유가 있기는 있다는 것이다.

'설마… 나랑 지환이 사이를 눈치챈 건가? 하지만 눈에 띄지 않게 행동했는데.'

민하는 둔한 면이 있어서, 재희와 찬혁이 지환을 두고 신경전을 벌일 때에도 그들의 관계를 눈치채지 못했다.

최근에는 그럴 일도 없었는데 왜 이제 와서 민하가 그리 행동하는 건지 솔직히 알 수 없었다.

'아니면 다른 문제가 있나?'

차라리 다른 문제 때문이어야 할 텐데.

이 관계 때문에 지완이 힘들어하는 걸 보고 싶지 않았다.

지완을 마음에 들어 하던 민하가 태도를 바꾼다면, 지완이 상처를 받을지도 몰랐다.

"별일 없어. 콘서트 때문에 예민해져서 그런가 보지."

"민하 선배가 콘서트 때문에 예민해진다고? 그런 성격으로는 안 보이는데."

물론 민하는 그런 성격이 아니지만, 일단은 지완에게 감춰야만 했다.

오늘 집에 가서 민하와 대화를 해봐야겠다.

타인에게 관심이 없는 찬혁이지만, 그게 지완과 관계된 일이라면 달랐다.

다행히 지완은 더 이상 민하에 대해 캐묻지 않았다.

치킨을 다 먹은 후 화장실에 손을 닦으러 들어갔다. 손을 닦고 나서 돌아보니 수건이 없었다.

'수건이 어디에 있지?'

수건을 찾아 수납장을 열었다.

두루마리 화장지와 치약 등이 잘 정리되어 있었고, 한 칸에 깨끗한 수건이 쌓여 있었다.

그중 하나를 꺼내는데, 툭, 무언가 떨어졌다.

무심코 그것을 주워들려던 찬혁은 손이 닿기 전에 우뚝 멈추고 말았다.

그것은 이곳에 있을 리 없는 것이었다.

'이게 왜?'

차마 손을 대지 못한 채 그것을 노려봤다. 그러면 그것이 사라지기라도 한다는 듯.

하지만 그것은 사라지지 않았다.

하늘색 봉지에 들어 있는 손가락 두 개 길이의 그것은.

탐폰이었다.

간신히 정신을 차리고 그것을 집어 들었다.

혹시나 내가 잘못 알고 있나 싶어 가만히 살펴보았지만, 탐폰이 확실했다.

'남자 혼자 사는 집에 왜 이런 게 있지?'

여배우들과 활동을 한 적이 많기에, 우연히 탐폰을 본 적이 몇 번 있었다. 때문에 보자마자 그것이라는 걸 알 수 있었다.

탐폰은 수건들 뒤에 감춰 있었던 것 같았다.

찬혁은 그것을 손에 들고 수건이 쌓여 있는 수납장을 응시했다.

또 뭐가 있을까?

궁금했다.

수건을 꺼내면 그 뒤에 무언가 더 많은 것들이 감춰져 있을 것만 같았다.

하지만 찬혁은 수건을 뒤지는 대신, 탐폰을 수건들 뒤로 밀어 넣었다.

지완이 무언가를 감추고 있다면, 그걸 몰래 뒤져서 알아내고 싶진 않았다.

'차라리 콘돔이라면 이해를 하겠는데… 왜 여성 용품이…?'

혼란스러운 마음으로 욕실에서 나왔을 때, 지완은 통화를 하는 중이었다.

"아, 지금은 좀… 안 되는데. 어? 집 앞이라고? 아니, 누나."

당황한 기색이 역력한 지완의 모습과 '누나'라는 호칭에 심장이 덜컥 내려앉았다.

그 물건은 '누나'라는 사람이 놔두고 간 것일까? 지완에게 그런 것을 집에 놔두고 갈 만큼 친한 '누나'가 있었던가?

사실 그동안 딱히 지완이 '남자'라고 생각해본 적이 없었다. 지완은 아무리 봐도 '남자'처럼은 보이지 않았기 때문이다.

하지만 지완의 입에서 나온 그 호칭과 이 집에 드나드는 여자가 있다는 것을 알고 나니, 새삼 지완의 성별을 자각하게 되었다.

'남자구나, 이 녀석.'

묘한 기분이 들었다.

그리고 질투도 생겼다.

"저기, 형."

통화를 끝낸 지완이 난처한 표정으로 찬혁을 돌아봤다.

"왜? 자리 피해줄까?"

질투심 때문에 말투가 곱지 않게 튀어나왔다.

지완이 눈을 동그랗게 떴다.

"어? 아니, 군이 피해줄 필요는 없는데. 아, 형이 곤란한가?"

"곤란한 건 너겠지. 대체 어떤 여자가…"

그렇게 말했을 때였다.

딩동.

초인종이 울렸다.

"아, 저… 형, 어떻게 할래? 방에 들어가 있을래?"

다른 때였다면 당연히 방에 들어가 있겠다고 했을 것이다. 타인에게 눈에 띄어서 좋을 게 없으니까.

하지만 찬혁은 입꼬리를 올리며 물었다.

"왜? 내가 여기에 있으면 곤란한 일이라도 있어?"

"아니, 그건 아니고."

딩동.

또다시 초인종이 울렸다.

지완은 "아이고." 하고 중얼거리며 현관문 쪽을 돌아보며 말했다.

"알겠어, 그럼. 뭐, 이상하게 생각하진 않겠지."

이상하게 생각하지 않는다고? 우리가 같은 남자니까?

뱃속이 부글부글 끓었다.

열지 마. 여자를 이 집에 들이지 마.

넌 내 거야.

지완의 손목을 잡고 그렇게 말하고 싶었다.

다행히 한 가닥 남은 이성이 찬혁을 붙들었고, 지완은 현관문을 열었다.

방문객은 상상도 못 했던 사람이었다.

"제나?"

"어, 뭐야? 찬혁이 오빠가 왜 여기 있어? 아, 풍월 일 때문에? 그러고 보니 곧 콘서트지? 콘서트 때문에 얘기 중이었던 거야?"

제나는 언제나 그랬듯 제멋대로 떠들어대며 안으로 들어왔다.

'제나가 왜?'

지완과 제나가 종종 만나왔다는 걸 모르는 찬혁은 혼란스러울 수밖에 없었다.

'제나가… 지완이의 그녀인가?'

바보 같은 생각까지 들었다.

지완이 자신을 사랑한다는 걸 알면서도, '혹시나'하는 불안감을 지울 수가 없었다.

사랑하기에 질투가 생기고, 사랑하기에 약해졌다.

사랑하기에 지완의 앞에 선 스스로의 모습이 우스울 정도로 작게 느껴지기도 했다.

"뭐, 아무튼 오랜만이야. 오빠도, 지완이도."

'오랜만'이라는 제나의 말에 안심하는 제 모습이 웃겼다.

찬혁은 주먹을 살며시 쥐고 질투를 드러내지 않으려고 애쓰며 제나에게 물었다.

"네가 지완이랑 친했던가?"

"응, 우리 친해. 몰랐어?"

제나가 지완의 팔에 팔짱을 끼며 말했다. 둘의 접촉이 거슬려서, 찬혁은 저도 모르게 지완의 손목을 잡아 끌어당겼다.

뒤늦게 아차 싶었는데, 다행히 제나는 이상하게 생각하지 않는 듯 백에서 무언가를 꺼냈다. 풍월의 7집 앨범이었다.

"이거 말이야, 이거. 발매됐을 때부터 얼마나 찾아오고 싶었다고. 드라마 촬영만 아니었으면 당장 달려왔을 텐데. 뭐야, 이거. 임지완, 이거 너 맞지? 나, 진짜 깜짝 놀랐다니까. 풍월이랑 좀 친해보여서 뭔가 싶었는데, 이런 거였어? 진이 오빠 대신에 지완이가 풍월에 들어가는 거야?"

제나가 와다다다 물었다.

"아니, 그런 건 아니야."

제나가 잠시 숨을 고르는 틈에, 지완이 말했다.

"그냥 게스트 보컬일 뿐이야. 난 다음 달쯤에 솔로로 데뷔해."

"아, 그래? 그런데 너, 노래 진짜 잘하더라. 원래 목소리가 좋다는 생각은 했는데, 노래할 때 목소리는 또 다르던데? 드라마 같이하는 사람들도 임지완이 누구냐고 난리였어. 동료 배우 중에 풍월 팬들도 꽤 있거든. 그런데 이번에는 풍월보다 임지완이 누군지 궁금해서 미치더라고. 대단해, 임지완. 목소리만으로 여자들 마음을 사로잡고."

지완 앞에서의 제나는 찬혁과 둘이 있을 때와는 달랐다.

좀 더 어리고 순수한 소녀처럼 행동하는 제나의 모습에, 찬혁은 어떤 반응을 보여야 좋을지 알 수 없었다. 게다가 찬혁을 꾀려고 했던 모습은 온데간데없고, 지완에게만 집중을 하고 있었다.

한발 떨어져서 냉정하게 평가한다면, 제나와 지완은 스스럼없는 편한 친구로 보였다.

그러나 지완을 사랑하는 찬혁은 냉정해질 수가 없었고, 둘의 친근한 모습이 거슬리기만 했다. 거기에 욕실에서 발견한 여성용품까지 자꾸만 겹쳐져서, 예전에 제나가 귀찮게 들러붙을 때보다 더 싫어졌다.

"그런데 지완아. 너도 콘서트 나가? 아, 나 물 한잔만 줘."

제나가 소파에 앉으며 말했다.

지완이 물을 가지러 냉장고로 향했고, 찬혁은 소파의 맞은편에 앉았다.

"지완이도 콘서트 나온다. 게스트 보컬로."

지완을 대신해서 찬혁이 대답했다.

"그래? 잘됐네. 실제로 들어보고 싶더라, 지완이 노래. 반하겠어,

정말."

"반하지 마."

"어?"

"반하지 말라고."

"뭐래. 반하든 말든 오빠가 신경 쓸 건 없잖아. 우린 이미 끝난 사이인데."

"제나, 너…."

"왜? 이제 와서 나한테 미련 생기니?"

제나는 무언가 한참을 오해하고 있었지만, 찬혁은 굳이 그 부분을 고쳐주지 않았다.

"그래, 그럴 거야. 남자들 보면 참 웃긴 게, 잘해줄 때는 지가 뭐라도 되는 것처럼 콧대 높이다가 떠나고 나면 후회를 한다니까. 하지만 관두셔. 나는 오빠한테 이제 마음 없어. 다른 여자의 남자, 딱히 건드리고 싶지도 않고."

물을 떠서 거실로 돌아오던 지완이 우뚝 멈췄다.

'다른 여자의 남자.'

제나가 누구를 두고 그런 말을 하는지 알고 있었다.

최해림.

한성 그룹의 아가씨.

"다른 여자의 남자라니?"

찬혁이 낮은 음성으로 물었다.

제나가 한쪽 입 꼬리를 비틀어 올렸다.

"알 만한 사람은 다 알잖아. 한성의 아가씨에 대해서. 나도 들었어, 그 소문. 뭐, 소문만은 아닌 것 같지만."

"…."

"오빠도 참 대단해. 이미 정상을 찍었는데 뭐가 그리 욕심이 많아서 한성에까지 손을 뻗었어? 그렇게 안 해도 인기 많으면서. 노후 준비를…."

"누나."

안 되겠다 싶어, 지완이 끼어들었다.

그동안 밝았던 찬혁의 표정이 전처럼 돌아가는 것을 보고 싶지 않았다.

한성의 아가씨. 찬혁의 여자.

그런 말들이 지완의 폐부를 찔렀지만, 그보다는 찬혁이 상처 입을 것이 더 걱정되었다.

"물 가져왔어."

"응, 고마워. 나 콘서트 갈 거야. 기대된다. 콘서트에서 임지완이 누군지 밝히고 나면, 나도 너랑 친한 사이라는 거 여기저기 알려도 되는 거지?"

특별히 찬혁을 상처 입힐 의도는 없었는지, 제나는 금방 다른 주제로 옮겨갔다.

하지만 찬혁의 어두운 표정은 나아지지 않았다.

콘서트에 대해 떠들어대다가 현재 촬영 중인 드라마에 대한 악담을 늘어놓던 제나가 돌아간 후, 찬혁도 소파에서 일어났다.

"나도 가볼게."

찬혁의 무거운 표정이 마음에 걸렸다.

"형."

찬혁의 손목을 붙잡고 그를 올려다봤다.

찬혁이 빙그레 웃으며 지완의 머리를 쓰다듬었다.

"걱정 마. 너는 안 다치게 할 거야."

"다쳐도 돼."

지완은 말했다.

"난 형이 다치는 게 싫어. 나는 괜찮아."

거짓 없는 지완의 말에 찬혁의 눈썹 끝에 힘이 풀렸다.

찬혁은 조심스럽게 지완을 끌어안았다.

그의 향기가 지완의 코끝을 간질였다.

언제 맡아도 좋은 향기였다.

"왜 우리는 항상 이렇게 서로 다칠지 말지 걱정해야 하는 걸까?"

"…."

"그냥 이렇게 둘이서 사랑만 할 수 있으면 좋을 텐데. 바보 같은 질투를 하고, 그런 나를 놀리면서, 그렇게 재미있게 사랑할 수 있으면 좋을 텐데."

"질투, 했어?"

"응, 했어."

"나랑 제나 누나는 그냥 친구 사이야. 베스트프렌드래."

"그래."

"나는, 형. 친구를 가져본 적이 없어."

"…"

"그래서 제나 누나가 나한테 거리낌 없이 다가와주는 게 좋아. 하지만 형이 질투를 한다면 제나 누나랑 거리를 둘게."

"그러지 마, 지완아. 나는 네 세계를 좁히고 싶지 않아. 이건 그냥 너를 아주 많이 사랑해서 잠깐 느끼는 질투일 뿐이지, 네가 가진 것들을 빼앗고 싶은 마음이 아니야. 제나는."

찬혁은 지완을 놓아주고 두 손으로 지완의 뺨을 감쌌다.

"가볍게 행동하고 철딱서니 없고 까칠하지만, 그래도 친하다고 생각하는 사람한테는 마음을 다 주는 애야. 그러니까 친하게 지내두면 네게 힘이 될 거야."

찬혁이 돌아간 후, 지완은 소파에 무너지듯 앉았다.

'왜 우리는 항상 이렇게 서로 다칠지 말지 걱정해야 하는 걸까?'

찬혁이 고통스러운 목소리로 그리 말했을 때, 하마터면 지완은 말할 뻔했다.

'도망치자, 형. 다 버리고 도망치자. 형의 목을 채운 그 사슬을 끊고 도망치자.'

해서는 안 되는 말이었다.

지완은 다 버리고 도망칠 수 있었다. 버려야 할 만큼 손에 쥔 것도 없으니까.

하지만 찬혁은 상황이 달랐다.

그의 가족, 명성과 인기, 재산까지.

지완과 달리 너무나 많은 것을 가지고 있었다.

지완 한 명 때문에 그 모든 것을 포기하게 할 수는 없었다.

사실은 아주 잠깐 꿈꾼 적이 있었다.

찬혁과의 미래를.

그가 함께 하는 영원을.

하지만 오늘 괴로워하는 그에게 '도망치자.'는 말을 할 수 없는 자신의 모습에, 다시금 깨달았다.

그와 함께 걷는 미래는 존재하지 않을 것임을.

콘서트 1차 공연은 토요일 오후 6시에 시작이었다.

콘서트 장소 앞은 오전부터 긴 줄이 서 있었고, 굿즈를 판매하고 구매하는 사람들로 인산인해였다.

리허설을 위해 공연 시간보다 일찍 공연장에 온 지완은, 벌써부터 길게 늘어서 있는 줄을 보고 숨을 삼켰다.

지완이 탄 밴이 지나가자, 줄을 서 있던 사람들이 동시에 이쪽으로 시선을 보냈다.

"어마어마하네요."

현준이 고개를 끄덕였다.

"그래, 어마어마하지."

"괜찮을까요, 저."

"잘할 거야. 연습한 대로만 해."

현준은 대수롭지 않다는 듯 말했지만 지완은 긴장감을 견디기가 힘들었다.

남자들의 눈길만 받지 않으면 괜찮을 줄 알았는데 아니었다. 수많은 사람들의 시선이 모인다는 건, 상상보다 훨씬 더 숨이 막히는 일이었다.

'찬혁이 형은 항상 이런 걸 견디고 살았겠구나.'

그가 왜 그렇게 괴로워하는지 조금은 알 것 같았다.

'연예인들은 진짜 대단하다. 보통 강심장이 아니면 살아남기 힘들겠어, 진짜.'

아직 무대에 선 것도 아닌데 손가락 끝이 차갑게 식었다.

대기실로 들어가자 풍월 멤버들과 그들의 매니저, 그리고 메이크업, 헤어 등을 담당하는 스텝들이 와 있었다.

지완을 처음 보는 사람들은 현준에게 인사를 하면서도, 지완을 향해 호기심 어린 시선을 보냈다.

현준이 지완을 그 게스트 보컬이라고 소개하자, 다들 신기해하며 다가왔다. 어색한 인사를 끝낸 후, 무대에 가서 리허설을 하고 이런저런 의견을 나누다 보니 어느새 시간이 훌쩍 흘러 있었다.

메이크업을 받고 머리를 하고 옷을 입었다.

시간이 너무 빨리 흘러가는 것 같았다.

조금만 더 시간이 있으면 좋을 텐데. 아직 부족한데. 실수할 것 같은데. 제대로 해낼 수 없을 것 같은데.

그런 불안감에 입안이 바싹바싹 말랐다.

민하와 재희, 찬혁 쪽을 한번씩 돌아봤다. 그들은 별로 긴장하는 것처럼 보이지 않았다.

재희는 메이크업을 해주는 여자와 수다를 떨고 있었고, 민하는 머리를 하면서 휴대폰으로 무언가를 보고 있었다. 그리고 찬혁은 이쪽을 보는 중이었다.

눈이 마주쳤다.

찬혁이 피식 웃더니, 입 모양으로 '괜찮아.'라고 말했다.

아니, 형. 난 괜찮지 않아.

지완은 도망치고 싶었다.

하나도 괜찮지 않아. 무서워 죽겠어. 이렇게 많은 사람들 앞에 서는 건 처음이거든. 실수하면 어쩌지? 실패하면 어쩌지? 멋진 결과 따위는 거의 얻어본 적 없는 인생인데, 이번에도 역시 그러면 어쩌지? 너무 큰 실수를 저질러서 풍월에게 폐가 되면 어떻게 하지?

그런 말들이 입안을 맴돌았다.

"지완아."

재희가 지완을 불렀다.

"어?"

"문 나가서 복도 오른쪽으로 가다 보면 자판기 있거든. 거기서 차가운 녹차 좀 뽑아다 줄래?"

"어, 그럴게."

남에게 심부름을 시키는 일이 별로 없는 재희가 심부름을 시키는 게 이상하다고 생각할 틈도 없이, 지완은 벌떡 일어났다.

이 대기실을 잠깐 나갈 수 있어서 다행이었다.

지완이 나간 후, 재희가 찬혁에게 눈짓을 했다. 지완과의 시간을 만들어주려는 의도였다는 걸 깨달은 찬혁이 눈으로 감사 인사를 보내고는 일어섰다.

"나 화장실 좀."

민하가 휴대폰에서 시선을 떼고 어둡게 가라앉은 눈으로 찬혁의 뒷모습을 노려봤다.

덜커덩.

자판기에서 녹차 캔이 떨어졌다.

허리를 굽혀 차가운 캔을 꺼내는데 누군가 지완의 허리를 감싸 안았다.

"으앗!"

작게 비명을 지르며 돌아선 지완은 찬혁을 보고 눈을 휘둥그레 떴다.

"형?"

"놀랐어?"

"놀라지, 그럼."

"안 놀라는 성격인 줄 알았는데."

"갑자기 만지면 놀라. 메이크업 다 받았어?"

"응, 끝났어. 머리 잘 어울린다."

지완은 연갈색으로 염색해 베이비펌을 한 헤어스타일을 하고 있었다.

지완의 작고 갸름한 얼굴과 베이비펌은 무척 잘 어울려서, 또래보다 훨씬 어려 보였다.

"진짜 여자 같아."

찬혁은 자신이 덧붙인 말에 자기가 움찔했다.

지완도 이 헤어스타일이 자신을 유독 여자처럼 보이게 만든다는 자각을 하고 있었다.

하지만 현준이 콘서트에서는 성별을 알리지 않고 의견이 분분하게 만든 후, 데뷔할 때 남자답게 등장을 하자고 해서 이 스타일을 유지할 수밖에 없었다.

찬혁이 지완의 머리를 살짝 쓰다듬었다.

"아, 스타일링해서 만지면 안 되지. 그런데 정말 복슬복슬해서 만지고 싶은 머리야."

찬혁이 얼른 손을 거두며 말했다.

"저쪽에 가서 얘기 좀 할까?"

찬혁이 비상구를 가리키며 말했다.

"이거 재희 선배 가져다줘야 하는데."

"그냥 너 마셔도 돼."

찬혁이 지완의 손목을 잡아 계단으로 향했다.

어두운 비상구 계단에, 둘은 나란히 앉았다.

"긴장되지?"

찬혁이 물었다.

비상구에 웅웅 울리는 그의 낮은 음성이 듣기 좋았다.

"아니, 괜찮아."

습관처럼 괜찮다고 말했다.

찬혁이 고개를 돌려 지완을 응시했다.

그의 까만 눈동자에 자기 모습이 어떻게 비치는지 궁금했다.

"나는 처음 방송을 탄 게 언제인지 몰라. 아마 태어나고 얼마 안 돼서, 대배우와 대가수의 육아일기 따위로 방송에 나왔겠지. 네 살인가 다섯 살일 때 아역배우로 드라마에 출연을 했고, 그렇게 자주 드라마나 영화에 얼굴을 비추다가 풍월의 리더로 데뷔를 했어. 방송에 나오고 사람들 앞에 서는 것이 일상이라, 그것이 긴장되거나 두려운 적이 없었어. 그런데 이제 와서 긴장이 된다.”

“긴장돼?”

“응, 긴장돼. 봐봐.”

찬혁이 지완의 손을 잡았다.

그의 손이 땀에 젖어 있었다.

느긋한 표정이라서 그가 긴장하고 있을 줄은 꿈에도 몰랐다.

“왜 긴장돼? 형은 콘서트 자주 했잖아. 혹시 내가 실수할까 봐?”

“아니. 그보다는 내가 사랑하는 사람이 처음으로 사람들 앞에 서는 날이라서.”

그의 음성이 따뜻하게 내려앉았다.

“내가 사랑하는 사람이 많이 긴장하고 있어서. 그래서 나도 덩달아 긴장이 돼.”

부드럽고 다정한 음성이었다.

그런데 어째서인지 콧등이 시큰거렸다.

이 세계에 들어온 후, 이놈의 눈물샘이 고장 난 것 같다.

잠자리를 찾지 못해 오들오들 떨어야 할 때도, 서성이던 깡패들의 눈에 띄어 뭇매를 맞았을 때도 눈물을 흘린 적이 없었다.

그런데 왜 사람들과 만나 다정한 말을 들을 때마다 이렇게 눈물이 나려고 하는 걸까. 어째서 따스함이 가슴에 내려앉을 때마다 이토록 눈가가 시큰거리는 걸까.

참 좋은데, 가슴이 벅찰 정도로 행복한데.

"실수를 해도 돼. 작은 실수는 눈에 띄지 않고, 설령 큰 실수를 했다 해도 나랑 재희, 민하가 잘 수습해줄 테니까. 가사를 잊어버리면 내가 대신 불러줄 거고, 발이 꼬여 넘어지면 일부러 그런 듯 일으켜 줄 거야. 아무것도 걱정할 거 없어. 너 혼자 서는 무대가 아니니까."

"풍월에 폐가 되고 싶지 않아."

"그런 일 없을 거야. 콘서트를 하다 보면 베테랑들도 가끔 실수를 하거든. 신인인 네가 실수를 하는 건 당연하지. 그것 때문에 풍월의 이름값이 떨어지거나 하진 않아."

찬혁이 엄지와 검지로 지완의 턱을 잡아 자신을 보게 만들었다.

항상 텅 비어 있었던 찬혁의 눈동자를, 지완의 얼굴이 가득 채우고 있었다.

찬혁은 사랑스럽고 예쁜 자신의 연인을 한참 응시하다가 천천히 고개를 숙였다. 지완의 향기가 아찔하게 코끝을 자극하고, 숨결과 숨결이 섞이는 그때였다.

"이 게이 새끼들."

민하의 나지막한 욕설이 들려온 것은.

팟!

지완은 반사적으로 찬혁의 가슴을 밀어냈다. 하지만 찬혁은 여전히 지완의 턱을 잡고 있었고, 전혀 놀란 당황한 기색도 아니었다.

찬혁이 천천히 고개를 돌렸다.

비상구 입구 앞에 민하가 서서 이쪽을 노려보고 있었다.

"민하 선배… 이건 그냥…"

"니들. 지금 뭐하냐?"

지완이 변명하려고 했지만 민하가 먼저 말을 끊으며 성큼성큼 다가왔다.

민하는 지완에게 눈길도 주지 않았다. 오롯이 찬혁만을 노려보고 있었다.

한 계단 올라온 민하가 찬혁의 멱살을 잡아 일으켰다.

"너, 지금 뭐 하냐, 송찬혁? 이 변태 새끼야."

"민하야."

"미쳤냐, 이 새꺄? 게이인 게 뭐가 자랑이라고 여기서까지 게이질이야, 미친 새끼."

"민하야."

"성인군자인 척은 지 혼자 다 하더니 미친놈이, 사내새끼랑 연애질을 해? 네가 뭐라고 했냐?"

파악!

민하가 찬혁을 벽에 밀어붙였다.

"윤진 일도 있으니까 행동 조심하라며? 지금 이게 조심하는 거냐? 사내놈이랑 연애질하는 걸 동네방네 알리는 게?"

사람들의 눈을 의식해서인지 민하는 언성을 높이지 않았다. 하지만 억누른 그 음성에 노기가 서려 있었다.

찬혁은 말없이 민하를 응시했다.

둘의 모습을 지켜보던 지완은 주먹을 꽉 쥐었다.

이런 날이 올 줄은 알고 있었다.

하지만 이렇게 빨리 올 줄은 몰랐다.

게다가 민하의 행동은 지완의 예상범위를 벗어났다.

이런 걸까? 남자들끼리의 사랑이라는 게?

'하지만 사실 난 여자야.'

두 눈 딱 감고 내가 여자라는 것을 밝히면, 이 문제는 사라지지 않을까? 사내놈을 좋아하는 변태 새끼라는, 찬혁에 대한 평가가 달라지지 않을까?

민하는 믿을 만한 사람이니까, 찬혁 역시 믿을 수 있는 사람이니까. 그러니까 이 두 사람에게는 내가 여자라고, 사실 아주 많은 이야기가 있다고 말해도 되지 않을까?

그런 고민들을 하고 있을 때였다.

"미리 말하지 못해서 미안하다, 민하야."

찬혁이 그렇게 말했다.

찬혁은 민하가 멱살 잡은 손 위에 자신의 손을 겹쳐놓으며, 낮고 묵직한 목소리로 말했다.

"말해야 한다고 생각했는데 입이 떨어지지 않았어. 미리 말하지 못해서 미안해."

민하의 눈이 붉어졌다.

"이 망할 게이 새끼. 누가 그런 것 때문에… 이러는 줄 알아? 빌어 먹을, 변태 같은 얘기… 누가 그런 거 미리 듣고 싶어서 이러는 줄 아느냐고!"

말과는 달리 민하의 목소리는 아까보다 누그러져 있었고, 조금 떨리고 있었다.

"익숙지가 않아, 남에게 내 이야기를 하는 거. 너도 조금은 눈치를 챘겠지만 그런 삶을 살아왔으니까. 나에 대한 것을 꽁꽁 감추고 드러내지 않고 알리지 않고 그렇게 살았어야 했거든. 그래서 그렇게 쉽지가 않았어."

찬혁이 담담하게 말했다.

"웃기지 마. 그럼 재희는…!"

"재희는 눈치를 챈 거야. 나보다 더 빨리, 내 마음을."

"그 새끼는 눈치가 빠르지."

"응, 빠르지."

민하가 멱살을 잡고 있던 손에서 힘을 뺐다.

"망할."

민하는 두 손으로 머리를 거머쥐고 계단에 주저앉았다.

"미친놈들. 사내새끼들끼리 이게 뭐하는 거야?"

"그러게."

"변태 새끼들. 변태 짓을 할 거면 진작 나한테 말을 해주든가. 마음의 준비를 할 시간은 줘야 할 거 아냐, 이 나쁜 새끼야."

"미안해."

찬혁이 민하의 옆에 앉았다.

지완은 돌아가는 상황을 이해할 수가 없었다.

이게 뭐지? 단지 그거였어? 미리 말을 해주지 않아서? 미리 알려주지 않아서? 재희는 알고 있는데 민하만 모르고 있었기 때문에?

친구를 사귀어본 적도, 사람과의 관계를 가져본 적도 없었던 지완은, 민하가 느끼는 감정을 완전히 이해하기 힘들었다.

"언제부터냐?"

민하가 물었다.

"아마도 처음부터."

찬혁의 대답했다.

민하는 고개를 들어, 몇 계단 아래에 서 있는 지완을 올려다봤다.

"너는? 너도 찬혁이가 좋은 거냐? 아니면 이 새끼가 선배라서 어쩔 수 없이 받아주는 거냐?"

"나는… 사랑을 하고 있어, 선배."

지완의 말에 민하가 고개를 절레절레 저었다.

"변태 새끼들. 사랑은 개뿔. 이 망할 놈아. 저 새끼가 아무리 계집애처럼 생겼어도 착각은 하지 말아야지. 저거, 임지완. 아무리 예뻐도 남자야. 너랑 같은 게 달렸다고!"

'아니, 안 달렸는데.'

속으로만 생각하고서 지완은 가만히 있었다.

"그런 건 상관없어."

"상관이 없다니. 너, 인마. 너 연예인이야. 너네 부모님도 연예인이고. 쟤는 이제 곧 데뷔야. 이런 사이라는 거 알려지면, 너도, 네 부모님도, 그리고 임지완도 끝이야. 알아? 끝이라고."

끝.

민하의 입에서 나온 말에, 지완은 다시금 나와 그의 관계를 실감할 수 있었다.

알려지면 끝이 나는 사이.

그것이 차라리 관계의 끝이라면 나았다.

이별을 하면 그만이니까.

하지만 그것만으로 끝나지 않는다는 게 문제였다. 알려지는 순간, 찬혁의 인생이, 찬혁 가족들의 인생이 끝이 난다.

'나야 뭐, 끝날 것도 없지만.'

손에 쥔 것이 없으므로 지완은 자기가 잃게 될 것들이 두렵지 않았다. 하지만 찬혁은 잃을 것이 너무 많았다.

'애초에 나는 남자가 아니니까 그걸로 문제가 되진 않겠지만. 결국 언젠가 내 과거가 알려질지도 몰라. 그러면 그런 나와 사귄 찬혁이 형은… 타격을 받겠지.'

지금 이 순간만을 생각하며 행복하고 싶은데, 암울한 미래가 그려지는 것을 막기는 힘들었다.

특히 이렇게 타인의 입에서 어두운 결과를 듣게 되면 더 그랬다.

사랑을 하기에 두려움이 커지고, 두려움이 커져 부정적인 상상을 하게 된다. 그 상상은 어느새 아픈 족쇄가 되어 발목을 움켜쥐고, 어둠 속으로 지완을 끌어들이려 했다.

"지나가는 바람이겠지."

찬혁이 아무 말도 하지 않자, 민하가 말했다.

"그래, 지나가는 바람이라고 생각한다. 니들이 연애질을 하든, 변태 짓을 하든 터치 안 하겠는데. 지나가는 바람 때문에 다 잃지 않게 조심들 해라. 이런 데서 애정 행각 해서 걸리지 말고."

민하가 일어났다.

지나가는 바람.

'그래, 맞아. 나는 찬혁이 형의 인생에 지나가는 바람일 뿐이야.'

아주 잠시 머물다가 떠나는 바람.

민하의 표현이 아주 적절하다고 생각했는데, 찬혁이 민하의 손목을 붙잡았다.

찬혁은 민하를 똑바로 올려다보며 말했다.

"지완이는 지나가는 바람이 아니야, 민하야. 지완이는…."

"시끄러, 이 새꺄. 나 아직 너희들 사랑 타령을 완전히 받아들인 거 아니거든? 로맨틱한 소리는 지완이한테나 지껄여. 그리고 임지완, 너."

한 소리 하기 위해 지완을 돌아본 민하는, 그 뒷말을 이을 수가 없었다.

'뭐야, 저 녀석? 왜 저렇게…'

흩어질 것 같은 걸까?

지완은 분명 그 자리에 서 있었다.

하지만 민하의 눈에는 불어오는 바람에 사락사락 흩어지는 환상처럼 보였다.

눈을 깜빡이는 순간 완전히 없어질 것만 같았다. 임지완이라는 사람이 존재했다는 사실조차 잊힐 것 같은 느낌이었다.

민하는 눈을 휘둥그레 뜬 채 입을 다물었다.

그때 지완이 미소를 지었다.

"걱정 마, 선배. 찬혁이 형한테도, 선배한테도 폐가 되는 일은 없을 테니까."

"야, 임지완."

"나 먼저 들어가볼게."

휙 돌아서서 비상구를 빠져나가는 지완을 잡을 수가 없었다. 혹시라도 잘못 건드리면 정말로 부서질 것처럼 보였기 때문이다.

사람을 상대할 때에 거침이 없는 민하로서는 처음 느껴보는 감정이었다.

가슴이 지끈, 지끈 아팠다.

무언가 큰 잘못을 저질렀을 때처럼 심장 부근이 뻐근했다.

왜 이런 죄책감이 느껴지는 걸까?

'난 잘못한 거 없어.'

내 친구가, 내 후배가 게이라는 걸 알게 되었다. 나 몰래 사귀고 있다는 걸 알게 되었다.

그럴 때에 이 정도 반응을 보이는 건 이상한 일이 아니다. 끝까지 반대를 한 것도 아니다. 게다가 이미 어느 정도는 둘의 사이를 인정 해주었다.

그런데 왜 이렇게 죄책감이 느껴지지? 절대로 해서는 안 될 소리 를 한 것처럼 가슴이 답답한 거지?

"야, 내가 뭐 잘못했냐?"

그런 고민을 마음에 품고만 있는 성격이 아니기에, 민하는 찬혁 을 돌아보며 물었다.

어두운 눈으로 비상구 문을 응시하던 찬혁이 고개를 저었다.

"아니, 잘못한 거 없어. 들어가자. 공연 준비해야지."

민하와의 일이 오히려 득이 되었다.

마음이 차분해져서 첫 무대임에도 떨지 않았고 긴장도 하지도 않았다.

수많은 사람들의 시선에 대한 두려움보다는, 찬혁과의 관계에 대한 생각이 더 컸다. 그래서 실수 한번 하지 않고 무사히 공연을 끝낼 수 있었다.

다음 공연은 3일 후에 있었다.

누군가 첫 공연을 잘 마친 기념으로 파티를 하자는 말을 했지만, 지완은 거절했다. 사람들과 어울릴 기분이 아니었다.

"전 먼저 들어가 보겠습니다. 피곤해서요."

"그럼 데려다줄게."

찬혁이 말했다.

"아뇨, 형. 혼자 가도 됩니다."

무뚝뚝하게 거절을 하고 대기실에서 나왔다. 현준이 지완을 따라왔다.

"부대표님, 저 혼자 갈 수 있습니다."

"어떻게 혼자 보내냐. 죽상을 하고 있는데."

"그런가요? 표정 관리는 나름 잘한다고 생각했는데."

집으로 향하는 동안 현준은 왜 그러느냐고 묻지 않았다. 그래서 오히려 마음이 편해졌다.

차창 밖으로 흘러가는 거리에 시선을 둔 채로, 지완은 조용히 입을 열었다.

"민하 선배한테 찬혁이 형과의 관계를 들켰어요."

"아아, 그러냐. 안 그래도 그럴 것 같더라."

"부대표님도 알고 계셨나요?"

"저번에 재희가 와서 그러더라고. 민하가 너랑 찬혁이 보는 시선이 심상치 않다고. 아무래도 둘 사이를 눈치챈 것 같다고."

"아, 그렇군요."

지완은 작게 한숨을 내쉬었다.

"아까 민하 선배가 그러더라고요. 저는 찬혁이 형한테 있어서 지나가는 바람일 뿐이라고."

"민하가…."

"부대표님도."

지완이 현준을 돌아봤다.

"그렇게 생각하세요?"

현준은 갓길에 차를 세웠다.

"내 생각이 중요한가?"

"아니요. 그냥요. 저는 민하 선배 말이 맞다고 생각하거든요. 그래서 그냥 확인을 받고 싶었어요. 부대표님도 그렇게 생각하시는지."

"글쎄. 나는 뭐라 대답해주지 못하겠네."

"지나가는 바람입니다, 저는. 처음부터 그렇게 생각했어요."

"그러냐."

"그런데요, 부대표님. 이 바람이 지나가고 나면 찬혁이 형은 어떻게 될까요?"

"…."

"찬혁이 형은 늘 말하죠. 형의 삶은 감옥이라고. 햇빛도, 바람도 들지 않는 감옥에 갇혀 있다고. 저는 그 감옥에 부는 바람입니다.

그런데 이 바람이 사라지면, 형은 또다시 바람 한 점 없는 그 감옥에 갇히는 걸까요, 아니면 그 감옥을 나오게 되는 걸까요?"

현준은 대답하지 않았다.

지완도 딱히 그의 대답을 기대하지 않았다.

누구도 알 수 없는 문제니까.

"찬혁이 형을 사랑하게 되었을 때부터, 그리고 찬혁이 형의 마음을 알게 되었을 때부터. 쭉 생각했습니다. 찬혁이 형에게 폐가 되지 않겠다고. 언젠가 존재한 적도 없다는 듯이 조용히 찬혁이 형의 곁을 떠나겠다고. 아까 민하 선배에게 '지나가는 바람'이라는 말을 들었을 때도 생각했습니다. 찬혁이 형이 손에 쥔 것들을 잃지 않게 하겠다고."

그런 생각을 하며 무대에 섰다.

연습을 할 때보다 무대는 더욱 넓게 느껴졌고, 그 공간을 채운 팬들은 더욱 많게 느껴졌다.

내게로 향하는 수많은 시선들. 나를 보며 그들이 무슨 생각을 하는지 궁금했다. 공연을 끝내고 무대를 내려올 때조차, 그 시선들이 따라붙었다.

그것이 찬혁이 살고 있는 세계라는 것을 실감했다.

무슨 생각을 하는지 알 수 없는 시선들이 따라다니는 세계.

시선의 감옥.

"공연을 끝내고 내려오면서 문득 그런 생각이 들었습니다. 찬혁

이 형이 손에 쥔 것들, 그것이 과연 정말로 손에 쥔 것일까. 정말로
실재하는 것일까. 찬혁이 형은 정말로 그것을 원하는 걸까. 처음으
로 그런 생각을 했습니다."

"어떤 거 같았어?"

"모르겠습니다. 돈도, 명예도, 인기도, 가족도. 찬혁이 형은 다 가
지고 있지요. 보통 사람이라면 잃고 싶지 않은 것들이기도 하고요.
하지만 그것이 찬혁이 형을 숨 막히게 한다면…."

지완이 고개를 숙였다.

"부대표님. 저는 밝은 미래를 소망하지 않아요. 그게 짓밟히는 건
너무 끔찍한 고통을 주니까. 하지만 저는, 꿈꾸고 싶어요. 찬혁이
형이 감옥에서 벗어나는 미래를요."

"…"

"저는 할 수 있는 일이 없어요. 그래요. 가진 게 쥐뿔도 없는 제가
뭘 할 수 있겠어요. 찬혁이 형도 못 벗어나는데, 제가 벗어나게 해
줄 수는 없겠죠. 그런데요, 부대표님. 자꾸만 소망하게 돼요. 제가
찬혁이 형을 그 감옥에서 끌어내줄 수 있기를."

다시 고개를 든 지완은 고요히 정면을 응시했다.

연갈색의 눈동자가 초연히 빛나고 있었다.

"아마도 저는 오랫동안 이 세계에 있지 못할 거예요. 찬혁이 형을
사랑하면서 점점 여자처럼 변하는 저를 깨닫게 됩니다. 얼마 지나
지 않아 누군가는 눈치를 채겠죠. 제가 여자라는 걸. 1년이나 버틸

수 있을까요? 그래서 1년으로 기한을 잡았습니다. 앞으로 1년. 제가 이 꿈같은 세계를 벗어나기 전에, 제가 이 달콤한 관계들을 잃기 전에, 찬혁이 형을 감옥에서 끌어내줄 거예요."

감정에 겨워 떨리는 목소리가 아니었다.

항상 그렇듯 담담하고 고요해서, 오히려 신뢰할 수밖에 없는 허스키한 음성으로, 지완은 각오를 밝혔다.

"완전히 끌어내지 못하더라도, 적어도 그 감옥 안에 바람이 머물 수 있게. 햇빛이 머물 수 있게. 그렇게 해줄 겁니다. 저를 위한 꿈은 꿀 수 없지만, 찬혁이 형을 위한 소망은 품으려고요. 해보려고요."

손에 쥔 것이 없다.

그렇게 자신을 세뇌시켰다.

그러나 사실은 손에 쥔 것이 생겼다는 것을, 지완은 알고 있었다.

사람과 사람 사이의 관계.

물질적이지는 않지만 다정하고 따스한 그것들이, 어느새 내 가슴의 커다란 부분을 차지하게 되었다는 것을 아주 잘 알고 있었다.

그러나 그만큼 알고 있었다.

나의 과거가, 나의 그 어두웠던 지난 삶이 언젠가 이 발목을 잡게 될 것임을. 내 발목뿐 아니라 나와 관계된 사람들에게까지도 영향을 미칠 수 있음을.

"부대표님. 저는 아직 무섭습니다. 과거에서 벗어나질 못해서, 남자들 시선이, 욕망이 아직도 무섭습니다. 하지만 언제까지고 무서워서 피할 수만은 없다는 걸 알게 됐어요. 내가 무섭다는 이유로, 주변 사람들까지도 곤란하게 만드는 건 안 되는 일이겠죠. 그래서… 견뎌보려고요."

"견디겠다고?"

"네. 데뷔할 때, 제 성별을 알리지 말아주세요."

"알리지 말라?"

"사람들은 제 성별을 궁금해하죠. 여자인지, 남자인지. 그냥 그채로 놓아두어도 괜찮을 것 같습니다. 그래야 나중에 할 말이 생길테니까요. 오히려 신비로워서 더 이슈가 될 수도 있을 거고요."

마음을 정한 지완은 거침이 없었다.

금방이라도 흩어질 듯 불안해 보이던 지완이 맞나 싶을 정도로 존재감을 드러내며, 지완은 계속해서 말했다.

"앞으로 1년. 저는 견디고 성장하겠습니다. 찬혁이 형이 숨이 막힐 때마다, 그 손을 끌어줄 수 있을 만큼 커지겠습니다. 이런 건 한 번도 해본 적이 없어서 얼 만큼 클 수 있을지, 얼만큼 할 수 있을지 감도 잡히지 않지만. 보고 싶지 않아요, 찬혁이 형이 괴로워하는 모습. 그러니까 그만큼 노력하려고요."

지완의 머릿속에는 찬혁뿐이었다.

자신의 밝은 미래나 여자로서의 삶 따위는 존재하지 않았다.

어쩌면 아무것도 하지 못한 채 어둠 속에 끌려들어갈 거란 두려움도, 이제는 남아 있지 않았다.

그저 하나뿐이었다.

그를 그 감옥에서 꺼내주고 싶다는 소망뿐.

그가 계속 미소 지을 수 있게 해주고 싶다는 열망뿐.

"그렇게 성장하고, 그렇게 해서 조금이라도 힘이 생기면. 나중에 전부 다 던져서 찬혁이 형을 위한 작은 창문 하나쯤은 내어줄 수 있지 않을까요? 어차피 전 지켜야 할 게 없고, 굳이 가지고 가야 할 것이 없으니까요. 그러니까 나중에, 정말 중요하고 위급한 순간에, 모든 걸…"

거기까지 말했을 때였다.

지완의 휴대폰이 진동한 것은.

드르르르, 드르르, 드르르륵.

몇 번이나 진동하는 통에, 전화가 온 줄로만 알았다.

그래서 꺼냈더니, 문자가 여러 개 와 있었다.

제일 위에 있는 문자는 제나에게 온 문자였다.

- 지완, 너 어디니? 뒤풀이 하는 줄 알고 대기실 왔더니, 너 없더라. 너랑 사진 찍어서 친구들한테 너랑 아는 사이라고 자랑하려고 했는데, 뭐야? 어디 갔어?

두 번째 문자는 재희에게 온 것이었다.

- 지완아. 너, 괜찮아? 표정이 안 좋아 보이던데. 무슨 일 있으면 몇 시든 상관없으니까 연락해.

세 번째는 민하의 것.

- 야, 너 삐쳤냐? 아까 그건 너한테 뭐라고 한 게 아니고 찬혁이 한테 서운하기도 하고, 하여간 마음 상했으면 풀어라. 내가 원래 생각을 거치지 않고 말을 막 내뱉는 경향이 있어. 정 빡치면 다음에 만났을 때 명치 한 대 세게 때려도 좋아. 콘서트 중이니까 얼굴은 안 되고. 아무튼 기분 풀어.

민하가 보낸 장문의 문자에는 지완의 마음을 다치게 했다는 미안함과 기분을 풀어줘야 한다는 초조함이 고스란히 담겨 있었다.

여러 통의 문자를 보는 동안 그림이 그려졌다.

지완이 그냥 떠나버린 것에 대해 걱정을 하다가, 각자 할 일이 있다고 주섬주섬 휴대폰을 들고 일어나는 그들의 모습이. 행여나 누가 보지 않을까 신경을 쓰며, 지완에게 문자를 보냈을 모습들이.

그 따스한 광경이 그려져 울컥, 눈물이 흘렀다.

간신히 참았는데, 어둠에 갇혀 있던 어린 소녀로 돌아가고 싶지 않아 참고 또 참았는데.

막을 새도 없이 흐르는 눈물을 감추기 위해, 지완은 고개를 푹 숙였다.

'아, 어떡하지?'

지완은 두 손에 얼굴을 파묻었다.

현준은 왜 그러느냐, 누구한테 온 연락이냐 묻지 않았다.

한참이 지난 후, 얼굴을 파묻은 가느다란 손 사이로 지완의 낮고 허스키한 음성이 흘러나왔다.

"잃고 싶지 않아."

한 달간의 콘서트 일정 중 마지막 날이 되었고, 지완의 데뷔일도 정해졌다.

게시판을 달군 지완의 사진과 정체에 대한 호기심들이 점점 부풀어가고 있었다.

사람들이 자신에게 큰 관심을 보인다는 건 조금 버겁기도 하고 두렵기도 한 일이었다.

여느 때보다도 일찍 일어난 지완은 욕실 거울 앞에 서서 자신의 모습을 응시했다.

베이비펌을 곱게 한 헤어스타일과 하얗고 반질반질한 피부, 예쁘게 정리한 눈썹.

거리 생활을 할 때와 완전히 달라진 모습의 '여자'가 거울 속에서 이쪽을 응시하고 있었다.

타인을 경계하고 관찰하던 눈동자에 작지만 또렷한 온기가 깃들어 있었다. 고집스럽게 다물고 있던 입술은 느슨하게 풀어져 있었고, 긴장으로 뻣뻣했던 어깨는 부드럽게 늘어져 있었다.

'나도 모르는 새에 나는 조금씩 변하고 있었어. 이게 좋은 변화인지, 나쁜 변화인지는 모르겠지만.'

자신에 대한 기대는, 여전히 하지 않는다.

자신의 미래에 대한 꿈 역시, 꾸고 있지 않다.

하지만 결심했다.

그를 위해 변하기로. 그를 위해 노력하기로.

지키고 싶은 사람이 있다는 건 자신을 강하게 만들어준다. 그 어떤 고통이 닥치더라도, 그를 생각하며 버틸 각오를 다지게 한다.

"그러면 잃지 마."

콘서트 첫날.

친구들의 문자를 보며 중얼거리는 지완에게, 현준은 말했다.

"그러면 잃지 마. 잃지 않으려고 발버둥 쳐봐."

항상 발버둥을 쳐왔어요. 하지만 벗어날 수 없었죠. 내 어둠은 깊고 질겨서, 항상 내 발목을 붙들고 떨어지지 않아요.

언제나 했던 그런 대꾸는 하지 않았다.

이유는 모르겠다.

다만 송찬혁의 감옥에 작은 구멍이라도 내어주고 싶다고 결심한 순간, 약한 소리는 입 밖으로 꺼내고 싶지 않았다.

"그래. 소망을 품으면 좌절되었을 때 그만큼 더 괴로울 수도 있지. 하지만 지완아. 다들 그걸 각오하고 소망을 품는 거야. 그러지 않으면 미련이 남고, 후회가 생기고, 사는 게 재미가 없으니까."

그저 살아갈 뿐인 인생이었다.

새까만 어둠에 잠긴 인생에서 재미나 행복 따위를 추구할 겨를도 없었다.

잠을 자고 끼니를 때우는 것.

현준을 만나기 전의 지완은 항상 그것만을 생각하며 살아왔다.

"네 과거가 언젠가는 사람들에게 알려져 비난을 받을 수도 있겠지. 어쩌면 한성에서 그쪽 공주님을 위해 너를 공격할지도 몰라. 하지만 그 누가 무엇을 하든, 네 앞엔 내가 있을 거야. 비난도, 공격도 나를 거쳐야 할 거야."

그렇게 말하며, 현준은 지완의 손을 꼭 잡았다.

"날 봐, 지완아."

그래서 고개를 들었더니, 현준이 흔들림 없는 눈으로 지완을 응시하고 있었다.

"왜 나를. 이 아저씨가 어째서 나를 이렇게까지. 그런 생각을 하겠지. 하지만 생각해 봐. 네가 아무런 연고도 없었던 찬혁이를 위해 무언가를 해주고 싶다고 생각한 것처럼, 다른 사람들 역시 누군가를 위해 그런 마음을 가질 수 있는 거야. 그래, 처음에 네게 느낀 건 동정이었지. 불쌍하고 안쓰러웠어. 하지만 그런데도 살아가는 네가 귀엽기도 하고 사랑스럽기도 해서, 너는 어느 틈에 내게 소중한 사람이 되었어."

지완의 손을 잡은 현준의 손에 힘이 들어갔다.

"그러니까 그 어떤 순간이 오더라도, 내가 네 앞에 있을 거야. 가족이라고 생각해도 좋고, 친구라고 생각해도 좋아. 그 어떤 순간에도 잃지 않을 단 하나가, 바로 나일 거야, 지완아."

그 어떤 순간이 오더라도 잃지 않을 단 하나.

그것은 무척이나 달콤한 말이었다.

인간이 세상에 태어나는 순간 갖게 되는 가족이라는 다정한 단어를, 지완은 모르고 살아왔다.

어머니는 모르고, 아버지는 자신을 어둠에 가둔 괴물이었다.

혈육조차 주지 못한 달콤한 다정함을, 몇 달 전까지만 해도 전혀 모르고 지냈던 사람이 전하고 있었다.

옛날이었다면 그것을 무척이나 부질없다고 생각했을 것이다. 소망하면 안 된다고, 믿으면 안 된다고, 그리 생각했을 것이다.

하지만.

"그렇게 감개무량할 거 없어. 너도 나한테 그런 존재가 되어줘야만 하니까. 내가 뭔 짓을 하든, 네가 내 앞을 지켜줘. 그동안 난 힘껏 도망칠 테니까."

장난스럽게 말하는 현준의 모습에, 그러한 의심조차 사라졌다.

그리하여 한 달이 지난 오늘.

지완은 결심을 굳혔다.

잃지 않겠다고.

이 손에 들어온 것들을, 지금 곁에 있는 것들을, 잃지 않기 위해 발버둥 쳐보겠다고.

민하는 죄 지은 표정으로, 재희는 심각한 표정으로 소파에 나란히 앉아 있었다. 그리고 그 앞에는 찬혁이 어두운 표정으로 구부정하게 앉아 있었다.

　찬혁의 유일한 친구라고 할 수 있는 민하와 재희는, 서로 다른 표정이기는 하지만 사실 같은 생각을 하고 있었다.

　'이놈, 진짜로 그 송찬혁 맞아?'

　친구들이 무슨 생각을 하든 아무래도 좋다는 듯, 찬혁이 입을 열었다.

　"자, 다들 솔직한 대답을 해줘."

　10분 전.

　마지막 콘서트를 위해 일찍 일어난 친구들을 불러 모은 찬혁이 던진 질문이 하나 있었다.

　"지완이가 헤어지자고 하면 어쩌지?"

　찬혁의 고민은 이해할 수 있었다.

　만약 찬혁이 보통 사람이었다면, 다들 그의 불안을 안쓰럽게 여겼을 것이다.

　하지만 찬혁은 보통 사람이 아니었다.

　송찬혁이 누구던가.

　분노, 기쁨, 공포, 짜증 등 인간이라면 응당 지니고 있는 감정을 단 한 번도 드러내지 않던, 인형 같은 놈이 아니었던가!

그런 찬혁이 남자(혹은 여자) 하나 때문에, 이른 아침부터 초조감을 드러내는 모습에, 다들 할 말을 잃을 수밖에 없었다.

물론 그 모든 일의 원인인 민하는 입이 열 개라도 할 말이 없었다.

콘서트 첫 날이었던 한 달 전.

찬혁과 지완의 사이를 확실하게 알게 된 민하가 쓴소리를 했는데, 그 이후로 지완의 행동이 변했다.

눈에 띌 정도로 큰 변화는 아니었다.

하지만 풍월과 거리를 둔다는 게 확실히 느껴지기는 했다.

콘서트에서 지완의 파트가 끝나면 먼저 집으로 돌아갔고, 콘서트 시간에 딱 맞춰서 공연장에 도착했다. 함께 대기실에 있으면서도 대화에 끼지 않았다.

말을 걸면 대답을 하기는 했지만 먼저 말을 하는 법은 없었고, 잘 웃지도 않았다.

그나마 가끔 웃을 때는 억지로 웃는 듯 어색해 보였다.

"전부 내 잘못이다!"

침묵을 견디지 못한 민하가 큰 소리로 말하며 고개를 숙였다.

"미안! 내가 그때 뇌를 안 거치고 말해서 지완이가 상처를 받았나 봐! 내 죄야!"

"그래, 네 죄지."

재희가 고개를 끄덕였다.

"야, 그래도 난 충격이었다고! 내 친구 놈이 게이라는데, 충격 안 받을 사람이 어디 있냐? 게다가 나한테는 비밀로 했잖아! 재희, 너만 알고!"

"네가 눈치가 없는 탓이지. 나도 찬혁이가 말해준 건 아니었다니까. 내가 눈치를 챈 거지."

"아, 그래. 내 눈이 해태 눈깔이 맞다고. 내 눈이 해태 눈깔인 게 죄였어!"

"그래, 네 죄야. 그러니까 소리 좀 그만 질러. 시끄러 죽겠네."

"아, 젠장!"

"민하, 네 잘못은 아냐. 내가 부족한 탓이지."

묵묵히 친구들의 대답을 기다리던 찬혁이 말했다. 재희가 오만 상을 찌푸렸다.

"야, 송찬혁. 그래, 뭐. 사랑을 하면 변한다니까 그건 그러려니 하겠어. 그런데… 너무 그렇게 심하게 변하면 말이다. 이 친구는 불안해진다. 너, 곧 죽을까 봐."

"엉, 맞아. 사람이 죽을 때가 되면 변한다는 말이 있잖아. 나도 요새 걱정되더라."

민하가 재희를 거들었다.

"지완이 없는 삶을 사느니 차라리 죽는 게 나을지도"

찬혁이 자조적으로 중얼거린 말에, 재희와 민하의 표정이 하얗게 질렸다.

다른 사람이 했다면 흘려들었을 말이지만, 찬혁의 입에서 나온 '죽는다.'는 말은 의미가 달랐다.

무겁다.

콘서트의 마지막 날임에도 불구하고, 풍월은 전에 없이 어두운 표정으로 공연장으로 향했다.

그리고….

"오늘 끝나고 진지하게 할 이야기가 있어."

지완이 대기실에 도착하자마자 건넨 말에, 그들의 표정은 더욱 어두워졌다.

"풍월 숙소에 가서 기다리고 있을게. 선배들. 그리고 형. 공연 뒤풀이 다 끝나면 숙소로 와줘. 몇 시가 됐든 기다릴 테니까."

"공연! 공연 뒤풀이를 같이 가는 건 어때?"

민하가 참지 못하고 물었지만 지완은 쓴웃음을 지으며 고개를 저었다.

"아니, 난 그럴 기분이 아니라서. 그럼 마지막 공연이니까 다들 힘내."

힘이 날 리가 없었다.

지완이 쓴웃음을 지으며 '마지막 공연'이라고 말하는데, 어떻게 힘이 나겠는가.

말 그대로 마지막 공연이라는 뜻일 수도 있지만, '너희들과 난 이 걸로 마지막이야!'라는 의미가 담겨 있을지도 모른다는 생각이 들었다.

그래서 민하도, 재희도, 그리고 찬혁도. 무겁디 무거운 표정으로 공연을 할 수밖에 없었다.

다행히 조명과 콩깍지 덕분에, 팬들은 '마지막 공연은 여느 때보다도 섹시했다.'라고 평가했지만.

다들 뒤풀이에 갈 생각은 하지도 않았다. 하지만 함께 고생한 스태프들을 무시할 수도 없기에, 뒤풀이 장소에 잠깐 얼굴만 비추고 빠져나왔다.

숙소로 돌아가는 차 안의 공기는 어깨가 아플 정도로 무거웠다.

엄마에게 '너 이따가 집에 가서 보자.'는 말을 들은 어린아이처럼, 그들은 긴장하고 있었다.

이윽고 숙소에 도착한 그들은, 현관문을 열기 전에 크게 심호흡을 했다.

"임지완이 뭐라고 이렇게까지 긴장하는 거냐, 우리?"

민하가 입을 열었다.

"그러게. 떠나겠다고 하면 꽁꽁 묶어서 가둬두면 그만인데."

찬혁이 중얼거린 말에 민하와 재희가 동시에 고개를 저었다.

"아니, 그건 너무 위험한 발언인데."

"너, 그거 범죄야, 이 멍청아."

달칵.

밖에서 떠드는 소리를 들었는지, 지완이 현관문을 열었다.

열린 문 사이로 보이는 지완의 모습에, 그들은 입을 다물었다.

지완이 고개를 들어 세 남자를 올려다봤다.

"다들 여기서 뭐해? 얼른 들어와."

지완이 제 집처럼 행동하는 바람에, 숙소의 주인인 세 남자가 오히려 손님 같은 기분이 되어 안으로 들어갔다.

거실에는 옅은 커피 향이 감돌고 있었다.

소파 앞의 직사각형 테이블 위에는 머그컵이 네 개 있었는데, 세 개가 한 면에, 다른 한 개가 맞은편에 놓여 있었다.

"앉아들 있어."

지완이 머그컵 세 개가 놓인 소파 쪽을 가리키며 말했고, 세 남자는 고분고분하게 지완의 말을 따랐다.

주방에서 커피와 물통을 가지고 온 지완이, 군인처럼 각을 잡고 앉아 있는 세 남자를 보며 피식 웃었다.

"뭐야, 왜들 그렇게 긴장하고 있어? 긴장은 내가 해야 하는 건데."

다행히 그 웃음이 평소와 같아서, 세 남자는 속으로 안도의 한숨을 쉬었다.

"커피랑 물, 둘 중 원하는 걸로 마셔. 술은… 맨 정신인 게 좋을 것 같아서."

"나는 못 헤어져."

돌연 찬혁이 지완에게 말했다.

"너를 놔줄 생각 없다, 임지완. 네가 도망친 데도 평생 따라다닐 거야."

당차게 포부를 밝히는 찬혁에게, 재희와 민하는 어이가 없다는 눈빛을 보냈다.

그리고 지완은 눈을 크게 뜨고 찬혁을 응시하다가, 울 것 같은 미소를 지으며 시선을 옆으로 돌렸다. 하얀 볼에 분홍빛 홍조가 떠올랐고, 눈가가 붉어졌다.

지완이 한 손으로 입가를 가렸다.

"아, 응. 도망, 도망칠 생각 없었어. 안 도망쳐, 형. 난 그냥…"

표정을 갈무리한 지완이 세 남자를 똑바로 응시했다.

한쪽에만 쌍꺼풀이 있는 아몬드 형의 눈매, 그 안에 갇힌 연갈색 눈동자가 흔들림 없이 세 사람에게 고정되었다. 그걸 보는 순간, 재희는 깨달았다.

'아, 밝히려고 하는 거구나. 다 말하려고 하는 거구나.'

어째서인지 지완보다 더 긴장이 되어서, 재희는 주먹을 꽉 쥐었다. 그런 재희의 마음을 느낀 듯, 지완이 재희에게 시선을 주며 말했다.

"그냥 이야기를 좀 하려고. 선배들에게 할 이야기가 있어. 길지는 않은데, 그리 짧지도 않아. 재미없는 이야기고, 어쩌면 이 이야기 때문에 선배들이 날 보는 눈이 달라질지도 모르겠어. 하지만…."

지완의 손가락 끝이 가늘게 떨렸다.

재희는 그 손을 잡아주고 싶다고 생각했다.

"하지만 잃고 싶지 않아서. 선배들을 잃고 싶지 않아서. 결심했어. 이야기를 하나 해줘야만 하겠다고."

민하는 어리둥절한 표정이었지만, 찬혁은 대강 짐작했다.

지완이 꽁꽁 감추고 있는 무언가를 끄집어내려고 한다는 걸. 지완의 가슴에 큰 상처를 남긴 어떤 과거를 말하려고 한다는 걸.

"옛날에 어느 작고 마른 소녀가 어둠 속에서 눈을 떴어."

지완은 어깨가 움직일 만큼 크게 심호흡을 하고 나서 말했다.

"어둠이었어. 하지만 앞을 보면 가늘고 긴, 세로로 된 빛나는 선이 하나 있었어. 소녀가 갇힌 옷장의 문틈. 그사이로 새어 들어오는 빛이었어. 아주 작지만 그래도 소녀에게는 그 빛이 전부였어. 옷장의 문을 아무리 두드려도, 흔들어도. 자물쇠로 잠긴 옷장 문이 열리지 않으리라는 걸 알고 있었거든. 어둠 속에서 눈을 뜨기 전부터 알고 있었던 거야. 그래서 소녀에게는 그 작고 작은 빛이 전부였어. 하지만 그 빛조차도 밤이 되면 사라졌지. 그러면 완전한 어둠이었어. 어디로 눈을 돌려도 똑같은 어둠. 그게 소녀의 첫 기억이야. 그래서 그 작고 마른 소녀는, 어둠 속에서 눈을 떴어. 언제나. 소녀를 옷장에 가둔 건 소녀의 아버지였어. 소녀의 아버지가 집에 돌아오는 시간이 소녀가 옷장 밖으로 나갈 수 있는 시간이었어. 때때로 소녀의 아버지는 집에 돌아오지 않기도 했고, 때때로 소녀의 아버지는 집에 들어왔으면서도 옷장 문을 열어주지 않기도 했어. 처음에 소녀는 어둠에서 벗어나기 위해 발버둥을 쳤어. 문을 두드리기도 하고, 소리를 지르기도 하고, 울기도 했어. 하지만 그래 봐야 옷장 문이 열리지 않는다는 걸, 어둠에서 벗어날 수 없다는 걸. 아주 어린 나이에 알게 되었지. 특히 아버지가 집에 있을 때 옷장 문을 열어 달라고 울면. 그래, 옷장 문이 열리긴 했어. 아버지는 우악스럽게 소녀의 손목을 잡아 끌어내 때리고, 때렸지. 이 망할 계집, 시끄럽게 굴지 마! 너만 아니었어도 네 엄마가! 넌 엄마를 죽인 년이야! 엄마 목숨을 먹고 태어난 년! 징그러운 년! 죽일 년! 끔찍한 년! 아무 짝에도 쓸모가 없는 년!"

거기까지 말한 지완이 입을 다물었다.

지완은 눈을 감았다.

찬혁도, 민하도, 지완의 과거를 아는 재희조차도 숨을 쉬지 못하고 지완을 응시했다.

지완은 금방이라도 흩어질 것만 같았다.

지완은 눈을 감은 채로 다시 입을 열었다.

낮고 허스키한, 가슴이 아플 만큼 담담한 음성이 흘러나왔다.

"엄마를 죽인 년이고, 죽일 년이고, 끔찍한 년이고, 아무 짝에도 없는 년이었던 소녀는 받아들일 수밖에 없었어. 아아, 이래서 나는 어둠 속에 갇혀 있을 수밖에 없구나. 엄마를 죽였고, 죽일 년이고,

끔찍한 년이고, 아무 짝에도 쓸모가 없으니까 항상 옷장 속에 갇혀 있을 수밖에 없구나. 아빠에게 맞는 이유도 그런 것 때문이었구나. 그 어리고 작았던 소녀는 그렇게 납득했어. 그러지 않으면 어둠이 무서워서, 배고픔이 힘들어서, 미쳐버릴 것만 같았으니까. 그러던 어느 날, 그 일은 예고 없이 찾아왔어. 옷장 문이 열리지 않게 된 거야. 그거 알지? 나이가 어릴수록 시간이 길게, 길게 느껴진다는 거. 어린 소녀에게 옷장에 갇혀 아버지가 돌아오기를 기다리는 시간은 항상 길게만 느껴졌어. 하지만 그렇게 긴 시간을 기다리다 보면 언젠가는 옷장 문이 열린다는 희망이 있었지. 그 어느 날, 영원 같은 시간이 흘러갔는데도 옷장 문이 열리지 않았어. 아버지가 돌아올 때의 문소리도 나지 않았지. 그래도 소녀는 소리를 지르거나 문을 두드리지 않았어. 그런 짓을 하면 아버지에게 맞을 테니까. 그래서 참고 기다렸지."

뒤늦게 그것이 지완의 이야기라는 것을 깨달은 민하가 눈을 부릅떴다.

부리부리한 눈에 붉은 핏발이 섰다.

"지완이, 너."

"쉿."

그런 민하의 허벅지를 꽉 누르며, 재희가 작게 속삭였다.

민하의 눈에 눈물이 고였다.

으득.

152

턱이 아플 정도로 이를 악물고, 지완을 노려봤다.

지완은 여전히 눈을 감고 있었고, 그 얼굴에는 아무 표정도 묻어 있지 않았다. 다시 벌어진 입술에서 흘러나오는 음성 또한 단조로웠다.

그래서 민하는 가슴이 아팠다.

"시간은 계속 흘러갔어. 소녀는 배가 고프고 무섭고 춥고 두렵고… 그렇게 영원 같은 시간을 흘려보냈어. 그러다가 더는 견딜 수가 없어서 문을 두드리고 비명을 질렀지. 살려주세요, 살려주세요. 문 좀 열어주세요. 배가 고파요. 나 좀 꺼내주세요. 허기진 소녀는 큰 목소리를 낼 수가 없었어. 힘이 없어서 문을 두드리는 것조차 제대로 하지 못했지. 하지만 다행히 옆집 사는 아주머니가 복도를 지나가다가 그 소리를 들은 거야. 아주머니는 신고를 했고, 신고를 받은 사람들이 찾아왔고, 그들은 발견했어. 옷장 안에서 죽어가는, 작고 마른 소녀를. 숨이 끊길락 말락. 그렇게 죽어가면서, 소녀는 자기를 구해준 사람들을 보며 말했어. 살려주세요. 때리지 말아주세요. 잘못했어요. 소리 쳐서 미안해요. 잘못했어요. 다시는 소리치지 않을게요. 맞을까 봐 두려워서, 발길질이 쏟아질까 봐 무서워서. 소녀는 죽어가면서도 사람들에게 애원했어."

신음이 흘러나올 것만 같았다.

찬혁은 입안에 감도는 쓴맛을 신음과 함께 삼켰다.

'소녀'라는 단어는 그리 크게 와 닿지 않았다.

지완이 여자이든, 남자이든 그것이 중요한 게 아니었다.

알고 싶었던 지완의 과거는, 지완의 아픔은 생각보다 훨씬 어둡고 깊었다.

자신이 내지르던 비명이, 자신이 괴로워하던 감옥이 우습게 여겨질 만큼. 어린아이의 투정으로 비칠 만큼. 지완은 깊고 깊은 어둠을 걸어왔다.

"사람들은 소녀를 고아원에 맡겼어. 소녀는 새로운 삶이 시작될 거라고 기대했어. 더는 옷장에 갇히지 않을 거라고, 어둠에 눌려 숨도 쉬기 힘들었던 삶에서 벗어났다고. 그렇게 생각했어. 그래, 확실히 옷장에 갇히는 일은 없었어. 하지만 차라리 그 옷장으로 돌아가고 싶을 만큼 끔찍한 일이 벌어졌지.

고아원의 원장은… 소아성애자였어."

찬혁은 자기도 모르게 눈을 질끈 감았다. 그러나 지완의 음성은 놀라울 정도로 평온했다.

"어린아이들을 좋아하는 사람이라서, 사내아이고 계집아이고 상관없이 아이들을 희롱했어. 매일 밤, 소녀는 숨을 죽였어. 원장의 커다란 손이, 욕정 어린 눈동자가, 냄새 나는 거친 숨결이 자신을 피해가기를 소망했지. 기도하고 또 기도했지만, 항상 그랬던 것처럼 이번에도 소녀의 소망은 이루어지지 않았어. 소녀는 예쁘게 생겼고, 그 예쁜 얼굴은 원장을 자극했나 봐. 원장은 말했어. 나는 널 내 딸처럼 생각한다. 아니, 넌 내 친딸이나 마찬가지야. 나는 널 아낀다. 예쁘게도 생겼구나. 살결이 참 부드럽구나. 그런 말들과 함께 덮쳐지는 원장의 체중을, 소녀는 견디고 또 견뎌야만 했어. 왜냐하면 소녀는 어리고, 작고, 말랐으니까. 아무런 힘도 없었으니까. 원장의 손길에 토악질하지 않기 위해 이를 악물고, 소녀는 매일매일 기도했어. 원장이 죽기를. 아니면 내가 죽기를. 하지만 둘 다 이루어지지 않았지. 그래서 소녀는 깨달았어. 아아, 나의 소망은 결코 이루어지지 않는구나. 나의 삶은 항상 어둠 속에 잠겨 있어야 하는구나. 내가 내 엄마를 죽이고 태어났을 때부터, 그러도록 결정된 운명이구나. 나의 삶에는 빛도, 희망도, 꿈도 존재하지 않는구나. 나는 내 엄마를 죽이고 태어난, 죽일 년이고 끔찍한 년이고 아무 짝에도 쓸모없는 년이니까."

'아니야!'라고, 민하는 외치고 싶었다.

아니야, 지완아. 아니야. 그렇지 않아!

하지만 목에 커다란 돌덩어리가 박힌 듯 전혀 목소리가 나오지 않았다.

숨이 막혔다.

정작 지완은 담담하게 호흡을 하고 있는데, 어째서인지 민하가 숨을 쉴 수가 없었다.

"여덟 살이 되었을 때 소녀는 이제 더는 안 되겠다 싶어서 도망쳤어. 굶어 죽더라도, 얼어 죽더라도, 원장의 체중을 견디는 것보다는 나을 거라고 생각한 거야. 도망친 날 만난 어떤 가출 소녀 언니가 소녀에게 조언을 해줬어. 거리에서 살려면 남자로 살아가는 게 좋을 거야. 예쁜 얼굴은 도움이 안 되니까. 거리에서는 여자로 살아가는 게 힘드니까. 그래서 마르고 작고 어린 여덟 살의 소녀는, 그날로 소년이 되었어."

여덟 살.

그 나이가 세 남자에게 둔탁한 충격을 주었다.

이미 지완에게 과거를 들어서 알고 있었던 재희도 새삼스럽게 충격을 받았다.

여덟 살이었다니.

고작 여덟 살이었다니.

그렇게 어린 나이였을 줄은 몰랐다.

그보다는 조금 더 나이가 들었을 때, 적당한 나이에….

'아니, 저런 일들에 적당한 나이가 어디 있겠어?'

저도 모르는 틈에 눈물을 흘리고 있다는 걸 깨달았다.

손등으로 슬쩍 눈물을 닦으며 보니, 민하도 눈물 가득 고인 눈을 꿈뻑거리고 있었다.

"그 누나에게 여러 가지를 배웠어. 가게 쓰레기통을 뒤져 먹을 만한 음식을 찾는 법, 잠잘 곳을 구하는 법, 소매치기를 하는 법. 하지만 얼마 지나지 않아 그 누나는 어딘가로 사라졌고, 소년은 또 혼자가 되었지. 배운 것을 발판 삼아, 소년은 나름대로 잘 살아갔지. 간혹 소년을 여자라고 생각한 사내들이 접근을 해올 때도 있었지만, 몇 번의 시행착오를 거친 후에 잘 도망치는 방법도 알아냈어. 소년은 매일 생각했어. 이 빌어먹을 예쁜 얼굴 따위 엉망이 되어버렸으면 좋겠다고. 아무도 돌아보지 않는, 마주치면 구역질이 나는, 그런 얼굴이 되었으면 좋겠다고. 그렇게 간절히 바라면서 매일, 매일을 살아갔지. 소매치기가 익숙해진 소년은 전보다는 나은 생활을 할 수 있게 되었어. 쓰레기통에서 주운 음식이 아닌 제대로 된 음식을 사먹을 수 있었고, 찜질방이나 PC방에서 잠을 잘 수도 있었지. 하지만 소년은 알고 있었어. 소매치기로 아무리 돈을 벌어도, 내 집을 갖는 일은 없으리라는 걸. 소년은 신분을 증명할 길이 없었거든. 사망 처리가 되어, 대한민국에 존재하지 않는 사람이었지. 그래서 소년은 그저 하루하루 살아가고 버티는 것이 목적이었어. 꿈도, 희망도 품지 않은 채 그렇게 살아갔지. 스물두 살이 될 때까지.”

지완이 천천히 눈을 떴다.

“어느 날 소매치기를 하다가 한 남자에게 붙잡히고 말았어. 그 남자는 보자마자 눈치를 챘지. 소년이 소녀라는 것을. 그리고 제안했어. 너, 연예계에 들어와 보지 않을래? 너, 나랑 같이 걸어가 보지 않을래? 너, 빛을 꿈꿔보지 않을래? 소년에게 상상도 못 한 일이 벌어진 거야. 어차피 할 일도, 잃을 것도 없던 소년은 그 남자의 제안을 받아들였지. 하지만 여전히 꿈은 꾸지 않았어. 빛이라니. 소년의 인생에 그런 게 존재할 리 없잖아. 소년은 그저 남자가 원하는 대로 움직여주다가 적당한 때가 되면 사라질 생각이었어. 단 1년이라도 편한 집에 머물 수 있으면, 소매치기를 하다가 잡힐까 봐 두려워하는 삶에서 벗어날 수 있으면, 썩 괜찮을 거라고 생각했을 뿐이야. 멋진 연예계 생활, 내 집 마련… 그런 건 꿈도 꾸지 않았지. 그런데 있잖아. 소년은 몰랐던 거야. 자기가 얼마나 외로워하고 있었는지를. 항상 외로웠기 때문에, 늘 고독했기 때문에, 그것들이 너무도 당연했기 때문에, 단 한순간도 따스한 적이 없었기 때문에. 그래, 몰랐어. 내가 얼마나 외롭고 고독했는지. 내가 얼마나 힘들고 고통스러웠는지."

지완은 잠시 말을 골랐다.

"나는 몰랐어."

그때 지완의 눈에서 눈물이 흘러내렸다.

조용히 흐른 눈물이 뚝, 뚝, 바닥으로 떨어졌다.

지완은 그것을 닦을 생각도 하지 않고, 자신의 앞에 앉아 있는 세 남자를 차례차례 돌아봤다.

"사람과 관계된다는 게 얼마나 따뜻한 일인지 몰랐어. 사람들과 대화를 하고 웃고 장난을 치는 게, 함께 밥을 먹고 놀고 연습을 하는 게, 얼마나 뜨거운 일인지 몰랐어. 내게 다정한 사람들에게 둘러싸여 있는 게, 화상을 입을 만큼 따스해서, 그래서… 알아버렸어. 내가 너무 힘들었다는 걸. 너무 외롭고 고독했다는 걸. 나를 둘러싼 어둠이 너무나 쓸쓸하고 황량해서, 매일매일 고통이었다는 것을 알아버렸어. 나는 매일 생각했어. 폐를 끼치지 말아야지. 부대표님에게도, 풍월 멤버들에게도 폐를 끼치는 일은 없어야지. 욕심 내지 말아야지. 영원히 이 생활을 할 수 없을 테니까, 내 인생에 빛은 존재하지 않으니까. 그러니까 꿈꾸지 말아야지. 매일 그렇게 세뇌시키듯 되뇌었는데도. 그런데도. 윽…."

지완의 얼굴이 처음으로 일그러졌다.

지완은 당혹스러워하며 손등으로 입가를 가렸다.

말을 제대로 마무리 짓고 싶은데, 감정이 흔들리고 말았다.

어느 틈에 흐른 눈물이 목을 축축하게 적셨다.

"잃고 싶지 않아졌어."

간신히 말을 이었다.

"처음으로 갖게 된 내 친구들을, 내 소중한 사람들을, 이 온기와 다정함을… 잃고 싶지 않아졌어. 욕심이 생겨버렸어. 그래서…."

지완은 고개를 푹 숙였다.

"속여서 미안해. 나는 사실 여자야. 나는 사실 소매치기였고. 나는 사실 죽일 년이고. 나는 사실 끔찍한 년이고. 나는 사실…."

"그만!"

민하가 버럭 외쳤다.

"그만해, 임지완!"

거친 목소리로 외친 민하가 벌떡 일어나 테이블을 넘어 지완에게 다가왔다.

민하가 지완의 손목을 잡아 일으켰다.

일어나서도 푹 숙인 지완의 얼굴을 두 손으로 감싸, 억지로 자신을 보게 만들었다.

민하의 얼굴을 본 지완이 눈물을 흘리면서도 웃었다.

"뭐야, 선배. 선배가 왜 울어?"

"왜 우냐니… 울보에다가 멍청이라서 운다. 멍청이는 울 자격도 없냐?"

"선배가 왜 멍청이야."

"내가! 내가 미리 알았으면… 진작 알았으면…! 그러면…"

민하가 지완을 꽉 끌어안았다.

민하의 체온이 전해져서, 절대로 놔주지 않겠다는 단단함이 느껴져서. 지완은 흐느꼈다.

"속인 건 용서해줄게. 소매치기였든 뭐였든, 그런 건 아무래도 좋아. 그런데 넌 죽일 년도 아니고 끔찍한 년도 아니고 아무 짝에도 쓸모없는 년도 아니야. 너는 아무 예쁘고, 노래도 진절머리 나게 잘하고, 그리고 정말 짜증 날 정도로 귀여우니까."

민하가 지완에게서 떨어져 양 어깨를 붙잡았다.

지완을 똑바로 보며 민하가 말했다.

"그러니까 나도 널 잃고 싶지 않아."

"…"

"할 말이 많지만… 저놈은 더 할 말이 많겠지."

민하가 엄지로 자신의 어깨너머를 가리켰다.

"데려가라, 송찬혁."

민하가 돌아보지도 않고 말했다.

찬혁이 천천히 일어나 다가왔다.

지완은 그를 똑바로 볼 수가 없었다.

민하에게는 용서를 받았다. 하지만 찬혁은 어떨까. 찬혁도 그럴까? 어쩌면 내가 남자이기에 나를 사랑했던 게 아닐까?

그런 두려움이 아직 남아 있었다.

찬혁은 지완의 손목을 잡으려고 손을 올렸다가 다시 내렸다. 지완이 사내들에게 당했던 일들이 떠올라, 함부로 만져서는 안 된다는 생각이 들었기 때문이다.

부러질 듯 가느다란 손목을 물끄러미 응시하며, 찬혁은 말했다.

"나가자, 지완아."

지완과 찬혁이 나간 후, 민하는 지완이 앉아 있던 소파에 주저앉았다.

두 손으로 머리를 거머쥔 채 한마디도 하지 않는 민하를, 재희는 가만히 지켜봤다.

한참이 지난 후에야 고개를 든 민하가 물었다.

"저걸 다 알고 있었냐?"

"전부는 아냐. 여덟 살 때부터인 줄은 몰랐어."

"나이가 뭔 상관이야? 열 살 때라도, 스무 살 때라도, 저런 일은…
제기랄!"

"그러게. 나이가 뭔 상관이겠어."

재희가 쓴웃음을 지었다.

"정말 나이가 뭔 상관이겠어. 끔찍하다, 진짜."

"앞으로 지완이를 어떻게 대해야 하냐? 여자로? 아니면 남자로?"

"그냥 평소처럼 대하면 되지 않을까?"

"그래도… 여자잖아. 나는 지완이 멱살을 잡아서 벽에 밀어붙이
기까지 했다고. 난 진짜… 상상도 못 했는데. 여자일 줄은."

"상상도 못 하는 것도 대단하다. 누가 봐도 여자처럼 생겼잖아."

"여자처럼 생긴 사내놈이라고 생각했지. 지 입으로 남자라는데,
생각을 해봐라. 누가 그런 거짓말을 하겠냐?"

"그건 그래."

재희는 피식 웃었다.

차라리 민하처럼 눈치가 없었더라면 좋았을 뻔했다.

자기 입으로 남자라고 할 때 그걸 의심하지 않고 믿을 수 있었더
라면, 참으로 좋았을 뻔했다.

그러면 이렇게나 사랑하게 되지 않았을 텐데.

마지막 순간 데리고 나가주는 사람이 자신이기를, 지완이 가장
대화하고 싶은 사람이 자신이기를 바라는 이런 미련 따위, 느끼지

않았을 텐데.

　찬혁의 차 뒷자리에, 둘은 나란히 앉았다.

　찬혁이 지완에게서 조금 떨어져 앉아 있었는데, 지완은 그것이 신경 쓰여서 견딜 수가 없었다.

　역시 화가 난 거겠지.

　여자이면서 남자인 척했으니까.

　만약 내가 남자라서 좋아했던 거라면, 여자인 나와 접촉하고 싶지 않은 거겠지.

　불안한 마음만 가득했다.

　차 안을 누른 침묵이 버거워서, 결국 지완이 먼저 입을 열었다.

　"속여서 미안해, 형. 아… 난 여자인데 형이라고 부르는 거, 좀 이상하지? 징그러우려나?"

　찬혁이 고개를 돌려 지완을 응시했다.

　그의 검은 눈동자는, 평소와 다름없이 지완을 가득 담고 있었다. 그것을 깨닫는 순간, 큰 안도감이 지완을 덮쳤다.

　간신히 멈췄던 눈물이 다시 흘렀다.

　울 생각 없었는데, 징징거리는 사람으로 보이고 싶지 않은데.

　막을 새도 없이 흐르는 눈물을 황급히 닦으려는데, 찬혁이 먼저

163

손을 뻗었다.

그의 엄지가 볼에 흐른 눈물을 조심스럽게 닦아냈다.

"뭐라고 부르든, 네가 무엇이든, 괜찮아."

그가 다정하게 속삭였다.

"네가 어떤 과거를 살았든, 어떤 어둠 속에 있든, 지금 어떤 마음을 품고 있든, 다 괜찮아."

그의 손이 지완의 뺨을 부드럽게 감쌌다.

"너는 항상 괜찮다는 말을 하지. 난 괜찮아, 괜찮아. 그런데 지완아. 넌 괜찮지 않아."

"형….."

"네가 살아온 삶도, 네가 느끼는 감정도, 그 외로움과 고독도, 미래를 꿈꾸지 못하는 두려움도, 남자에 대한 공포도. 전부 괜찮지 않아. 그러니까 지완아, 적어도 내 앞에서는 그런 말 하지 마."

찬혁이 조금 가까이 다가왔다.

"무서우면 무섭다고, 화가 나면 화가 난다고, 서운하면 서운하다고. 그렇게 말해. 짜증을 내는 것도, 우는 것도, 내 앞에서는 괜찮아. 그래, 지완아. 너는 괜찮지 않지만, 나는 괜찮아. 네가 그 무엇을 해도 전부 괜찮아. 그러니까 우리 사이에서 괜찮다는 말은 나만 하는 걸로 하자."

다정한 음성이 달콤하게 가슴을 채웠다.

흐르는 눈물이 더는 창피하지 않았다.

그가 나를 싫어할까 두렵지도 않았다.

"폐를 끼칠까 봐 걱정하지 마. 나는 괜찮을 테니까. 짜증을 내고 나서 내 눈치를 보지 마. 나는 괜찮을 테니까. 너로 인해 무슨 일이 벌어지든 초조해하지 마. 나는 괜찮을 테니까. 네가 있기에 생기는 그 모든 것들이 내게는 축복이고 기적이야. 왜냐하면, 나는 너로 인해, 숨을 쉴 수 있게 되었고, 햇빛을 볼 수 있게 되었으니까."

찬혁이 지완의 머리를 쓰다듬었다.

조심스러운 그의 손길이 가슴 벅차도록 좋았다.

"너는 나를 비춰주는 햇살이고, 나를 숨 쉬게 해주는 바람이야. 그러니까 지완아, 괜찮아."

찬혁이 지완의 작은 몸을 보듬어 안았다.

"정말로 고생했어."

그가 지완의 등을 토닥였다.

그의 목소리에 물기가 가득했다.

"외롭고 고독한데도 씩씩하게 사느라 정말 고생했어. 많이 힘들었겠다, 너."

"응, 힘들었어. 너무 힘들고 외로웠어."

지완은 그의 가슴에 얼굴을 묻고 칭얼거렸다.

믿어지지 않을 만큼 어린아이 같은 목소리가 흘러나왔다.

"그래, 그랬을 거야. 그렇게 힘들고 외로웠는데도 살아와줘서 고마워. 무사히 살아서 내 옆에 와줘서 고마워. 내가 웃을 수 있게 해쳐서 고맙고, 내가 음식을 먹으며 맛있다고 생각할 수 있게 해줘서 고마워. 내가 친구들의 기분을 살필 수 있게 해줘서 고맙고, 내가 이렇게 사랑하는 사람을 안을 수 있게 해줘서 고마워. 그리고 내가 이렇게 고맙다는 말을 하게 해줘서, 지완아. 정말로 고마워."

찬혁은 지완을 안은 팔에 힘을 줬다.

"앞으로 우리가 걸어갈 길에 빛이 있을지, 어둠이 있을지 나는 모르겠어. 하지만 지완아. 이거 하나는 약속할게. 그 길이 어떤 길이든, 나는 네 옆에 있을 거야. 끝까지 네 손을 잡고 걸어갈 거야. 그러니까."

찬혁이 지완의 머리카락에 얼굴을 묻고 울듯이 웃었다.

"우리는 이제 더 이상 외롭지 않을 거야."

입수된 풍월 콘서트 영상을, 해림은 차가운 눈으로 응시했다.

멀리서 찍은 거라 화질이 썩 좋지는 않았다. 어두워서 무대 위 풍월 멤버들의 표정도 확실하게 알아볼 수가 없었다.

하지만 그것만은 알 수 있었다.

'찬혁이 시선이…'

자꾸만 '임지완'이라는 사람에게로 향한다.

여자인지, 남자인지 판단하기 어려운 외모의 호리호리한 체형.

아마도 이 사람이 임지완일 것이다.

창성이 한국에서 사람을 시켜 조사를 해보았지만, 지완에 대해서는 나오는 것이 별로 없었다. 성별조차도 확실하지 않다고, 창성은 난처한 목소리로 보고했다.

지완의 성별이 무엇이든 상관없었다.

콘서트 영상을 몇 번이나 돌려본 해림은 아랫입술을 잘근잘근 깨물었다.

'역시 안 되겠어.'

해성의 공주님으로 태어나, 지금껏 갖고 싶은 것은 무엇이든 손에 넣어왔다. 그것이 꼭 물건만은 아니었다. 사람들조차도, 해림이 원하면 손에 넣을 수 있었다.

유일하게 손에 넣지 못한 것이 찬혁이었다.

찬혁과 약혼 아닌 약혼을 하기는 했지만, 그것이 찬혁을 손에 넣었다는 의미는 아니었다.

찬혁은 그의 부모와 해림의 부모의 뜻에 따라 움직일 뿐. 그의 마음이 자신에게 있지 않다는 것을, 해림은 알고 있었다.

하지만 해림은 그 사실을 염두에 두지 않았다.

어차피 찬혁은 감정 없이 살아가니까. 그 텅 빈 마음을 누구에게도 주지 않을 테니까.

아름다운 그의 육체만 내 소유로 만들 수 있다면, 그걸로 됐다고, 해림은 생각해왔다.

하지만 지금 저 콘서트 영상 속의 찬혁은, 더 이상 텅 비어 있지 않았다.

멀리 떨어진 곳에서 찍은, 화질 좋지 않은 영상임에도 해림은 알 수 있었다.

무언가 가득 담긴 눈으로, 찬혁이 '임지완'을 보고 있음을.

"딱히 널 사랑하는 건 아니지만, 찬혁아."

해림은 모니터를 향해 손을 뻗었다.

가늘고 예쁜 손가락 끝이 찬혁의 얼굴 위에서 멈췄다.

"내가 갖기로 결심한 걸 남에게 뺏기진 않아. 넌 나의 예쁘고 멋진, 모든 여자들이 원하지만 나만이 가질 수 있는 액세서리야."

해림은 입술 끝을 비틀어 올리며 창성에게 전화를 걸었다.

"말리지 마. 아버지에게 보고도 하지 마. 나, 다음 달에 한국에 돌아갈 거야. 스케줄 조정해줘. 아마 한참 후에 돌아오게 될지도 모르니까."

선선한 바람이 불어오기 시작한 그 가을에, '임지완'이란 이름의 솔로 가수가 데뷔를 했다.

포털사이트에 검색을 해도 이름과 소속사, 앨범명만 떴기에, 임지완에 대한 대중들의 호기심은 부풀어 올랐다.

마성의 목소리를 가진 가수.

베일에 싸인 가수.

사람들은 임지완을 그렇게 불렀다.

임지완에 대해 궁금해하는 건 팬들뿐만이 아니었다. 동료 가수들 역시 '임지완'이라는 인물이 궁금해서 견딜 수가 없었다.

신인임에도 불구하고 개인 대기실을 사용했고, 대기실 앞에는 항상 경호원이 지키고 있었다. 때문에 지완과 대화를 하고 싶어도 할 만한 기회를 얻을 수가 없었다.

순수하게 호기심을 품은 가수들도 있기는 했지만, 대부분 지완에게 곱지 않은 시선을 보냈다. '신인 주제에'라는 생각 때문이었다.

신인 주제에 개인 대기실을.

신인 주제에 풍월의 게스트 보컬을.

신인 주제에 인사도 없어.

신인 주제에 콧대만 높아.

그런 평가들이 난무했지만 정작 지완 본인과 대화할 기회가 없으니, 분풀이를 하기도 힘든 실정이었다.

"특히 우리 소속사 애들이 심합니다."

현준이 말했다.

지완은 투자한 것이 아깝지 않게 승승장구하고 있었다. 지완의 목소리는 텔레비전을 통해 들어도 매력적이었고, 음악방송의 방청객들이 실제 목소리는 더 예쁘다고 평가를 해준 덕분에 좋은 평가를 얻고 있었다.

문제는 동료 가수들의 반응이었다.

지완에게 사람을 사귈 기회를 만들어주고 싶었던 현준은, 폐쇄된 지완의 상황이 아쉬울 수밖에 없었다. 하지만 다른 방법이 없었다. 지완의 성별은 아직 밝혀져선 안 되니까.

책상 너머에 앉아 현준의 보고를 들은 승호가 냉정한 어조로 말했다.

"어쩔 수 없어. 이게 임지완을 잘 사용하기 위한 최선이고, 그로 인해 딸려오는 결과는 임지완이 감당해야 할 부분이지. 그 정도로 우는 소리를 하는 녀석이라면 투자할 가치도 없어."

MS 엔터테인먼트의 대표인 문승호는 이런 사람이었다. 인간미가 느껴지지 않을 만큼 냉정한 사람.

그런 사람이 용케도 지완에게 투자하기로 결정했다는 생각이 들었다.

"그러고 보면 대표님이 지완이한테 투자를 한 것부터가 신기하긴 합니다. 쉽게 응하시지 않을 줄 알았는데. 몇 달이고 따라다니면서 설득할 마음의 준비를 하고 있었거든요."

"그래, 그러려고 생각했지. 그런데 자네가 지완이 사진을 보여줬잖아."

"그랬죠."

"비슷한 눈빛을 하고 있더군."

"누구랑요?"

"루나랑."

루나.

승호의 부인이자, 현재 잘나가는 세계적인 톱모델.

승호와 루나 사이에 얽힌 이야기를, 현준은 알고 있었다. 어떻게 만났는지, 어떻게 사랑을 하게 되었는지, 그리고 루나가 어떻게 성공의 길을 걷게 되었는지.

"투자를 한 후에 완성이 되면 어떤 모습이 될지 궁금하더군. 요새는 재미있는 녀석들이 없었으니까."

"어떤 모습이 될 거라고 예상하십니까?"

"냉정하게 말해줘?"

"네."

"사진만 봤을 때는 몰랐는데, 직접 보니까 알겠더군. 임지완은 연예계와 맞는 애가 아니야."

승호의 말에 현준은 심장이 철렁했다.

승호가 사람을 보는 눈은 늘 정확했다.

"어울리지 않는다니… 지금 잘하고 있지 않습니까?"

"잘하고 있지. 하지만 잘하는 것과 맞는 건 달라. 임지완은 이 세계랑 안 맞아. 걔가 그만두든, 연예계가 걔를 밀어내든 둘 중 하나로 끝이 날 거야."

승호의 평가는 가혹했다.

"그럼 왜 투자를 하신 겁니까? 끝까지 잘해낼 거라고 생각해서 투자하신 거 아닙니까?"

"요새 다들 고만고만한 녀석들뿐이라서 지루했거든. 그리고… 투자한 이상의 값어치는 할 것 같았고."

지완은 개인 대기실에서 옷걸이에 걸려 있는 옷을 확인했다.

지완이 도착하면 대기실에는 늘 코디가 준비해준 옷이 걸려 있었다. 혼자서 그 옷을 갈아입고 나서 밖에 대기 중인 경호원에게 이야기를 하면, 코디와 메이크업 담당들이 들어와서 지완을 완벽하게 바꿔놔주었다.

소속사에서 얘기를 해둔 건지, 담당들은 지완에게 아무것도 묻지 않았다. 묵묵히 제 할 일들만 하는 담당들의 행동이 때로는 아쉬울 때도 있었다.

이런저런 대화를 나눌 수 있으면 좋을 텐데.

하지만 상황이 상황인지라 많은 것을 바랄 수는 없었다.

개인 대기실에 경호원까지.

신인인 주제에 이런 파격적인 대우를 받는 것만으로도 감사해야 했다.

옷을 갈아입고 나서 경호원에게 말했더니 코디들이 들어왔다.

그들의 손에 몸을 맡기는 것이 이제는 조금 익숙해졌다.

처음에는 어쩔 줄을 몰라 했는데, 이제는 그들이 말하지 않아도 척척 눈을 감고 팔을 들기도 하고, 머리를 기울이기도 했다.

분장을 끝낸 코디들이 나간 후, 지완은 시간을 확인했다.

아직 방송 시작까지는 시간이 꽤 남아 있었다.

'첫날엔 진짜 떨었는데.'

데뷔 첫날에도 이 음악방송에 출연했었다.

여섯 번째 무대에 올라가야 하는데, 한 팀, 한 팀이 끝날 때마다 얼마나 심장이 죄던지.

이러다가 기절하는 게 아닌가 싶을 정도였다.

다행히 풍월도 그날 출연이 있었고, 제나도 음악방송의 MC라서 차례대로 찾아와 지완을 응원해주었다.

괜찮아.

앞에 사람들이 있다는 걸 의식하지 마.

그냥 혼자서 노래를 하는 거라고 생각해.

마음을 편하게 먹어.

친구들의 그런 말들이 콱 죄인 가슴을 조금은 편하게 해주었다.

하지만 역시 무대에 올랐을 때는 바짝 얼어붙어서, 그 무대를 어떻게 끝내고 내려왔는지 아직도 기억이 나지 않는다.

다행히 다들 잘했다고 얘기해주었고, 반응도 좋아서 안심했을 뿐이다.

음악방송 무대에 선 지, 이제 한 달 남짓.

날씨는 완연한 가을이 되었고, 늦은 밤에는 바람이 차가울 만큼 계절이 바뀌었다.

'이제 곧 겨울이 오겠구나.'

거리 생활을 할 때는 겨울이 오는 게 가장 무서웠다.

추위에 손이 곱아 소매치기를 하기 힘들었고, 돈을 아껴야 하기에 제대로 먹지 못할 때도 많았다. 다행히 찜질방이나 PC방이 있어서 잠은 따뜻한 곳에서 잘 수 있었지만, 더 어릴 때는 공원 화장실이나 건물 계단에서 자다가 쫓겨나기 일쑤였다.

이 시기쯤 되면 겨울 대비를 해서 더 열심히 돈을 모았는데, 지금은 이렇게 개인 대기실에 앉아 여유를 부리고 있다.

'사람 일 어떻게 될지 모른다더니. 나 성공했네.'

거울에 비친, 자기가 아닌 자신을 보며 피식 웃고 있을 때였다.

대기실 밖이 소란스러웠다.

"안 됩니다."

"아, 난 친하다니까. 나 누군지 몰라?"

"안 됩니다."

"아, 진짜. 그럼 지완이한테 일단 말이라도 넣어줘요. 지완이 보려고 일찍 온 건데."

제나의 목소리가 들려왔다.

지완은 대기실 문을 살짝 열었다.

경호원의 넓은 어깨 너머로, 짜증으로 가득한 제나의 얼굴이 보였다.

"누나."

"나 좀 들어갈게. 괜찮지?"

제나가 경호원 들으라는 듯이 물었다.

"응, 괜찮아. 들어와."

지완의 대답이 떨어지자마자 경호원이 옆으로 비켜섰다.

제나가 흥, 하고 콧방귀를 뀌고는 안으로 들어왔다.

"뭐 이렇게 감시가 더 심해졌어? 증인 보호 받는 것도 아니고. 무서워 죽겠네."

제나는 방송용 화장을 하고 있었다.

붙임머리를 했는지 길게 웨이브한 헤어스타일과 연녹색 원피스가 제나와 무척 잘 어울렸다.

"누나, 오늘 진짜 예쁘다."

지완의 솔직한 칭찬에 제나가 얼굴을 붉히며, 지완의 팔을 툭 때렸다.

"얘는. 당연한 말을 하고 있네."

"방송 준비는 끝난 거야?"

"응. 요새 네 얼굴 본 지 오래된 것 같아서 좀 일찍 왔어. 너, 방송하는 날에 되게 일찍 온다는 얘기를 들었거든."

"응, 신인 주제에 개인 대기실을 쓰는데, 일찍 오기라도 해야지."

"그래 봐야 알아주는 사람도 없어. 그냥 천천히 와."

"그래도."

"왜? 누가 뭐라고 해?"

"아니, 그건 아닌데."

사실 누가 뭐라고 했다.

대기실에 있을 때는 괜찮지만, 무대 오르기 전에 무대 뒤에서 대기를 할 때 마주치는 가수들이 뒤에서 수군거린다는 걸 알고 있었다. 들으라는 듯 일부러 큰 목소리로 뭐라 하는 사람도 있었다.

주제에.

쟤는 뭔데?

뒤에 뭐가 있나?

스폰서가 대단한 거 아냐?

건방져.

그런 이야기들이, 지완을 앞에 두고 오갔다.

"뭐야, 누가 뭐라고 하는구나? 말해봐. 누군데? 내가 발라줄게."

제나가 말했다.

"에이, 그런 거 아냐. 괜찮아, 누나."

"괜찮긴 뭐가 괜찮아? 하여간 연예계는 텃세가 심해서 탈이야. 너한테 거는 기대가 크니까 개인 대기실도 주고 그러는 걸 텐데. 그걸 갖고 질투들 하기는."

텃세라고 한다면, 사실 제나만큼 텃세를 부리는 사람도 없었다.

하지만 지완은 그 부분을 구태여 지적하지 않았다.

제나가 좋았다.

제나와 대화를 하면, 재희나 민하와 있을 때와는 다른 편안함이 있었다. 아마도 동성 친구가 주는 편함일 것이다.

'어쩌지?'

제나에게 자기가 여자라는 것을 밝혀야 하는데, 그럴 기회를 얻지 못했다. 아니, 기회가 없다기보다는 용기가 나지 않았다.

제나는 한때 찬혁을 좋아했었고, 지완은 그런 찬혁과 사귀는 중이었다. 만약 지완이 여자라는 걸 알면, 그리고 찬혁과 사랑하는 관계라는 걸 알면, 제나가 어떤 반응을 보일까?

찬혁과 지완이 친한데도 제나가 질투하지 않는 이유는, 지완이 남자이고 두 사람이 사귈 리 없다는 생각 때문일 것이다.

제나를 잃고 싶지 않았다.

지완에게만큼은 상냥한 제나가 냉랭해지는 모습을 보고 싶지 않았다.

'아냐, 그래도 말을 해야 돼. 계속 숨길 수는 없어.'

지완은 결심을 굳혔다.

"누나, 있잖아."

언제 시간이 될 때 있냐는 말을 하려고 할 때였다.

"들어갈게."

대기실 밖에서 찬혁의 목소리가 들려왔다.

풍월 멤버는 지완의 대기실에 자유롭게 출입할 수 있었다.

"어, 들어와."

대답을 하자마자 문이 열렸다.

찬혁은 제나를 보고는 잠깐 멈췄다가 안으로 들어왔다.

"오빠는 어쩐 일이래?"

"그냥."

찬혁이 무뚝뚝하게 대답하며 지완을 돌아보고 물었다.

"준비는 끝났어?"

"응, 다 됐어."

"오늘도 일찍 왔지?"

"응."

"눈치가 많이 보여?"

"에이, 그런 거 아냐. 형은 아직 준비 중?"

"응. 방송 시작하면 정신없을 것 같아서 미리 와봤어. 어제 목 아프다더니 괜찮아?"

"응, 괜찮아. 비타민 먹고 푹 잤더니 나아지더라."

"다행이네."

지완의 머리를 쓰다듬어주고 싶은 듯 슬쩍 올라왔던 찬혁의 손이, 제나를 의식하고는 다시 아래로 내려갔다.

제나는 팔짱을 끼고 서서 찬혁과 지완을 지켜보다가 말했다.

"저기요, 송찬혁 씨. 여기 나도 있거든요? 너무 없는 사람 취급하지 마실래요?"

"어. 너도 방송 잘해라. MC 잘 보더라."

"어머, 웬일이래? 송찬혁이 내 말에 대꾸를 다 해주고? 요새 좀 변한 것 같아? 사랑이라도 하시나?"

제나가 비아냥거리려고 던진 말에, 지완도 찬혁도 철렁했다. 정작 그 말을 던진 제나는 입술을 비쭉 내밀고 계속해서 말했다.

"사람이 갑자기 변하면 죽을 때가 된 거라던데. 송찬혁, 몸조심 좀 하셔야겠어."

예전에는 찬혁의 마음을 얻기 위해 살랑거리던 제나가 돌변한 모습에 찬혁은 피식 웃었다.

제나가 들이댈 때는 그저 불편하기만 할 뿐이었는데, 지금은 토라져서 투덜거리는 모습이 귀엽다는 생각이 들었다.

아마도 이건 지완 때문이리라. 제나가 지완에게 호감을 가지고 잘 해주니, 제나를 향한 감정 또한 좋아지는 것이겠지.

찬혁의 감정은 언제나 지완이 중심이었다.

지완에게 호의적인 사람에겐, 찬혁 역시 호감이 생겼다.

"뭐야, 왜 웃어?"

"지완이 잘 부탁한다."

"오빠가 부탁 안 해도 잘 해주고 있거든? 소개 멘트도 대본보다 훨씬 좋게 해주고?"

"그래. 그런 것 같더라. 지완아. 오늘도 잘해. 난 나가볼게."

"응, 형. 나중에 봐."

찬혁이 대기실을 나가자마자 제나가 중얼거렸다.

"네가 남자라서 다행이야."

"어?"

"찬혁이 오빠가 저러는 거 진짜 처음 보거든. 먼저 찾아오고 챙겨주고. 송찬혁 아는 사람들은 저 모습 보면 기함을 할걸."

"아…."

"내가 백 번을 연락하면 그중 한 번 전화를 받을까 말까인데, 너한테는 자기가 먼저 와서 말을 걸고. 네가 여자였으면 진짜 싫었을 거야."

"…그렇게까지 싫었을까?"

"당연하지! 완전 최악. 송찬혁 팬들이랑 작당해서 이 세계에서 쫓아냈을걸!"

"…."

"아, 나도 이제 방송 준비하러 가봐야겠다. 이따 잘해, 지완아. 화이팅!"

제나가 귀엽게 오른손을 얼굴 옆에서 쥐어보이고는 대기실을 나갔다.

지완은 한숨을 쉬며 의자에 앉았다.

'큰일이네.'

말해야 하는데.

나 사실 여자라고 말해야 하는데.

'이러면 말할 수가 없잖아.'

무대 위에 선 지완은 천천히 심호흡을 했다.

머릿속을 가득 채우고 있던 제나와의 일이 천천히 지워지고, 노래의 가사가 그 자리를 대신했다.

무대에 서는 게 벌써 몇 번째일까.

아주 많지는 않지만 아주 적지도 않았다.

지완은 신인치고는 무대에 많이 선 편이었다. 아마도 MS에서 힘껏 뒤를 밀어주기 때문이리라.

방청객들이 내는 작은 술렁거림과 이쪽을 향한 시선들은 조금도 익숙해지지 않았다. 무대에 오를 때마다, 첫 무대 때와 같은 긴장감이 느껴졌다.

전주가 흘러나왔고 어두웠던 공간이 조금씩 밝아졌다. 지완에게 스포트라이트가 떨어지는 순간, 노래가 시작되었다.

낮은 음으로 시작되는 노래는 느리고 부드럽고 달콤했다. 가을의 하늘처럼, 봄의 바람처럼, 따뜻한 식빵 위에서 녹아내리는 꿀처럼, 여러 가지 느낌을 지닌 노래가 공연장 안을 가득 채웠다.

방청객들의 술렁임이 완전히 사라졌다.

지완의 무대는 항상 그랬다.

다른 가수들이 공연을 할 때는 팬들이 가수들의 이름을 외치기도 하고, 소리를 지르기도 하는데 지완이 노래할 때는 그런 게 전혀 없었다.

노래가 끝날 때까지 고요했고, 그 백색의 고요함 속에 지완의 노래만이 유일한 색채를 지니고 흘러갔다.

노래를 끝낸 뒤 지완이 마이크를 내리고 천천히 고개를 숙여 인사할 때에야, 방청객들은 멈추고 있던 숨을 몰아쉬며 소리를 낼 수 있었다.

임지완!

임지완!

매일, 매일 무대에 설 때마다 지완의 이름을 외치는 소리가 커지고 있다. 귀를 울리는, 그리하여 무대까지 들썩이게 할 것 같은 팬들의 외침에, 지완은 가슴이 벅차도록 감사하는 한편 죄책감을 느꼈다.

'나는 저들을 속이고 있어.'

그런 생각을 떨쳐낼 수가 없었다.

미안한 마음을 안고 무대 뒤로 내려갔을 때였다.

탁.

누군가 내민 다리에 발이 걸려 비틀거렸다.

넘어질 뻔했지만 지완은 발 좀 건다고 넘어질 만큼 녹록한 상대가 아니었다. 무게 중심을 재빨리 다른 다리로 옮겨 자세를 바로하고, 다리를 건 사람을 돌아봤다.

몇 번 본 기억이 있는 얼굴이었다.

MS 소속 아이돌 그룹의 리더 성민.

유독 지완을 마음에 안 들어 하는 녀석이었다.

멤버들은 성민의 옆에서 킬킬 웃으며 지완을 보고 있었다.

학교에 다닌 적이 없는 지완은 특별히 따돌림을 당한 적도 없었기에, 이런 경험이 처음이었다. 마음에 안 든다고 이렇게 사람이 많은 곳에서 노골적으로 괴롭힐 줄은 몰랐다.

"뭘 봐?"

성민이 턱을 올리며 껄렁하게 물었다.

근처에 있던 가수와 스태프들도 호기심 어린 눈으로 이쪽을 보고 있었는데, 누구도 말릴 생각이 없는 것 같았다.

지완은 어떻게 대처해야 좋을지 잠시 망설였다.

마음 같아서는 빈정거려주고 싶은데, 그래서는 안 될 것 같았다. 입을 꾹 다물고 노려보다가 "아닙니다." 하고 돌아서려는데, 성민이 지완의 어깨를 잡아 거칠게 돌려세웠다.

"야, 이 새끼야. 부대표님이 오냐오냐해주니까 뵈는 게 없냐? 나, 누군지 몰라?"

"압니다."

"알아? 아는 새끼가 선배를 봤으면서 인사도 똑바로 안 해? 개인 대기실까지 쓰니까 아주 세상 다 가진 것 같냐?"

"안녕하세요, 선배님."

지완은 성민이 원하는 대로 아주 정중하게 허리까지 굽혀서 인사했다.

"뭐야, 이 새끼야. 너 지금 사람이 우습냐? 갑자기 인사는 왜 처하고 앉았어?"

"인사 똑바로 하라고 하셔서요."

지완의 말대꾸에 성민의 표정이 굳었다.

"이 새끼가 진짜…."

"진짜, 뭐?"

옆에서 들려오는 낮은 음성에, 위로 올라가려던 성민의 손이 우뚝 멈췄다.

성민이 하얗게 질린 얼굴로 고개를 돌렸다.

"민하 형."

"형이라고 부르지 마, 이 새꺄. 난 공사 구분 못하고 방송국에서 후배한테 새끼, 새끼 하는 새끼, 동생으로 둔 적 없다."

그러나 새끼라는 말은 성민보다 민하가 더 많이 했다고, 지완은 생각했다.

"아니, 형. 그게 아니고요."

"아니긴 뭐가 아닌데? 내 귀가 병신이 돼서 잘못 들은 거냐? 엉? 내 귀가 병신이라고 말하고 싶은 거야?"

'아니, 그건 아닌 것 같은데.'

지완은 생각했지만 끼어들지 않았다.

"이 새꺄. 이제 막 데뷔한 후배가, 그것도 한솥밥 먹는 후배가 무대를 잘하고 내려왔으면 칭찬을 하고 격려를 해줘야지, 지금 이게 뭐하는 거야? 니들, 데뷔한 지 얼마나 됐다고 선배질이야, 선배질이? 군대도 안 갔다 온 새끼들이, 어디서 군기를 잡아? 군기, 내가 아주 제대로 한번 잡아줘? 엉?"

"아, 그게… 죄송합니다."

성민이 허리를 굽혔다.

그 옆에 있던 다른 멤버들도 덩달아 허리를 굽혔다.

"이 새끼들이. 나한테 뭐가 죄송한데? 죄송은 얘한테 해야지. 왜 나한테 사과를 해?"

"민하 선배, 괜찮아요."

지완이 황급히 민하를 말렸다.

"괜찮긴 뭐가 괜찮아? 찬혁이가 그러더라. 네가 괜찮다는 말 다 거짓말이라고. 왜 이렇게 거짓말을 해? 너, 허언증 있냐?"

늘 느끼는 거지만 민하와 대화를 할 때는, 주제가 어디로 튈지 모르겠다.

"진짜 괜찮아요. 선배님들, 저 먼저 들어가 보겠습니다. 무대 파이팅 하세요."

지완은 상황을 수습하기 위해 서둘러 말하고 돌아섰다.

그곳에 있던 가수들이 자기를 어떻게 보든 상관없었다.

지완에게는 목표가 있었고, 그것을 위해서라면 그 어떤 시선도, 미움도, 괴롭힘도 견뎌낼 자신이 있었다.

"아, 진짜. 왜 말려?"

민하가 지완의 뒤를 따라오며 투덜거렸다.

"선배. 그 상황에서 나한테 사과를 하라고 하면 분위기가 더 엉망되지."

"분위기는 이미 개차반이었어. 뭐, 파티라도 하는 분위기인 것 같았냐?"

"아니, 그런 뜻이 아니고. 아무튼 도와줘서 고마워, 선배."

민하가 지완의 대기실에 따라 들어왔다.

"성민이가 그렇게 나쁜 녀석은 아냐. 질투 나서 그러는 걸 거다. 걔네, 데뷔한 지 2년인데 아직 개인 대기실 못 받았거든."

"응."

"이 세계는 시기질투가 심해."

"응, 그런 것 같아. 아무래도… 다들 절박하니까."

"괜찮겠냐, 계속 이래도? 이제 곧 풍월 활동 접을 텐데, 그때는 지금처럼 도와주기 힘들 거야. 그나마 우리 눈치를 보느라 다들 참고 있는 거지, 우리까지 없어지면 더 괴롭힐 거다."

"괴롭히는 게 아까 그 수준이면, 뭐. 별거 아니지."

지완이 후, 하고 웃었다.

그 웃음에 민하는 심장이 철렁 내려앉았다.

예전에는 몰랐는데, 지완의 과거를 알게 된 지금은 알겠다. 저렇게 웃을 때의 지완은 금방이라도 흩어질 것만 같다는 걸.

"이런 관계들이 익숙하지가 않아서 조금 당황스럽기는 하지만 참지 못할 정도는 아냐. 아니, 애초에 참는다는 생각조차 안 들어. 그러니까 걱정하지 마, 선배."

걱정하지 말라고 하는데도, 민하는 끝까지 걱정스러운 표정을 지으며 대기실을 나갔다.

다시 무대에 올라가 1위를 한 풍월을 축하해주고, 대기실에 돌아온 지완은 옷을 갈아입고 화장을 지웠다. 현준이 데리러 와서 함께 나갔고, 복도에서 아는 면면들을 마주쳤다.

MS 소속인 아이돌들은 자신들의 부사장님이 지완의 매니저 따위를 한다는 걸 여전히 받아들이지 못하는 것 같았다.

차에 타자마자 지완이 말했다.

"부대표님. 저, 매니저 다른 사람으로 좀 바꿔주시면 안 돼요?"

"왜? 내가 부족하냐?"

"아니요. 너무 과해서요."

"신경 쓰지 마, 그런 건. 매니저한테는 네 사정을 알려야 하는데, 그럴 만한 사람을 구하기는 어려워. 나도 간만에 현장에서 뛰는 거 즐겁고."

"하지만 바쁘시잖아요."

"생각처럼 바쁘진 않아. 어차피 내가 하던 일은 당분간 대표님이 처리하고 계시니까."

"대표님이 더 바빠지셨겠네요."

"한동안은 바빠도 될걸. 그 양반 와이프 님은 해외 로케 가서 집을 비우셨으니까. 집에 들어가 봐야 할 일도 없으실 거고."

"아, 부인분께서 모델이라고 하셨죠."

"응."

차를 타고 이동해서 도착한 곳은, 일식집이었다. 그러고 보니 오늘은 점심을 걸렀다. 이제야 지완의 위장이 배고픔을 호소했다.

차 안에 울리는 꼬로록 소리에 현준이 웃었다.

"배 많이 고팠지?"

"음방 때마다 죽겠어요. 그렇지만 뭘 먹으면 얹힐 것 같아서 먹지도 못하고."

"곧 익숙해질 거야."

"과연 그게 익숙해질까요?"

"이미 익숙하게 하면서 뭘. 다들 네가 신인 같지 않다더라. 실수도 안 하고 긴장도 안 하고."

"엄청 긴장하는데요."

"다행히 넌 표정에 그런 게 잘 드러나지 않으니까."

"진짜 다행이죠. 표정에 다 드러나면 망했을 거예요."

저녁을 먹기에는 조금 이른 시간이라 손님이 별로 없었다. 룸으로 안내를 받아 들어간 후 스시 세트를 주문했다.

허기를 어느 정도 채운 후, 지완이 입을 열었다.

"부대표님, 저 의논드릴 게 있어요."

현준이 젓가락질을 멈추고 지완을 응시했다.

"왜 그렇게 보세요?"

"임지완이 나한테 뭔가 의논하고 싶다고 할 줄은 몰랐거든."

"저도 의논 정도는 합니다."

현준이 싱긋 웃었다.

"그래, 무슨 일인데?"

"동료 가수들과의 관계가 너무 안 좋아요."

"아아. 그래. 안 그래도 얘기 들었다. 기분 많이 안 좋지?"

"아뇨. 제가 기분이 안 좋은 건 아닙니다. 아무래도 좋아요, 그런 건. 하지만 이러다가는 언제 한번 크게 문제가 생기지 않을까 싶어요. 지금이야 다들 풍월 눈치를 봐서 쉬쉬하고 있는 것 같은데, 조만간 풍월이 활동을 접으면 본격적으로 괴롭히려고 들겠죠."

"그래."

"제가 사람 대하는 게 서툴러서, 그럴 때 어떻게 대처를 해야 할지 몰라요. 아마 상대를 더 화나게 만들 수도 있어요. 오늘만 해도 폭행으로까지 이어질 뻔해서…."

"폭행? 누가?"

"그냥요. 그건 중요한 게 아니고요."

189

"중요해. 누구냐? 우리 소속사 애지?"

"에이, 아니에요. 아무튼 부대표님. 어떻게 해야 할까요?"

지완은 오늘 문제를 일으킨 인물이 누군지 말할 생각이 없는 듯 보였다.

지완의 고집을 아는 현준은 더 이상 묻지 않고 생각에 잠겼다.

지완이 말한 부분에 대해서는 확실히 고민하는 중이었다.

질투가 많은 세계인만큼, 상대에 대한 괴롭힘도 심했다. 친구를 사귀어본 적이 없는 지완에게, 이 세계의 냉정함이 상처가 될까봐 항상 걱정이었다.

"안 그래도 대표님이랑 그 부분에 대해 얘기를 좀 했어."

"아, 대표님이 뭐라세요?"

"풍월 활동 중에는 대기실을 풍월이랑 같이 쓰게 하라더라. 안 그래도 네가 풍월 게스트 보컬을 해서, 윤진 대신 풍월의 네 번째 멤버로 들어가는 거 아니냐, 하는 얘기가 있잖아. 풍월은 남성 4인조 그룹이었고. 대기실까지 같이 쓰면 그 소문을 확신하게 될 거고, 네가 여자라는 소리는 안 나오겠지. 당연히 남자일 거라고 생각할 거야. 그렇다고 해서 우리 쪽에서 널 남자라고 말한 것도 아니고."

"아, 그러네요."

"애들 도착하기 전에 가서 옷 갈아입고, 메이크업은 같이 받도록 해. 당분간 좀 불편하겠지만 그렇게 하자."

"네."

"일단 기자들한테도 두루뭉술하게 흘려둘 거야. 풍월 네 번째 멤버에 대해서."

"나중에 문제되지 않을까요?"

"걱정 마. 내가 그런 건 잘하거든."

드라마 촬영이 끝나고 잠시 쉬며, 제나는 동료 배우들과 잡담을 나눴다. 비슷한 또래들이 많아서, 이번 드라마 촬영은 지난번 영화 촬영 때보다 편한 한편 거슬리기도 했다.

동료 배우 중 한 살 어린 조유빈 때문이었다.

유빈은 데뷔 5년 차로, 지난번 찍은 드라마에서 연기력을 인정받고 '제2의 제나'라는 수식어가 붙었다.

그 수식어가 딱 들어맞을 만큼, 유빈은 제나와 이미지메이킹을 거의 비슷하게 했다.

하지만 아주 미묘하게 따라 했기 때문에, 대놓고 지적을 하기에는 민망한 수준이었다.

그래서 제나는 유빈을 볼 때마다 부글부글 끓는 속을 억누르고, 여유로운 선배인 척하느라 곤욕스러웠다.

게다가 유빈은 한참 후배인 주제에 제나에게 라이벌 의식을 불태우고 있었고, 때때로 그걸 드러내서 제나를 불쾌하게 만들곤 했다.

바로.

"에이, 말도 안 돼."

지금처럼.

"같은 소속사라고 해서 다들 친한 건 아니잖아요. 언니, 저번에도 송찬혁이랑 열애설 났는데, 그것도 결국 홍보에 불과했고… 송찬혁이랑 개인적으로 연락 한번 안 한다면서요?"

쉬는 시간에 이런저런 잡담을 나누다가, 최근 뜨고 있는 '임지완'에 대한 이야기가 나왔다.

임지완에 대한 주제에는 항상 그렇듯 '남자냐, 여자냐.'라는 질문이 이어졌고, 다들 제나에게 한 소속사인데 아는 게 없냐고 물었다.

그래서 "걔 남자야. 나 걔랑 친하잖아."라고 대답했더니, 유빈이 이렇게 대꾸한 것이다.

제나는 짜증을 감추고 빙그레 웃었다.

"개인적으로 연락 한번 안 한다고 한 걸 믿니? 찬혁이 오빠가 워낙 바빠서 자주 연락을 못 할 뿐이지, 친하긴 친해. 지완이랑은 더 친하고."

"그럼 둘이 만난 적도 있어? 따로?"

다른 동료 배우가 물었다.

"응, 있지. 자주 만나. 걔네 집…."

'걔네 집에도 가봤어.'라고 말하면, 이건 분명 문제가 될 것이다. '남자 혼자 사는 집에 제나가 방문했다.'라는 걸, 이 사람들이 입 다

192

물고 있을 리 없었다.

"걔네 집, 뭐요?"

유빈이 놓치지 않고 물었다.

"걔네 집 이사하고 집들이 할 때, 풍월 멤버들이랑 부대표님이랑 다 같이 간 적도 있었어."

"거짓말."

"내가 왜 이런 걸로 거짓말을 하니? 같이 찍은 사진도 있어. 봐."

지완의 집에서 둘이 셀카를 찍은 걸 보여줬다.

"와, 임지완은 얼굴 진짜 작네. 제나 씨랑 비슷한데?"

"너무 예쁘다, 임지완. 이 얼굴이 남자라고?"

"언니, 이 턱선 가느다란 것 좀 봐요. 말도 안 돼."

다른 동료들이 휴대폰으로 사진을 보며 부럽다는 듯 말하는 걸 들으니, 괜히 우쭐해졌다. 자기가 칭찬을 받는 것도 아닌데 기분이 좋았다.

'지완이한테 얘기해줘야지. 자기 팬들 많아졌다는 거 들으면 좋아할 거야.'

어째서인지, 지완과 함께 있을 때면 때때로 '슬퍼 보인다.'라는 느낌을 받곤 했다.

그래서인지 지완을 챙겨주고 싶다는 마음이 들었다.

'이런 걸 모성본능이라고 하나? 나한테 그런 게 있을 줄이야!'

그런 생각을 하는데, 유빈이 중얼거렸다.

193

"셀카야, 다들 찍는 거지. 처음 본 사이에도 찍는 게 셀카인데."

작은 목소리였지만 제나에게 충분히 들릴 만한 크기였다.

"너, 지금 뭐라고 했니?"

"아니, 뭐. 그렇잖아요. 사진은 그냥 지나가다가도 같이 좀 찍어 달라고 하면 다들 찍어주는 거지. 이런 식으로 셀카 찍었다고 친한 거면, 연예인 중에 안 친한 사람이 없겠다."

제나는 입을 꾹 다물고 유빈을 노려봤다.

동료 배우들이 둘의 눈치를 보기 시작했다.

"뭐, 유빈 씨 말도 틀린 건 아니지만… 그래도 같은 소속사인데."

"그래, 제나 언니가 뭐가 부족해서 친하다고 거짓말을 하겠어?"

다들 제나를 편드는 게 속이 상했는지, 유빈이 다시 말했다.

"아니, 솔직히 다들 그렇게 생각하잖아요. 임지완은 신인이니까 소속사 선배가 찍어 달라고 하면 당연히 사진 정도는 찍어주지. 집들이도 혼자 간 것도 아니고 풍월에 끼어서 간 거고. 안 그래요?"

"유빈아, 너…."

보다 못한 동료 배우 한 명이 나무라려는 것을, 제나가 한 손을 들어 막았다.

"그럼 넌 뭘 어째야 내가 지완이랑 친하다는 걸 믿어줄 건데?"

"모자요."

기다렸다는 듯, 유빈이 말했다.

"모자?"

"네. 임지완이 음방 세 번째 무대에 쓰고 나왔던 모자요. 그거 한 정판이라서 국내에 딱 하나 들어왔거든요. 그거 협찬도 안 하는 거라서, 아마 임지완 소유일 거예요. 거기에 사인 받아다주세요. '조유빈에게.'라고 써서요."

유빈의 눈이 반짝반짝 빛났다.

제나는 어이가 없어서 유빈을 가만히 응시하다가 물었다.

"조유빈, 너… 지완이 팬이니?"

유빈의 얼굴이 확 붉어졌다.

"팬인 게 뭐 어때서요?"

"팬이면 팬이라고 하면 되지, 왜 그렇게 사람을 후벼 파고 야단이야? 내가 지완이랑 친한 게 질투 나고 짜증이 나?"

"아, 그런 거 아니에요."

마침 촬영 시작을 알리는 바람에 대화는 마무리가 되었다.

촬영이 끝나고 돌아가기 전, 유빈이 일부러 제나를 찾아와서 말했다.

"알겠죠, 언니? 그 모자, 꼭 받아다주세요."

"정중하게 부탁하면."

"제가 왜 부탁을 해요? 언니가 임지완이랑 친하다는 거 거짓말 아니라는 걸 증명하려는 건데."

"난 증명이 필요 없거든. 정중하게 부탁하면, 모자에 사인해서 가져다줄게. 나중에 우리 촬영장에도 한번 와 달라고 부탁하고."

유빈의 눈동자가 흔들렸다.

타 소속사인 유빈에게는 지완을 만날 명분이 없었던 것이다.

유빈은 아랫입술을 잘근잘근 깨물다가, 결국은 얼굴을 붉히며
말했다.

"부탁해요, 언니. 사인 좀 받아다주세요."

방송국으로 향하며, 민하가 입을 열었다.

"오늘 촬영 끝나면 음방 출연자들이랑 다 같이 회식이나 하자고
하자."

"난 패스."

"나도."

생각해볼 것도 없다는 듯, 찬혁과 재희가 대답했다.

"야, 야. 이유라도 좀 물어보면 안 되냐?"

"뻔하지. 넌 원래 술 마시고 노는 거 좋아하잖아."

서운해하는 민하에게 재희가 말했다.

"아, 좋지. 좋은데. 이번엔 그런 거 아냐. 지완이 때문이야."

"지완이가 왜?"

민하의 말을 건성으로 들으며 창밖을 보고 있던 찬혁이 곧바로
관심을 보였다.

민하가 콧등을 찡그렸다.

"하, 진짜 싫다. 송찬혁."

"말해 봐. 지완이가 왜?"

"애들이 지완이 곱게 안 보는 거 알지?"

"거야, 특별 대우를 받으니까. 그 부분은 지완이도 각오한 거고."

재희의 말에 민하가 고개를 끄덕였다.

"그래, 각오했겠지. 그런데 지완이 말이다. 이대로 두는 게 과연
옳은 일일까? 지완이, 이대로 가면 계속 친구 없이 지내야 돼."

"…"

"걔, 학교도 못 다녔잖아. 친구라고는 제나랑 우리뿐인데… 제나
도 그렇고, 우리도 그렇고 바쁘고. 스케줄 맞을 때나 간신히 만나
고, 그런 상황이잖냐. 활동 접고 나면 개인 활동하면서 더 바빠질
텐데… 지완이한테도 친구가 좀 있어야 하지 않겠냐?"

"그건 그렇지. 그런데 넌 누구냐?"

재희의 질문에 민하가 인상을 찡그렸다.

"뭐?"

"우리 생각 짧고 제멋대로인 정민하는 어디로 간 거냐? 넌 대체
누구냐?"

"야, 나도 생각이라는 걸 하고 살거든? 니들이 놀랄까 봐 안 하는
척하는 거지."

"안 놀랄 테니까 매일 좀 이런 모습을 보이면 안 되겠냐?"

"아, 됐다고. 하여간 겉핥기 우정이라도 없는 것보다는 나을 것 같은데. 지금 지완이는 아예 친구 사귈 기회가 없는 거니까, 그럴 자리라도 좀 만들어주는 게 어떻겠냐?"

그래서 오늘 촬영이 끝나면 풍월이 스태프와 출연자들에게 고기를 사자고 결정을 내렸다. 대기 중에 매니저가 다른 매니저들에게 얘기를 해두기로 했다.

차에서 내려 대기실로 향하며, 찬혁이 말했다.

"고맙다, 민하야. 지완이 잘 챙겨줘서."

"아, 징그럽게 굴지 마. 너 때문에 챙겨주는 거 아니니까."

민하가 민망해하며 어깨에 올라온 찬혁의 손을 털어냈다.

재희가 고개를 끄덕였다.

"그래, 말만 번지르르하지, 결국 지가 술 마시고 싶어서 저러는 걸걸."

풍월이 회식에 초대했다는 건, 가수들을 우쭐하게 만들었다. 오늘 음악방송에 출연해서 다행이라고들 생각하며, 다들 신나는 표정으로 회식 장소로 향했다.

풍월과 같은 대기실을 사용하게 된 지완은 풍월과 같은 차를 타고 고깃집으로 이동했다. 가는 동안 재희와 민하가 지완에게 이번

회식의 의미를 설명했고, 지완은 고개를 끄덕였다.

"응, 알겠어. 그럼 힘껏 친구를 만들어볼게."

"나한테 했던 것처럼은 하지 마."

찬혁이 다급하게 말했다.

"그렇게 하면 안 돼?"

"왜? 찬혁이한테 어쨌는데?"

민하가 놀릴 거리를 찾았다는 듯 눈을 빛냈다.

"그냥, 뭐… 나 남자라고 바지 벗어볼까, 하기도 했고. 번호 좀 달라고도 했고. 먹을 거 사들고 집에까지 찾아갔고. 촬영장에도 따라갔고…."

지완이 손가락으로 꼽으며 하나, 하나 말했다.

"푸하하하하. 그랬는데도 송찬혁이 널 가만히 내버려뒀냐?"

민하가 웃음을 터뜨렸다.

"내가 넌 줄 아냐? 난 원래 폭력 안 써."

"폭력은 안 쓰지만 사람은 쓰지. 송찬혁 성격에, 대표님 찾아가서 임지완 계약 파기하라고, 안 그러면 자기가 그만둘 거라고 말했을 법도 한데. 안 그러냐, 재희?"

"응, 맞아."

재희가 동의했다.

"니들은 날 대체 어떻게 보는 거냐?"

"냉혈한."

"목석."

곧바로 대답이 나왔다.

찬혁이 인상을 찡그렸다.

"지완아, 네 눈에도 내가 그렇게 보이냐?"

"아니. 형은 상냥하고 다정해. 항상 그랬어."

지완의 대답에 재희와 민하가 오만상을 찌푸렸다.

"상냥? 다정? 그건 송찬혁이랑 연이 없는 단어지."

"맞아. 지완이 너, 우리가 아는 송찬혁을 아는 게 맞냐? 다른 사람을 착각한 거 아냐?"

그런 대화를 하는 동안 고깃집에 도착했다.

내리기 전, 지완이 말했다.

"있잖아. 생각해 봤는데… 다들 날 너무 챙겨주지 마."

"챙겨주지 말라니?"

"그렇잖아. 안 그래도 다들 내가 특별대우 받는 거 질투하는데, 선배들이 날 챙겨주면 오히려 역효과만 날 거야. 괴롭힘을 당하는 것도, 욕을 먹는 것도 내가 감당할 테니까. 오늘은 날 챙겨주지 마."

지완의 말에 틀린 것이 없기에, 세 남자는 아쉬움 가득한 얼굴로 고개를 끄덕였다. 사실 세 남자는 잔뜩 챙겨줘서, 다른 녀석들이 감히 임지완을 건드리지 못하도록 할 계획을 품고 있었던 것이다.

"오늘 자리 마련해줘서 고마워, 민하 선배. 다음에 꼭 보답할게."

차에서 내린 지완이 뒤를 돌아보며 활짝 웃었다.

그 해사한 미소에 민하의 얼굴이 붉어졌다.

"어, 그래라."

지완이 손을 가볍게 흔들고 안으로 들어갔고, 찬혁이 민하의 옆구리를 쿡 찔렀다.

"내 여자야."

민하가 콧등을 찡그렸다.

"누가 뭐래?"

통째로 빌린 커다란 고깃집은 가수들과 스태프들로 가득했다.

풍월은 구석으로 자리를 잡았다.

아직은 풍월이 앉은 테이블이 조용했다.

아마 다들 술 좀 들어가면 하나둘씩 이 테이블로 모여들 것이다.

지완은 풍월과 완전히 반대쪽 구석에 오도카니 앉아 있었는데, 아직 지완의 테이블에는 사람이 한 명도 없었다.

찬혁은 손에 턱을 괴고 지완 쪽을 응시하고 있었다. 당장이라도 지완에게 달려가고 싶어 하는 것 같은 표정이었다.

그런 찬혁에게 재희가 말했다.

"너, 지완이 말 기억하지? 행여나 달려가서 챙겨주고 그럴 생각하지 마라, 송찬혁. 지완이 말대로, 친구를 사귀고 그러는 건 스스로 해야 할 문제니까."

"하지만…."

재희의 잔소리를 들은 찬혁이 짐짓 심각하게 입을 열었다.

뭔가 문제가 있나 싶어 귀를 기울이던 재희와 민하는 "지완이가 너무 귀여워서 그냥 내버려둘 수가 없어."라는, 이어지는 말에 기함을 토해냈다.

"뭐야, 너."

"작작 좀 해라, 이 사랑꾼아!"

친구들이 몸서리를 치든 말든, 찬혁은 지완에게 시선을 고정시킨 채로 계속해서 말했다.

"어떻게 저렇게 귀엽게 생겼지? 이해가 되냐, 니들은?"

"안 돼, 안 된다고!"

"진짜 사랑스럽다."

눈이 하트로 변한 찬혁을 보며, 민하가 오만상을 찌푸렸다.

"야, 이제 진짜 슬슬 걱정된다. 그 말 알지? 사람이 너무 변하면 죽을 때가 된 거라는 말. 너, 진짜 괜찮은 거냐? 신변에 무슨 일 있는 거 아니지? 뭐, 갑자기 병원에서 큰 병이라는 진단을 받았다든가."

"내가… 그렇게까지 심했나?"

"아니, 대체 몇 번을 말해야 돼? 너 심했다고. 열 번 말을 걸면 열 번을 대답 안 하는 놈이었잖아."

"아아, 그래. 그랬던 적도 있었지."

"불과 몇 달 전이니까 그렇게 아련한 눈빛 짓지 마라."

찬혁이 웃으며 불판에서 익어가는 고기를 뒤집었다. 두툼한 삼 겹살이 노릇노릇 익어가고 있었다.

"신기해. 나는 지금 이 고기가 얼른 익었으면 좋겠다는 생각을 하 거든."

"그게 뭐가 신기하냐? 고기가 있다면 응당 익기를 바라는 것이, 모든 평범한 인간의 소망이거늘."

"그러게 말이다. 나는 그 평범한 소망조차 알지 못하고 살았지. 지완이를 만나기 전에는."

"뭐야, 너. 또 사랑 타령 할 거면 입 닥치고 그냥 샐러드나 먹어."

민하가 진저리를 쳤다.

"그나저나 찬혁아. 한성의 공주님 쪽은 괜찮은 거냐? 지완이 활 동 시작하고 한 달이 넘어가는데 아무 말 없어?"

재희의 말에 고기를 굽던 찬혁의 손이 멈췄다.

찬혁은 작게 한숨을 쉬었고, 민하는 도끼눈을 하고 재희를 노려 봤다. 이 좋은 분위기, 왜 다 망치냐는 듯한 눈빛에, 재희가 양손을 살짝 위로 들었다.

"아, 미안. 미안. 다시 찬혁이의 사랑 타령으로 돌아갈까?"

"아니, 안 그래도 얘기를 하려고 했어."

찬혁이 말했다.

"걔 성격에, 아마 조만간 한국에 들어올 거야. 주변에서 뭐라 하든 제멋대로 하는 애니까."

"어, 그런 것 같더라."

"왜? 그렇게 고집이 세? 어떤데 그래? 예뻐?"

최해림을 본 적 없는 민하가 눈을 빛내며 물었다.

재희가 고개를 저었다.

"야, 말도 마라. 예쁘고 말고를 떠나서, 난 그렇게 무례하고 짜증 나는 애는 처음 봤다. 두 번 다시는 마주치고 싶지 않아."

"호오. 강재희가 여자에 대해 독설을 하다니. 어떤 여자인지 궁금하네."

"걔가 한국 들어오면 아마 한동안은 지완이를 만나지 못할 거야. 그땐 너희들이 지완이 좀 잘 챙겨줘. 부탁할게."

"야, 송찬. 네 부탁 아니라도 지완이는 내가 잘 챙기거든?"

민하가 말했다.

"그래, 그래서 항상 고맙게 여기고 있어."

"뭔가 대책은 세워둔 거냐? 지완이도 여자야."

'여자야.'라는 말은 목소리를 낮춰서 했다. 재희의 말에 찬혁이 미간을 모았다.

"대책."

"그래. 언제까지고 최해림 손에 휘둘려야 한다면, 냉정하게 말해서 너와 지완이 사이에 미래는 없어. 미래가 없다면, 네가 지완이를 잡아두는 거. 그거 진짜 이기적인 거고."

"그래, 이기적이지."

"지완이한테 상처를 주면, 아무리 너라도 용서 못해."

"최대한 지완이가 상처를 받지 않도록 움직일 거야. 그리고."

찬혁이 재희와 눈을 맞췄다.

"나와 지완이 사이에 미래는 있을 거야. 내가 그렇게 만들어볼 거니까."

'괜히 오기를 부렸나?'

지완은 생각했다.

고깃집 테이블이 다 채워졌다. 하지만 지완의 테이블에는 아직 아무도 앉지 않았다.

어떤 테이블은 4인용인데도 여섯 명이 끼어서 앉을 정도인데, 지완의 테이블만 비었다는 것은 결국 다들 지완을 피하고 있다는 뜻이었다.

그렇다고 뻔뻔한 얼굴로 모르는 사람들의 테이블에 가서 끼어 앉을 만큼 대범하진 않았다.

옛날이었다면 그랬을지도 모르지만.

막 이 세계에 발을 디뎠을 때만 해도, 찬혁이나 재희, 민하에게 그렇게 행동했으니까.

상대가 어떻게 생각하든 제멋대로 부르고, 제멋대로 다가가고.

그러나 그들과 친해지고 사람을 상대해야 할 일이 많아지면서,

인간관계란 그렇게 쉽게 형성되는 게 아니라는 것을 깨달았다.

고려해야 하고, 생각해야 할 것이 너무 많았다.

'어렵구나, 인간관계. 만났던 사람들이 다들 좋은 사람들이라서 다행이었어.'

정말 다행이었다. 천둥벌거숭이 같은 지완의 행동조차도 좋게 봐주는 사람들이라서.

지완 혼자 앉아 있어서인지, 테이블에는 밑반찬만 깔려 있고, 고기는 나오지 않았다. 샐러드를 버무리고 있는데 맞은편에 누군가 앉았다.

"혼자 뭐해?"

반가운 목소리에, 지완은 고개를 들었다.

제나였다.

"아, 누나."

제나가 다리를 꼬고 주위를 둘러봤다.

"왜 혼자 앉아 있어? 풍월 테이블 널널하구만. 지금 가서 앉아야지, 나중 되면 저기 앉을 자리 없어진다?"

"아니, 오늘은 풍월 선배들이랑 따로 있기로 했어."

"왜? 저 오빠들이 선배 짓 해?"

"아니, 그건 아니고. 풍월 말고 다른 사람들이랑도 좀 어울려야 할 것 같아서."

"그럼 어울리면 되지, 왜 혼자 여기 있어? 불쌍해 보이게시리."

"나, 불쌍해 보여?"

"그럼 고깃집에서 혼자 이러고 있는데, 세상 다 가진 것처럼 보이 겠니? 넌 신인이니까 친구 사귀고 싶으면 먼저 일어나서 인사도 하 고 돌아다니고 그래야지."

"그러면 되려나?"

"뭐야, 이런 것도 일일이 알려줘야 돼?"

"나, 친구를 사귀어본 적이 없어서… 어디까지 해도 되고, 어디까 지 하면 안 되는지를 잘 가늠하지 못하겠어."

제나가 고개를 옆으로 기울였다.

"뭐야, 너 왕따였니? 친구가 없었어?"

"응, 친구가 없었어."

"흐응."

제나는 꼰 다리 끝을 까딱까딱 움직이다가 말했다.

"쟤들, 사실은 너한테 관심 많아. 질투도 관심의 일종이야. 생각 해 봐. MS에서 엄청 밀어주고, 풍월 멤버들이 아껴주고, 거기에 이 제나 님께서도 먼저 말을 걸어주고. 다들 네가 궁금해서 견딜 수가 없을걸. 다만 자존심 때문에 먼저 와서 말을 걸지 못하는 거지."

"자존심?"

"응. 쟤들이 선배니까. 원래 신인 쪽에서 먼저 움직여서 인사도 하고 예쁨도 받고 술도 따라주고, 그래야 하는 거야."

"아, 그럼 술 가지고 저리로 가면 돼?"

소주병을 손에 쥐며 묻는 지완의 순진한 모습에, 제나는 웃음이
나왔다.

얘는 뭔데 사내 녀석이 이렇게 귀여울까?

하나하나 전부 가르쳐야 할 것 같은데, 귀찮다는 생각보다는 더
많이 챙겨주고 싶다는 생각이 들었다. 풍월 멤버들이 유독 지완을
아끼는 이유도 비슷한 이유 때문일지도 모르겠다.

"그냥 앉아 있어. 내가 이 테이블에 왔으니까, 알아서 여기로들
올 거야."

제나의 말대로 얼마 지나지 않아, 지완이 앉아 있는 테이블에 사
람들이 하나, 둘 모이기 시작했다.

다들 제나에게만 말을 걸면서 곁눈질로 흘긋흘긋 지완을 살펴봤
다. 동물원의 원숭이가 된 기분이 들어 자리를 피하고 싶었지만, 지
완은 꾹 참았다.

뻔한 근황을 주고받은 제나가 사람들에게 지완을 소개시켜주었
고, 지완은 어색하게 인사를 했다.

임지완입니다. 잘 부탁드립니다.

인사가 늦었습니다. 잘 부탁드립니다.

술 잘 마셔?

잘은 아니지만 마실 줄은 압니다.

그럼 한잔 받아야지.

짠 하자.

그런 대화들이 오고갔다.

처음에는 어색했던 자리가 알코올의 힘으로 부드럽게 풀어졌다.

딱딱하게 굳어 있던 지완도 웃으면서 대화를 하고, 농담을 받을 만큼은 여유가 생겼다.

임지완.

말 그대로 혜성처럼 등장한, 비밀스러운 가수.

지완이라는 사람이 궁금해서 이 자리에 모인 사람들이 처음에 품고 있던 마음은 질투 반, 호기심 반이었다.

그리고 자리가 끝날 무렵, 그들은 지완에게 호감을 느낄 수밖에 없었다.

지완은 생각보다 훨씬 귀엽고 어리바리하고, 모성본능(혹은 부성본능)을 자극했다.

제나는 지완이 다른 사람들과 잘 어울리는 모습을 지켜보다가 슬쩍 테이블을 떠났다.

사람들이 너무 많은 자리는, 제나도 질색이었다.

'에이씨.'

사실은 지완에게 할 이야기가 있었다.

'모자 달라는 말을 하려고 했는데.'

유빈과 모자 받아오기 내기(?)를 한 지, 일주일이 지났다.

그동안 지완에게 이야기할 기회는 몇 번 있었지만, 도저히 입이 떨어지지 않았다.

여배우 자존심에 어떻게 먼저 '사인한 모자를 줘.'라고 요구할 수 있단 말인가.

아까 쿨한 척, 다른 가수들의 자존심에 대해 지적하긴 했지만, 자존심으로 따지자면 제나를 넘어설 사람이 없었다.

한참 어리고, 한참 후배인 지환에게 먼저 '모자를 줘. 사인해서.'라는 말 따위는 하고 싶지 않았다.

'어쩌지? 그 모자, 어디서 구할 수 없나? 사인이야 깜빡하고 못 받았다고 하면 되는 거고.'

다들 다음 날의 일정이 있는지라, 자리는 너무 늦어지지 않게 끝이 났다.

숙소로 이동하는 풍월의 밴 안은 평소보다 한 톤 높은 지환의 음성으로 가득 차 있었다.

술도 들어갔겠다, 기분이 딱 좋은 상태인 지환은 오늘 친해진 사람들에 대해서 계속 떠들었다.

이 사람은 이렇고, 저 사람은 저렇대.

그 사람이 이렇게 말했어.

고기를 굽다 이런 일이 있었고, 술을 마시다가 저런 일이 있었어.

재잘재잘 떠드는 지환의 볼은 발그레 물들어 있었고, 연갈색 눈동자는 생기로 반짝반짝 빛이 났다.

그 모습은 마치 유치원에 다녀와서 엄마에게 이런저런 이야기를 하는 어린 소녀 같았다. 그래서 그걸 찬혁과 재희, 민하는 즐겁게 지켜봤다.

이 녀석은 어쩌면 이렇게 예쁠까, 라는 생각을 하면서.

원래는 지완의 집으로 향하는 중이었는데, 지완의 입에서 "2차 가자, 2차!"라는 말이 나왔다.

지완에게 단단히 홀린 세 남자는, 내일 오전에 스케줄이 있었음에도 "그거 좋지!"라고 대답할 수밖에 없었다.

지완이 이렇게 웃는 모습을, 어린아이처럼 재잘재잘 떠드는 모습을, 계속 보고 싶었다.

"어디로 갈까?"

"술 사들고 우리 숙소로 가자. 지완이는 내일 스케줄 없으니까, 우리 집에서 재우면 되겠지."

멤버들의 대화를 들은 매니저가 차를 돌렸다.

풍월 숙소에 도착해 엘리베이터를 타고 위로 올라갈 때만 해도 분위기가 좋았다.

볼이 발간 지완은 뭐 그리 할 말이 많은지 계속 재잘재잘. 평소보다 살짝 높아진, 그야말로 여자 같은 목소리가 듣기 좋아서, 세 남자는 애정이 담뿍 담긴 눈으로 지완을 지켜봤다.

복도를 걸어가 현관문에 도착해 민하가 문을 열고 안으로 들어갔고, 그 뒤를 따라 지완이, 그다음에 재희와 찬혁이 들어갔다.

그리고 그 순간, 밝았던 분위기가 순식간에 암흑에 잠겼다.

숙소의 넓은 거실 소파에 한 여자가 다리를 꼬고 앉아 있었다.

등까지 내려오는 길고 검은 생머리, 흰 피부와 날씬한 몸매, 둥그스름한 이마에서 이어지는 오뚝한 코와 큼지막한 눈, 얇은 입술이 성숙한 느낌을 주는 여자였다.

상체가 딱 맞는 연회색 플레어 원피스가 무척이나 잘 어울렸다.

처음 보는 얼굴이지만, 지완은 그녀가 찬혁이 말한 '최해림'이라는 것을 알 수 있었다.

한성의 공주님.

공주님이라는 표현이 어색하지 않을 만큼, 그녀를 둘러싼 분위기는 일반인이 범접하지 못할 무언가가 있었다.

고고하게 앉아 있는 그녀를 보는 순간, 찬물을 뒤집어쓴 듯 술이 확 깼다.

사람이 들어오는 소리를 들었을 텐데도, 그녀는 정면을 응시한 채 가만히 앉아 있었다. 절대 먼저 움직이지 않겠다는 듯.

지완은 천천히 호흡하며 동요를 드러내지 않으려고 애썼다.

'저 사람이구나. 찬혁이 형의 약혼녀.'

내가 사랑하는, 그리고 나를 사랑하는 남자의 약혼녀.

그런 여자를 앞에 두었을 때에 어떻게 행동해야 하는지, 지완은

212

알지 못했다.

그때, 지완의 뒤에 서 있던 찬혁이 조심스럽게 앞으로 나아갔다. 신발을 벗고 들어간 그가 그녀를 향해 걸어가는 뒷모습을, 지완은 지켜보는 수밖에 없었다.

손바닥이 순식간에 땀으로 젖었다.

가지 마, 그렇게 말하고 싶었다.

가지 마, 형. 내 옆에 있어. 그 여자에게 가지 마.

하지만 그래서는 안 된다는 것을, 지완은 알고 있었다.

모르면 좋을 텐데, 내 사랑하는 남자의 약혼녀를 상대하는 법을 모르는 것처럼, 이것 또한 모르면 좋을 텐데.

"해림아."

찬혁의 낮은 목소리가 그녀의 이름을 불렀다.

싫다. 저 목소리가 나 아닌 다른 여자의 이름을 부르는 거.

'나, 진짜 질투가 많구나.'

해림이 천천히 소파에서 일어나 찬혁을 돌아봤다.

그 광경이 무척이나 비현실적이라, 꼭 영화를 관람하는 기분이 들었다.

두 손으로 앞에 가지런히 모으고 선 해림은, 찬혁의 뒤쪽에 서 있는 풍월 멤버들과 지완에게는 눈길도 주지 않았다.

그들이 아예 이곳에 존재하지 않는다는 듯. 이 세계에 머무는 것은 자신과 찬혁만이 허락받았다는 듯.

찬혁과 눈을 맞춘 해림이 옅은 미소를 지으며 말했다.

"왜 그러고 서 있어? 날 봤으면 얼른 와서 안아주지 않고."

몸이 뒤로 휙 돌아갔다.

재희가 지완의 양쪽 어깨를 잡아 뒤로 돌린 것이다.

"우린 나가자."

재희가 지완의 귓가에 대고 작은 목소리로 속삭였다. 그 목소리가 무척이나 멀리서 들려오는 것처럼 느껴질 정도로, 이 모든 상황이 현실감 없었다.

대답을 하지 않았지만, 민하가 문을 열고 먼저 밖으로 나갔다. 그리고 지완도 재희에게 이끌려, 현실이지만 현실이 아닌 듯한 공간에서 빠져나왔다.

탁.

현관문이 닫히는 소리가 들린 후에야, 꿈에서 깨어난 듯 지완은 정신을 차렸다.

"저 계집애가 그거냐?"

민하가 툽상스럽게 물었다.

"어. 재야. 지완아, 저건 사정이 있어."

재희가 난처해하며 설명하려고 하기에, 지완이 얼른 말했다.

"찬혁이 형한테 어떤 상황인지 들었어. 나는⋯."

괜찮아, 라고 말하려는데, 찬혁이 했던 이야기가 떠올랐다.

'넌 괜찮지 않아. 괜찮은 상황이 아니야.'

그렇구나.

나는 이렇게 습관적으로 괜찮다는 말을 하는 사람이었구나.

그는 그것을 알고 있었구나.

그런 생각을 하며 간신히 내뱉었다.

"나는 괜찮아."

"괜찮긴 개뿔. 참도 괜찮겠지? 아주!"

민하가 언성을 높였다.

재희가 민하의 어깨를 잡아 주의를 주려고 했지만 소용없었다.

"이 상황이 괜찮을 리가 있냐? 절대 안 괜찮지! 때려 죽여도 안
괜찮은 상황이지. 막말로 내 애인이 딴 년이랑 붙어먹는데, 그게 괜
찮은 게 이상한 거 아니냐?"

"야, 넌 말 좀 가려서 해라. 붙어먹는 게 뭐냐?"

"아, 그럼 저게 붙어먹는 거지. 저 미친 계집애. 한성이면 다야? 뭔
데 사람 무시하고, 뭔데 안아 달라 마라야? 징그러운 계집애."

"목소리 좀 낮춰, 인마."

"낮추게 생겼냐? 하여간 송찬혁도 문제야. 약혼 얘기 딱 나왔을
때 상대가 미친년이다 싶으면 안 하겠다고 거절을 했어야지. 그걸
못 해서 질질 끌다가 이게 뭔 꼴이냐?"

"그땐 찬혁이 형 상황이⋯."

"아, 시끄러, 임지완. 너는 지금 이 시점에서 쏭찬 편 들어주지 말
라고. 그럴 때 아니라고. 화를 내고 승질을 내라고."

"어, 그러려고 하긴 하는데…."

"얼른 쌍욕 하라고! 괜찮다고만 하면 보는 사람 속 터지니까 욕을 해대라고!"

민하가 하도 날뛰는 바람에, 지완은 오히려 차분해졌다.

방금 전까지 느꼈던 불쾌함이 꿈이었던 것처럼, 좀 전에 보았던 광경이 상상이었던 것처럼 희미해졌다.

자기 일도 아닌데 얼굴까지 벌개져서 화를 내는 민하가 고마워서, 그 감사함에 가슴이 벅차서, 지완은 그만 웃고 말았다.

민하가 오만상을 찌푸리며 지완의 뺨을 꼬집었다.

"인마, 웃지 말라니까? 너, 지금 안 괜찮다니까?"

"응, 안 괜찮았는데 이제 괜찮아졌어. 나 이제 진짜 괜찮아."

"괜찮긴 뭐가 괜찮아."

재희가 중얼거렸다.

"민하 말이 맞아. 우린 괜찮은데, 넌 괜찮으면 안 되지. 괜찮을 리가 없잖아. 화내도 돼. 우리가 받아줄 테니까. 아무 상관없는 정민하도 이 야단인데, 너도 좀 야단을 해봐."

"아하하하하. 하지만 민하 선배가 내 대신 너무 화를 내서, 내가 낼 화가 없어졌는걸."

"아, 내 탓이냐?"

민하가 지완을 꼬집고 있던 손에서 힘을 뺐다.

"그래, 네 탓이다, 인마. 너 때문에 지완이가 화를 못 내잖아."

216

"에이씨. 알겠어. 이제부터 화 안 낼 테니까, 임지완. 네가 내라."

"아니, 나 진짜로 이젠 화도 안 나. 나 대신 화를 내주고 걱정해주는 선배들이 있어서, 오히려 가슴이 벅차. 나한테 이런 사람들이 생길 줄은 몰랐어, 정말. 상상조차 해본 적이 없었는데… 신기하고 기뻐."

지완의 솔직한 말에 민하의 얼굴이 확 붉어졌다.

지완의 반짝반짝 빛나는 눈을 똑바로 못 보겠는지, 민하가 시선을 옆으로 피하며 말했다.

"뭐야, 이거. 왜 갑자기 막장 드라마에서 청춘 영화가 된 거야?"

쑥스러워하는 민하의 모습에, 지완이 웃었다.

"가자, 선배들. 우리 집에 가서 2차 하자."

찬혁은 움직이지 않았다.

미소를 띠고 기다리던 해림이 다시 한번 채근했다.

"뭐해? 안 안아줄 거야?"

"할 이야기가 있어."

"난 들을 얘기 없어. 네 얘기 들으려고 온 거 아냐. 와서, 안아."

해림이 명령조로 말했다.

해림의 입가에 옅게 묻어 있던 미소가 조금씩 사라지고 있었지만, 그래도 찬혁은 움직이지 않았다.

　미소를 완전히 거둔 해림이 서늘한 눈으로 찬혁을 노려봤다.

　"못 알아들었니? 와서 안으라고."

　"할 이야기가 있다고, 해림아."

　"말했잖아. 들을 생각 없다고. 네 의견도, 네 생각도 중요하지 않아. 넌 그저 때 타지 않게 잘 지내다가, 내가 찾아왔을 때 안아주면 되는 거야. 그러라고 널 키우는 거고."

　해림의 고집스러운 말에 찬혁이 작게 한숨을 내쉬었다.

　"그런 것쯤은 알고 있어."

　"알고 있는데, 지금 뭐 하는 거지? 와서 날 안으라고, 내가 몇 번을 말해야 하는 거야? 나, 슬슬 화가 나려고 하는데."

　"내가 연예계 생활을 시작한 이유는 너야, 해림아."

　찬혁이 부드럽게 말했지만 해림의 표정은 풀리지 않았다.

　"거짓말도 잘하네. 나를 만나기 전부터, 너는 연예인이었잖아. 대단한 송준호와 채희나의 하나뿐인 아들."

　언젠가 제 시부모가 될지도 모르는 찬혁 부모의 이름을, 해림은 거침없이 불렀다.

　찬혁은 잠시 입을 다물고 해림을 응시했다.

　해림이 말한 의도는 뻔했다.

　해림을 만나기 전부터 찬혁은 해림의 장난감이었다. 태어나는 순간부터, 몇 개월 빨리 태어난 해림의 장난감으로 예정되어 있었다.

그 사실을 해림 또한 알고 있으면서, 찬혁 스스로 되새기라고 저리 말하는 것이다.

'말려들지 말자.'

해림의 한 마디가, 해림의 눈빛이, 해림의 표정이 전부 가시 달린 족쇄가 되어 찬혁의 목을 움켜쥐었다.

예전이었다면 그녀가 원하는 대로 끌려갔을 것이다. 그녀가 원하는 대답, 그녀가 원하는 행동을 했을 것이다.

그때는 찬혁이 원하는 것이 전혀 없었으니까. 이 빌어먹을 인생 따위, 누가 주인이든 상관없었으니까.

하지만 이제는 아니다.

찬혁의 인생은 이제 임지완이 그 주인이었다.

지완을 위해 움직여야 한다.

이 가시 달린 족쇄가 목을 잘라내려 해도, 결코 멈추지 않을 생각이었다.

"우리 부모님이 대단한 건 한성 그룹에서 많이 도와주셨기 때문이지. 내가 여기까지 올 수 있었던 것도, 네가 있었기 때문이고."

"나는 널 도와준 적 없는데. 돕지 말라면서?"

"네게 부끄럽지 않은 남자가 되고 싶거든."

"…."

"네가 말했지. 모두가 원하는 남자가 되라고. 그래서 시작한 아이돌이야. 아이돌이 되면 내게 목숨을 거는 팬들이 생기니까. 네가 말했지. 반짝거리는 고급 액세서리가 되라고. 그래서 시작한 영화배우야. 영화가 드라마보다 고급스러운 느낌이 드니까. 내 삶은 널 위해 움직여. 알잖아, 너도."

해림의 표정이 조금 누그러졌다.

다행이다.

이쪽의 말을 믿는 눈치다.

찬혁은 속으로 안도하며 말했다.

"내 연예계 활동 모두 널 위한 것들이야. 풍월은 나올 때마다 1위고, 영화판에서도 나를 찾기 시작했어. 이제 얼마 후면 배우로서 해외로 진출을 할 것 같아. 이 나라에서 내가 정점을 찍기까지, 얼마 남지 않았어. 나는 그때까지, 내가 할 수 있는 것들을 다 해볼 예정이야."

느릿하게, 그러나 분명한 목소리로 말하는 찬혁을, 해림은 물끄러미 응시했다.

진지하고 깊은 눈동자로 해림을 똑바로 응시하는 그의 모습이 낯설었다.

그동안 찬혁을 앞에 두고 눈을 맞춰도, 그가 해림을 보고 있다는 생각이 든 적은 한 번도 없었다.

찬혁의 검은 눈동자는 항상 텅 비어 있었다. 찬혁은 마치 인형 같았다.

그런 찬혁이 지금은 똑바로 해림을 보고 있었다.

해림은 그의 뺨에 살며시 손을 얹었다.

"변했네, 송찬혁. 왜 이렇게 변했을까?"

"변한 게 아니야."

찬혁은 해림의 손목을 잡아 얼굴에서 떼어내며 말했다.

"그저 현실을 받아들이게 된 거지. 어차피 올라야 할 산이라면 그 정상은 찍어보는 게 낫지 않겠어? 그리고…."

찬혁이 해림을 똑바로 응시했다.

"내가 정상에 올라서 다들 더 이상은 오를 곳이 없다고 생각할 때, 한성의 아가씨와 약혼 발표. 그거 썩 매력적일 것 같거든. 내 인생에."

"네 인생을 논할 줄도 알게 됐어?"

"너도 인형처럼 네 뜻에만 따르는 남자는 재미없잖아. 안 그래?"

찬혁이 빙그레 웃었다.

어딘지 모르게 냉정하게 보이는 미소였는데, 그래서 더 매력적으로 보였다.

처음이었다.

찬혁을 보면서 심장이 반응한 것은.

인형 같은 모습을 버린 찬혁은 도발적이고 섹시했다. 짙은 눈썹 아래에 자리 잡은 눈동자, 그 안에서 조용히 타오르는 불꽃이 순식간에 거대해져 해림을 집어삼킬 것만 같았다.

멋지다, 야심을 품은 남자는.

"그래, 맞아. 약간의 고집을 부릴 줄 알아야 재미있지."

"계속 재미있는 남자로 남을 수 있게, 당분간은 내가 일에 집중하게 해줘."

"집중은 하게 해줄게. 지금껏 그래왔잖아. 그런데 그 집중이라는 거, 내가 아니라 임지완 때문에 못 하는 거 아냐?"

"임지완이 우리 대화에 왜 나와?"

"예쁘더라, 그 애. 영상으로도 예뻤는데, 직접 보니까 더 예쁘게 생겼던걸?"

"아무리 예뻐 봐야 남자야."

"여자인 것 같던데?"

"그래? 부대표님 의도가 성공했군."

"부대표 의도가 뭔데?"

"임지완 성별 아리송하게 해서 호기심 자극하는 거. 그나저나 너까지 모를 줄은 몰랐다. 영상으로야 아리송하다고 해도, 실제로 보면 네 눈썰미에 곧바로 알아챌 줄 알았는데."

너도 어쩔 수 없는 여자구나, 라는 듯한 찬혁의 말투에, 해림은 발끈했다.

"무슨 말이야? 곧바로 알아챘어. 풍월 숙소에 여자를 데리고 올 리가 없잖아. 게다가 임지완 걔, 누가 봐도 남자처럼 생겼고."

"그래? 여자 같다며?"

"질투하는 척 좀 해보려고 했어. 가끔은 고집 있는 남자가 멋진

222

것처럼, 가끔은 질투하는 여자가 귀엽잖아. 안 그래?"

찬혁이 피식 웃었다.

"그래, 귀엽네."

해림이 돌아간 후, 찬혁은 창가에 서서 밤거리를 내려다봤다.

'당분간은 남자라고 믿겠군.'

해림은 겉으로는 쿨한 척하지만 사실 질투가 많고 자존심이 강했다. 자존심을 건드리는 방법이 예상보다 효과가 있어서 천만다행이었다.

딩동.

얼마 지나지 않아 초인종이 울렸다.

이쯤에 찾아올 거라고 예상하고 있었다.

찬혁은 누구냐고 묻지도 않고 문을 열었다.

창성이 서 있었다.

"누군지 확인도 안 하냐?"

창성이 인사를 하는 대신 피식 웃으며 물었다.

찬혁은 무표정하게 창성을 응시하다가 거실로 향했다. 창성이 따라 들어왔다.

"오랜만에 만나는 친구인데 반갑지도 않냐?"

찬혁은 대답하지 않고 소파에 앉았다.

찬혁의 이런 행동은 하루 이틀이 아니었기에, 창성은 어깨를 으쓱하고는 그 맞은편에 앉았다.

찬혁의 차가운 눈빛과 달리, 창성은 부드러운 눈으로 찬혁의 시선을 받아내고 있었다.

재희의 다정다감함이 만들어낸 것이라면, 창성의 다정함은 날 때부터 창성이 지니고 태어난 장점이자 단점이었다.

"임지완."

창성이 침묵을 깨뜨렸다.

"여자지?"

찬혁은 대답하지 않았다.

"떠보려는 거 아냐. 혼자 사는 임지완이 마트에서 여성용품을 구입한 기록이 있어. 하지만 임지완은 동거하는 여자도, 따로 만나는 여자도 없지. 그렇다면 정기적으로 구입하는 그 여성용품은 누가 사용하는 걸까? 답이 나오지."

"거기까지 조사한 건가?"

"어디까지든 못 하겠냐?"

창성이 자조적으로 말했다.

또다시 대화가 끊기고 무거운 침묵이 내려앉았다.

초조한 듯 손가락으로 무릎을 톡톡 두드리던 창성이 다시 침묵을 깼다.

"많이 좋아하냐?"

"사랑을."

찬혁이 창성을 똑바로 응시했다.

"하고 있어."

"그래. 쉽지 않겠구나."

"쉽지 않겠지. 하지만 난 이제부터 최선을 다해서 발버둥을 칠 계획이야. 임지완은, 내가 그런 마음이 들도록 만들어준 여자야."

"내가 도울 일은 없을까?"

진심 어린 질문에 찬혁은 피식 웃었다.

"넌 네 앞가림이나 잘해. 내 일은 내가 알아서 할 테니."

창성의 입에서 임지완이 여자라는 사실이 흘러나갈 일은 없다는 것을, 찬혁은 알고 있었다.

하지만 상황이 생각보다 더 위험했다.

지완의 뒷조사를 했을 거라고는 생각했지만, 그런 식으로 여자라는 걸 알아낼 수 있을 줄은 몰랐다.

아마 앞으로도 계속 감시가 붙을 것이다.

지완에게도, 찬혁에게도.

지완에게 달려가고 싶었다.

그녀를 품에 끌어안고, 그런 모습을 보여서 미안하다고 말하고 싶었다.

그녀의 해사한 미소를, 달콤한 목소리를 듣고 싶었다.

그러면 지금보다 훨씬 더 자신감이 생길 테니까.

하지만 지금 이 집을 나가 지완에게로 향하면, 그 사실은 곧바로 해림에게 전해지리라. 당분간은 지완과의 접촉을 최소한으로 줄이는 게 나을 것 같았다.

민하와 재희가 돌아왔을 때는 새벽 2시가 지난 시간이었다.

"쏭찬. 어떻게 됐냐?"

민하가 거침없이 물었다.

민하가 이런 성격이라서 다행이었다. 눈치를 보거나 배려가 너무 많았으면 오히려 불편했을 것이다.

"앞으로 지완이를 만나기 힘들 것 같아."

"왜? 최해림이 만나지 말래?"

재희가 물었다.

"그런 건 아니고. 감시를 하고 있어."

"감시? 뭐야, 그 계집애는 하다하다 감시까지 하냐?"

"감시뿐이 아니야. 뒷조사까지 했어."

찬혁은 재희와 민하에게 아까 있었던 일을 하나도 빼지 않고 설명했다.

226

재희와 민하는 술을 과하게 마신 듯 붉어진 얼굴로 진지하게 찬혁의 이야기를 경청했다.

말을 하면서도 신기하다고 생각했다.

이런 이야기를 할 날이 오다니. 이런 이야기를 스스럼없이 할 수 있는 친구들이 생기다니. 그리고 이렇게….

"앞으로 너희들이 좀 도와줘."

도움을 청할 수 있는 친구들이 곁에 있다니.

"뭘 도와줄까?"

"내가 못 만나니까 너희들이 지완이 자주 만나서 잘 좀 챙겨줘."

"질투 안 나겠냐? 너 질투쟁이잖아."

"지금은 그런 걸 할 상황이 아니야. 내 마음은 아무래도 좋아."

찬혁은 주먹을 꽉 쥐었다.

진심이었다.

내 마음 따위는 아무래도 좋다.

난 괜찮아. 정말 괜찮아.

지완이 괜찮지 않은 상황에서 괜찮다고 말하는 상황은, 두 번 다시 만들고 싶지 않았다.

외롭고 어두운 길을 걸어온 지완을 또다시 아무도 없는 황량한 공터에 버려두고 싶지 않았다.

그녀가 걸어가는 길이, 이제는 잠시라도 어둠에 잠기지 않기를 바랐다.

그러니까 괜찮다.

"나는 지완이 마음이 다치는 것도, 지완이가 외로운 것도 싫어. 그 애가 어둠에 잠기는 모습을 보는 게, 내게는 괜찮지 않은 일이야. 그러니까 부탁해. 지완이 좀 잘 챙겨줘."

방으로 들어온 재희는 무너지듯 침대에 누웠다.

'찬혁이 형한테 어떤 상황인지 들었어. 난 괜찮아.'

'그 애가 어둠에 잠기는 모습을 보는 게, 내게는 괜찮지 않은 일이야. 그러니까 부탁해. 지완이 좀 잘 챙겨줘.'

지완과 찬혁의 모습이 겹쳐졌다.

같지만 다른 어둠을 걸어온 두 사람은, 어쩌면 사랑을 하는 방식도 같았다.

괜찮아. 나는 괜찮아.

그녀만 괜찮으면, 그만 괜찮으면, 그러면 나는 괜찮아.

서로의 상처를 핥고 어루만지며, 둘은 사랑을 하고 있었다. 끼어들 공간이 전혀 없었고, 그 사실에 한탄하는 자신이 비참했다.

친구의 눈으로, 우정이라는 이름으로 둘의 사랑을 축하해주고 기뻐해줘야 옳았다.

그런데 이 미련이라는 이름의 사랑은, 왜 이다지도 사라지지 않는 걸까. 왜 이렇게나 끈질기게 가슴에 달라붙어, 지독히 창피한 감정을 끌어내는 걸까.

'아, 진짜 싫다.'

이런 와중에도 지완을 원하는 자신이 싫었다.

지완을 사랑하고 그만큼 찬혁을 좋아한다.

그럼에도 한동안 찬혁이 지완을 만나지 못한다는 사실에 기뻐하는 자신의 모습이 있었다. 그것이 끔찍이도 싫고 부끄러워서, 재희는 견딜 수가 없었다.

굳게 닫힌 문승호 대표의 사무실 문 앞에서, 지완은 크게 심호흡을 했다.

촬영이 끝나고 현준이 "오늘 촬영 끝나면 대표님 미팅이 있을 거다."라는 말을 전했다.

당연히 현준도 함께 보는 줄 알았는데 아니었다.

"너랑 단둘이 할 이야기가 있다고 하시더라."

승호를 만난 건 MS와 계약을 할 때 딱 한 번으로, 그때는 현준도 함께였다.

단둘이 만나는 건 이번이 처음이라 긴장할 수밖에 없었다.

승호에 대한 이야기는 자주 들었다.

거리 생활을 할 때는 관심이 없어서 몰랐는데, 연습생을 시작하면서 관심을 갖고 보니 방송에서 '문승호'라는 이름이 자주 언급되

곤 했다.

찬혁이나 민하, 재희도 가끔 승호에 대한 이야기를 했는데, 평가는 대부분 비슷했다.

로봇 같은 사람.

냉정한 사람.

감정이 없는 사람.

계산적인 사람.

사업을 하기 위해 태어난 사람.

그런 사람과 단둘이 미팅을 해야 한다.

지난번에는 대부분 현준이 이야기를 하고, 승호는 지완을 관찰하는 입장이었다. 그래서 지완은 현준의 말에 집중하느라 승호를 제대로 보지 못했다.

'역시 그 일 때문에 부른 거겠지?'

임지완은 송찬혁과 연애를 하는 중이었다.

송찬혁은 최해림과 약혼한 사이었다.

최해림이 한국에 돌아왔다.

최해림은 한성 그룹의 아가씨였다.

승호는 그 모든 것을 알고 있을 것이다.

'찬혁이 형이랑 헤어지라는 말을 하시려나? 그럼 난 뭐라고 대답해야 하는 거지? 거짓말을 해야 하나?'

오만가지 생각이 머릿속을 휘젓는 통에, 문을 열 용기가 나지 않았다.

한 번 더 심호흡을 한 뒤에야 마음을 다잡고 안으로 들어갈 수 있었다.

사무실 안에는 커피 향기가 가득했다.

마주 보는 긴 소파 사이에 직사각형 테이블, 그 위에 막 따른 듯한 커피 두 잔이 놓여 있었다. 하나는 승호의 앞에, 다른 하나는 빈 소파 앞에.

승호는 소파에 다리를 꼬고 앉아서 지완 쪽을 돌아보지도 않고 말했다.

"언제 들어오나 했는데, 생각보다 빨리 들어왔군."

"저, 와 있는 거 아셨어요?"

"불투명 유리라도 밖에 사람이 서성이는 건 보이거든. 앉아."

승호가 맞은편 소파를 가리켰다.

지완이 앉자마자 승호가 말했다.

"한성의 공주님에 대해 알고 있나?"

이렇게 단도직입적으로 물어볼 줄은 몰랐다.

지완은 잠시 생각을 고른 후 대답했다.

"네, 압니다."

"그래. 송찬혁이랑 연애를 하고 있다지?"

"네. 저기…"

변명을 하려는데 승호가 검지를 들어 말을 막았다.

231

"예전에 송준호와 채희나가 사고를 친 적이 몇 번이 있어."

느닷없이 튀어나온 이름을 어디서 들었었는지 생각해봐야 했다. 뒤늦게 그 이름이 찬혁 부모님의 이름이라는 것을 떠올렸다.

"조용히 넘어가기 어려운 일이었지만 한성의 힘으로 그걸 전부 무마시켰지. 한성 가의 사람들 중에 둘을 마음에 들어 하는 사람들이 있었거든. 그 후로 송준호와 채희나는 한성의 개가 될 수밖에 없었어."

"아…."

"개의 자식은 역시나 개가 될 수밖에 없지."

송찬혁도 한성의 개다, 라고, 승호는 말하고 있었다.

지완은 어떤 반응을 보여야 좋을지 알 수 없었다. 그래서 입술만 살짝 벌린 채로 승호의 말을 기다렸다.

"개는 주인에게 복종을 할 수밖에 없는, 서글픈 생물이야. 주인을 물면 죽고, 주인에게 꼬리를 흔들지 않으면 버림을 받지. 버림만 받으면 다행이지만 개장수에게 팔리는 수도 있어."

"…."

"송찬혁이 최해림의 안색을 살피면서 꼬리를 치는 한, 송찬혁은 연예계 그 어느 분야에서도 승승장구할 거다. 사고를 쳐도 조용히 넘어갈 거고, 잘하면 잘한 것 이상의 평가를 받게 되겠지. 하지만 송찬혁이 최해림을 등지는 순간, 송찬혁의 목이 잘릴 거야. 송찬혁을 그렇게 하도록 만든 사람의 목도."

네 목도 함께 잘릴 거다. 승호는 그렇게 말하고 있었다.

날카로운 칼날이 닿은 것처럼 목덜미가 서늘했다.

지완은 저도 모르게 손을 올려 목을 문질렀다.

"사람 목숨이 파리 목숨보다 쉬운 세계가 있다. 송준호와 채희나가 연예인 수명을 늘리기 위해 선택한 세계가 바로 그런 세계였던 거지. 그 결과 자기들의 자식까지도 그 세계에 갇혀야 할 줄은 몰랐을 거야. 아니, 알았다고 해도 그들은 그 세계를 선택했겠지."

"설마요, 그래도 부모인데."

무의식적으로 중얼거리고 나서, 지완은 자조적으로 웃었다.

내가 '그래도 부모'라는 말을 하다니.

아버지라는 사람에게 그런 짓까지 당했으면서.

때로는 '부모'가 타인보다 잔혹해지는 경우도 있다는 것을, 누구보다도 잘 알면서.

"송찬혁과 사귄다는 건 그런 거다, 임지완. 최해림이 둘의 사이를 알게 되면 먼저 네 목을 쳐낼 거야. 송찬혁은 아끼는 개니까 한 번쯤은 더 꼬리를 흔들 기회를 주겠지."

가장 먼저 든 생각은 '다행이다.'였다.

자신은 아무래도 좋았다.

일이 잘못되더라도 찬혁에게 한 번의 기회가 더 주어져서 다행이었다.

"물의를 일으켜서 죄송합니다, 대표님. 대표님께 폐가 되지 않도록 주의할게요."

할 수 있는 말은 이것뿐이었다.

승호는 '헤어질게요, 더는 송찬혁을 만나지 않을게요.'라는 말로 속일 수 있는 상대가 아니었다.

"물의?"

승호가 피식 웃었다.

"물의는 네가 여자라는 게 여기저기 다 알려졌을 때가 물의야. 폐는 네가 이 시점에서 연예계 생활을 관둬야 할 일이 벌어지는 게 폐고. 너는 MS가 생긴 이래로, 가장 많은 걸 투자한 연예인이야. 심지어 내 아내인 루나보다도 네게 더 많은 투자를 했지."

"아, 감사…."

이번에도 승호는 검지를 들어 지완의 말을 막았다.

"내가 투자한 돈을 쓰레기로 만들지 마. 사람들이 문승호 대표 보는 눈 없다고 조롱하게 두지 마. 나는 네 가능성을 보고 귀찮은 일까지 하면서 투자를 했고, 너는 내가 투자한 것 이상의 성과를 내게 보여줄 의무가 있어."

"…."

"넌 언젠가 이 세계를 떠나겠지만, 그전에 정점을 찍고 내게 또 하나의 명성을 안겨주고 떠나라. 그게 네가 내게 폐를 끼치지 않을 수 있는 유일한 방법이다."

승호의 눈에는 다정한 온기라고는 조금도 없었다. 자신이 판매

할 상품을 점검하는 냉정한 눈빛이었다.

도리어 그것이 지완에게 용기를 주었다.

너는 내가 선택했고, 내가 투자했다. 그 이상의 것을 뽑아낼 수 있다고 확신했기에, 정점을 찍을 거라고 판단했기에, 네게 투자했다.

그리 말하는 것만 같았다.

그래서 지완은 씩 웃으며 대답했다.

"네. 폐 끼치지 않겠습니다, 대표님."

사무실에서 나와 현준이 기다리고 있을 주차장으로 향하는데, 휴대폰이 울렸다. 민하에게 걸려온 전화였다.

"지완아, 너 스케줄 끝났지?"

"응, 방금. 선배는?"

"난 오늘 오프. 어디냐?"

"지금 소속사에 와 있어."

"아, 그래? 그럼 거기서 잠깐 기다려. 같이 저녁 먹자. 10분 후에 도착."

민하는 자기 할 말만 하고 전화를 끊었다.

주차장에 가서 현준에게 민하를 만날 것 같다고 전했더니 "안 그래도 얘기 들었다."라는 대답이 돌아왔다.

"부대표님도 같이 가요. 식사 안 하셨잖아요."

"아니, 난 됐어. 데이트 잘해라."

"데이트라니. 민하 선배랑은 그런 거 안 해요."

지완의 말에 현준이 의미심장하게 웃었다.

현준이 떠난 후, 지완은 소속사 건물 지하에 있는 식당으로 향했다. 아직 식사 때가 아니라서 식당은 조용했다.

– 나 식당에 있을게.

민하에게 문자를 보낸 후, 식탁에 팔을 대고 엎드렸다.

찬혁이 보고 싶었다.

태어날 때부터 '개'일 수밖에 없던 그를 안아주고 싶었다.

그의 목을 쥔 줄을 풀어주고, 이제 괜찮다, 가고 싶은 곳으로 떠나라, 그리 말해주고 싶었다.

내게 그럴 만한 힘이 있으면 참으로 좋았을 텐데.

내가 그럴 만한 위치에 있으면 정말로 좋았을 텐데.

처음으로 자기 출신이, 지난 삶이 아쉽고 슬펐다.

'찬혁이 형.'

'찬혁아.'

'찬혁이 오빠.'

부르지 못했던 호칭으로 속으로 불러보았다.

'오빠'라는 익숙지 않은 호칭에 가슴이 간질거리고 민망했다.

오빠라니.

생각만 했을 뿐인데도 부끄럽다.

톡톡.

어깨를 두드리는 손길에, 화들짝 놀라 벌떡 일어났다.

"뭐야, 깜짝 놀랐잖아!"

민하가 두 눈을 동그랗게 뜨고 서 있었다.

"아, 선배."

"뭐야? 혼자 무슨 생각을 했기에 얼굴이 이렇게 빨개? 터지겠다,
아주."

"아, 내 얼굴 빨개?"

지완이 두 손으로 볼을 감쌌다.

그 모습을 지켜보던 민하가 고개를 절레절레 젓고는 돌아섰다.

"야, 가자. 점심 걸러서 배고파 죽겠다."

"응, 나도."

"넌 거르지 말아야지. 왜 걸러? 비쩍 곯아서는. 헬스 트레이너가
더 먹으라고 안 하든?"

"단백질 보충제도 먹고 있긴 한데, 살이 잘 안 붙어."

"점심 거르니까 그렇지! 앞으로는 도시락을 싸서라도 점심 챙겨
먹어. 아직도 밥 먹고 무대 올라가면 체할 것 같냐?"

"아니, 이제 그 정도는 아닌데, 습관이 돼서."

"그럼 그 습관 고쳐."

오늘따라 유독 민하의 잔소리가 많았다.

이 선배가 왜 이러지?

수상쩍은 기분이 들어 민하의 널찍한 등을 노려봤다.

"선배, 우리 어디 가?"

"가고 싶은 데 있나?"

"아니, 딱히."

"그럼 그냥 따라와."

"선배, 무슨 일 있어?"

"뭐? 왜?"

"그냥 뭔가 평소랑 달라서."

"다르긴 뭐가 달라. 잔말 말고 따라와."

"난 말할 자유도 없어?"

"자유… 그래, 자유 좋지. 하고 싶으면 실컷 해라, 말."

"…선배, 진짜 왜 그래?"

주차장에 있는 민하의 차를 탔다.

민하가 운전을 하는 건 처음 봤다.

"선배, 운전도 할 줄 아는구나."

"어. 기본이지. 넌 안 따냐?"

"따려고 했는데 좀 나중에 따는 게 나을 것 같아."

"여자로 돌아간 다음에?"

"응."

"그래, 정리 확실하게 하고 따는 게 낫겠지."

"그런데 우리 어디 가는 거야?"

"강화도."

"강화도?"

"어. 거기 오리 백숙 맛있게 하는 집이 있어. 예약해뒀으니까 우리 말고는 손님이 없을 거야."

민하가 정말로 이상하다.

지금 민하는 재희나 할 법한 행동을 하고 있었다.

평소의 민하라면 사람들이 많든 적든, 아무 데나 가서 맛있는 걸 먹자고 제안했을 것이다.

-사인, 그거야 뭐 손목 부러지기 직전까지 해주면 그만이지! 사진? 얼굴 닳는 것도 아닌데, 같이 찍어주면 되지!

최대한 팬들이 없는 곳으로 다니려는 찬혁, 재희와 달리 민하는 사람들 많은 곳에 다니는 걸 불편해하지 않았다.

그런데 강화도 오리 백숙 가게에 예약까지 하고 데려가다니.

여러 가지 불길한 생각들이 떠올랐지만, 지완은 애써 그 생각들을 지워버렸다.

불안한 생각들, 어두운 감정들을 품고 싶지 않았다. 찬혁을 위해 뭐든 노력하겠다고 결심한 지금만큼은, 최대한 긍정적인 생각들을 하며 미래를 꿈꾸고 싶었다.

"찬혁이 형은 잘 지내?"

그를 못 본 지 겨우 이틀밖에 안 지났는데, 몇 달은 못 본 기분이 들었다.

"이틀 사이에 뭔 일이 있었겠냐? 한숨 자고 있어. 도착하면 깨워줄게."

민하가 별로 대화를 하고 싶어 하지 않는 눈치라서, 지완은 입을 다물고 눈을 감았다.

"볼 그만 부풀리고."

민하가 지적하기에, 무의식적으로 볼에 넣은 바람을 빼냈다.

잠이 올 것 같지 않았지만, 연예계 활동을 하면서는 계속 피곤했기 때문에 곧바로 잠이 들었다.

어깨를 흔드는 손길에 잠에서 깨어났을 때는, 차 안에 바다의 짠향기가 가득 했다.

"잘도 잔다, 임지완."

"벌써 도착했어?"

"벌써라니. 두 시간이나 걸렸어."

"으아, 나 두 시간이나 잔 거야? 어쩐지 개운하더라."

오리백숙 가게는 주차장도 넓고, 가게도 넓었지만 손님은 한 명도 없었다. 그 부분을 이야기했더니 "원래 오늘 문 여는 날 아닌데, 일부러 부탁한 거야. 마음껏 감사해도 좋아."라는, 민하의 의기양양한 대답이 돌아왔다.

오리백숙도, 밑반찬도 훌륭한 맛이라서, 감사 인사가 절로 흘러나왔다.

"우와, 선배. 여기 진짜 맛있다."

"어, 그러게. 진짜 맛있네."

"뭐야, 선배도 처음 와봐?"

"어? 아, 뭐. 응."

"단골인 줄 알았는데. 허세였어?"

"아, 기집애같이 뭘 그렇게 캐물어? 먹기나 해."

민하가 투덜거렸다.

역시 이 선배, 뭔가 이상한데?

지완은 떨떠름한 기분을 지우지 못한 채 젓가락을 움직였다.

남은 국물에 볶음밥까지 해서 먹었더니 배가 터질 것만 같았다.

후식으로 수정과가 나와서 그것까지 전부 먹어 치우고 가게 밖
으로 나왔다.

들어올 때는 하늘에 걸려 있던 해가 거의 저물어가고 있었다.

"지금 가면 길 막히니까 잠깐 걷자. 배도 부르고."

민하가 해변 쪽으로 난 길을 가리키며 말했다.

"응."

평일인 데다가 추운 날씨라 그런지 해변에는 아무도 없었다.

소금기 머금은 바람이 무척이나 차가웠다.

부르르 몸을 떨자, 민하가 걸치고 있던 야구점퍼를 벗어서 지완
의 어깨에 올려주었다.

"선배, 왜 이래? 나 슬슬 무서워지려고 해."

"뭐가 무섭냐? 감기 안 걸리게 덮고 있어."

"선배도 춥잖아."

"여자랑 남자가 같냐?"

"…."

"왜? 여자라고 하면 기분 더럽냐?"

"아니, 안 더러워서 이상하다는 생각을 하고 있었어. 예전에는 여자 취급하면 진짜 기분 나빴었는데."

"흐응."

"선배라 그래. 다른 사람이 그랬으면 여전히 기분 나빴을 거야."

"그러든가 말든가."

민하가 건성으로 대꾸했다.

지완과 대화를 하면서도 뭔가 딴 생각을 하는 것처럼 보였다.

민하와 나란히 해변을 걷던 지완은 더는 안 되겠다는 생각에 민하의 손목을 잡았다.

민하가 그답지 않게 "으악!" 하고 소스라치게 놀라며 지완을 돌아봤다.

"왜, 왜 이래? 깜짝 놀랐잖아!"

"선배, 나한테 할 말 있지?"

"할 말… 있지."

이번에는 민하가 순순히 대답했다.

"어, 그러니까. 아니, 아니다. 내가 할 말이 있는 게 아니고."

민하의 얼굴이 붉어지는 것을, 지완은 새삼 신기한 기분으로 지켜보았다.

민하 선배의 얼굴이 붉어지다니. 대체 무슨 말이기에!

"이건 그러니까, 찬혁이가 할 말이 있는 거야. 내가 하는 말 아냐! 알겠지?"

"어? 찬혁이 형?"

"그래. 오늘 오리백숙 예약한 것도 송찬혁이고, 네가 추우면 옷 걸쳐주라고 한 것도 송찬혁이야! 내가 아니다?"

"아⋯."

생각지도 못한 말에 대답할 말을 찾을 수가 없었다.

눈을 휘둥그레 뜨고 있는데, 민하가 지완의 양 어깨를 꽉 붙잡았다. 지완과 시선을 마주친 민하는 더 이상 허둥대지 않고, 진지하게 말했다.

"한동안 만나기 힘들 거야. 최해림이 감시를 하고 있어서 따로 만나는 것도, 전화 통화나 문자를 하는 것도 어려워. 그래서 우리, 잠깐 떨어져 있자. 이런 말은 하고 싶지 않았는데 어쩔 수가 없어. 미안하다."

마치 찬혁처럼, 민하는 목소리 톤을 낮춰 말했다.

"그래도 네가 외롭게 혼자 있지 않았으면 좋겠어. 많은 사람을 만나고 많은 경험을 해. 지금 네가 할 수 있는 것들을 하면서 보내. 원하는 게 있으면 민하와 재희에게 말해. 두 사람이 어떻게든 해줄 거야. 그리고… 사… 사…."

잘 말하던 민하가 또다시 얼굴을 붉히더니 결국 성질을 냈다.

"에이씨! 진짜! 야, 뒷말은 안 해도 되지?"

그 모습에 웃음이 터져 나왔다.

전해 달라고 했다고 이렇게까지 진지하게 전해주다니.

이 선배는 정말 재미있고, 좋다.

"야, 웃지 마. 나도 쪽팔리거든?"

"아하하하. 하지만 재미있는걸. 선배, 나도."

"어?"

"나도 사랑해, 라고 전해줘. 찬혁이 형한테."

"어, 그래. 아주 너랑 똑같은 표정으로 전해줄게."

"아하하하하. 아, 웃겨. 그냥 전해줘도 되는데 연기까지 해주다니. 정말 찬혁이 형이랑 똑같았어. 찬혁이 형인 줄. 아하하하. 아, 정말."

지완은 두 손으로 얼굴을 가리고 주저앉았다.

"아, 정말… 기쁘다. 아, 정말… 어떻게 해. 나, 진짜 원래 안 울거든? 근데 요새 왜 이러지? 너무 기쁜데, 기쁠 때마다 자꾸 눈물이 나서 죽겠어."

오도카니 쪼그리고 앉아 두 손에 얼굴을 파묻은 지완을, 민하는 가만히 내려다보았다.

이러고 울었을까?

이러고 버텼을까?

지금보다 더 작은 몸이었던 임지완이라는 이름의 소녀는, 그 어두운 옷장 속에서 항상 이렇게 웅크리고 앉아 어둠을 견뎌냈을까?

가슴이 미어졌다.

민하야말로 울고 싶었지만, 우는 대신 꿀꺽 침을 삼켰다. 그리고 지완과 똑같이 쭈그려 앉아 두 팔을 벌려 지완을 끌어안았다.

민하는 커다란 손으로 지완의 자그마한 뒤통수를 쓰다듬었다.

"지완아. 네 곁에 있는 건 송찬혁뿐만이 아니야. 나도, 재희도 널 많이 아끼고 걱정해. 송찬혁이 너를 생각하는 것과는 조금 다른 마음이겠지만, 그 크기가 송찬혁보다는 작지 않아. 그러니까 힘들고 외롭다고 말없이 사라지거나 그러지 마."

민하의 품은 넓고 따뜻했다.

민하의 음성은 그 여느 때보다도 부드럽고 다정했다.

괜찮아, 울어도 돼.

그렇게 말하듯 쓰다듬는 손길이 편안했다.

그제야 지완은 찬혁이 아닌 다른 남자의 품에 안겼음에도, 두렵거나 끔찍하지 않다는 것을 깨달았다.

전해지는 체온과 향기가 찬혁의 것이 아님에도 도망치고 싶단 생각이 들지 않는다는 걸 깨달았다.

손길에, 체온에, 접촉에, 향기에. 항상 지독하고 끔찍한 욕정만 담긴 것이 아니라는 걸, 서서히 알아가고 있었다.

애정과 다정함이 가득한 접촉도 있다는 것을, 이제는 조금씩 받아들이게 되었다.

"선배. 내가 지금 후회되는 게 뭔지 알아?"

"뭔데?"

"데뷔하기 전에. 그러니까 사람들이 날 알아보지 못할 때. 그때 더 많은 곳을 다녀볼걸. 혼자서라도 여기저기 많이 다녀볼걸. 많은 것을 경험하고 누려볼걸. 그런 게 후회돼. 후회를 한다는 건, 미련이 생길 만큼 바라는 것들이 많이 생겼다는 뜻이겠지. 소망을 하게 됐으니까 후회도 되는 거겠지."

"그래."

"찬혁이 형과 만나지 못한다고 이 순간을 그냥 흘려버리면, 나는 나중에 또 후회할 거야. 그렇지?"

"응."

"경험이 많지 않아서 어디부터 시작해야 할지, 어디까지 해도 되는지, 나는 잘 몰라. 그러니까 선배. 많이 알려줘."

"그래, 걱정 마라. 내가 또 노는 데는 빠삭하거든."

민하가 숙소로 돌아왔을 때, 찬혁은 현관문 앞에서 기다리고 있었다.

주인을 기다리는 강아지 같은 모습에, 민하는 웃음이 절로 터져

나왔다.

"데이트, 잘했어?"

"어."

"오리백숙, 맛있게 먹었고?"

"어, 잘 먹더라. 걔 진짜 너무 잘 먹어. 나보다 더 먹는 것 같아."

"해변은?"

"걸었다."

"내가 한 말은 전해줬고?"

"빠짐없이."

"지완이가 뭐래?"

민하는 찬혁을 물끄러미 응시하다가 대답했다.

"나도 사랑해."

소파에 앉아서 휴대폰으로 게임을 하던 재희가 중얼거렸다.

"아, 진짜 속 메스껍네."

"메스껍다니! 이건 지완이 전언이라고!"

민하가 성질을 냈다.

"야, 그냥 나도 사랑한다고 전해 달래, 그렇게 말하면 되지. 뭘 또 그렇게 연기까지 하냐? 징그럽게."

"징그럽다니. 지완이는 좋아했다고. 내가 찬혁이 연기하는 거."

"지완이가 좋아했어?"

찬혁이 물었다.

민하는 아예 달라붙어 있는 찬혁의 얼굴을 손바닥으로 밀어냈다.

"야, 넌 좀 떨어져라."

"지완이 보고 싶어."

"어, 그래. 보고 싶다는 거 아주 잘 알겠으니까 좀 떨어지라고! 이러고 있으니까 우리 게이 같잖아!"

"그러게. 진짜 니들 사이 뜨거워 보인다."

재희가 거들었다.

민하가 오만상을 찌푸리고 뒷걸음질을 쳤지만, 찬혁은 계속해서 민하를 따라왔다.

"지완이, 아픈 것 같지는 않고? 마르진 않았어?"

"야, 이 로맨틱한 자식아. 너랑 지완이랑 안 본 지 백 년 지난 거 아니거든? 딱 이틀 됐거든? 로맨스 좀 전염시키지 말고 꺼져줄래? 엉?"

"뭐야, 벌써 전염됐냐? 민하, 너도 사랑꾼 된 거야?"

재희가 중얼거렸다.

"재희, 넌 남의 일이라고 그러지 좀 말라고. 이제 곧 네 차례다!"

"난 너처럼은 안 해. 아직 로맨스가 전염되지 않아서."

"빌어먹을 로맨스, 사랑 따위! 커플 따위!"

정작 로맨스를 질병처럼 만든 찬혁은 민하의 주머니에서 휴대폰을 꺼내, 민하가 찍어온 지완의 사진을 보며 중얼거렸다.

"좀 마른 것 같은데. 다음엔 보약 한 첩이라도 지어 먹여야겠다."

복도에는 스태프들이 오가고 있었다.

　아무 꿍꿍이도 없는 척 눈인사를 하며 대기실 앞에 멈췄다. 아직 이른 시간이라 지완의 대기실을 지키는 경호원은 보이지 않았다.

　제나는 잠깐 망설였지만 곧 각오를 굳히고 대기실 문을 열었다.

　대기실 안에는 지완이 협찬받은 옷들이 걸려 있었다. 지완은 오늘 이 옷들 중 하나를 입고 촬영을 할 것이다.

　제나는 대기실을 꼼꼼히 훑어봤다.

　"역시 여긴 없나? 지완이네 집에 가볼 걸 그랬나?"

　유빈에게 지완이 사인한 모자를 받아다주기로 한 지 벌써 2주가 지났다.

　어제 드라마 촬영을 하러 갔을 때, 유빈은 제나에게 비아냥거리듯이 말했다.

　"뭐야, 언니. 결국 못 받은 거예요? 그렇게 친하다더니."

　"아, 너무 바빠서 깜빡 잊고 있었어. 내일 음방 촬영 있으니까 받아다줄게."

　말은 그렇게 했지만, 사실은 잊고 있지 않았다.

　몇 번이나 말할 기회를 찾았지만, 여배우 자존심에 '저번에 너 한정판 모자 받았다면서? 거기에 사인 좀 해줘.'라는 말이 쉽게 나오지 않았다.

착하고 순진한 지완이야 아무 의심 없이 사인을 해주겠지만, 민하가 문제였다. 그 이야기를 전해 들으면 '너, 그 모자가 그렇게 탐났냐? 돈도 많은데 그냥 좀 사서 써라.'라고 말할 것이 뻔했다.

유빈의 이야기를 꺼내도, 제나를 놀리는 데 재미가 들린 민하는 들어주지 않을 것이다. 아마 제나가 없는 자리에서도 '제나, 걔는 말이야. 못 쓰겠어. 저번에 조유빈 핑계대면서 지완이 모자를 뺏었다니까. 아주 일진이 따로 없어요, 일진이.'라는 말을 퍼뜨리고 다닐 것이다.

'아, 정민하, 진짜 싫어!'

아직 벌어지지도 않은 일이건만, 울컥 화가 치밀었다.

하여간 정민하 때문에 되는 일이 하나도 없다.

여배우가, 이 제나 님께서 남의 대기실에 몰래 숨어드는 일까지 벌어지다니.

'일단 모자만 손에 넣으면, 그다음은 어떻게든 할 수 있을 텐데.'

자존심을 지켜야 한다는 생각에, 제나는 이성적인 사고를 할 수가 없는 상태였다.

모자를 훔치다가 걸리는 게 더 창피할 일일 거란 생각은 하지 못하고 있었다. 그 모자를 손에 넣어야 한다는 생각뿐이었다.

'저번에 지완이네 갔을 때 못 봤으니까 여기 있을 법도 한데.'

제나는 심기일전해서 열심히 대기실을 뒤졌다.

오늘만큼은 반드시 찾아내야 한다는 생각 때문에, 시간이 흐르는 것도 잊고 있었다.

"안녕하세요, 오늘도 고생하십니다."

문 밖에서 들려오는 지완의 목소리에 화들짝 놀랐다.

시간을 확인해 보니, 대기실에 들어온 지 30분이나 흘러 있었다.

'언제 시간이 이렇게!'

이러다가는 들키게 생겼다.

모자에 사인을 해 달라는 것보다, 모자를 훔치러 들어온 게 더 창피한 일이라는 걸 뒤늦게 깨달았다.

'아, 진짜 미치겠네!'

숨을 곳을 찾아 두리번거리던 제나는, 행거 뒤에 있는 좁은 틈으로 기어들어갔다. 지완이 일부러 옷들을 헤쳐 보지 않는 이상 들키지 않을 것이다.

달칵.

대기실 문이 열리고 지완이 들어왔다.

옷들 사이로 지완의 모습이 보였다.

트레이닝복 차림의 지완은 거울 앞에 서서 크게 심호흡을 했다. 자그마한 두상과 늘씬한 몸, 긴 팔다리. 남자치고는 작은 키인데, 머리가 작아서 비율이 좋았다.

'쟤는 여자로 태어났으면 진짜 인기 많았을 거야.'

그런 생각이 들었다.

'그나저나 큰일이네. 나도 메이크업 받아야 하는데. 이럴 줄 알았

으면 메이크업 먼저 받을걸. 아, 어쩌지?'

차라리 숨지 말걸 그랬다.

할 얘기가 있어서 기다리고 있었노라고 말했더라면, 지완은 별로 의심하지 않고 넘어갔을 것이다.

당황해서 거기까지는 생각하지 못했다.

'아, 큰일났네. 지금 나가면 더 이상하게 보일 텐데. 지완이, 화장실 좀 안 가려나?'

초조한 마음에 손톱을 잘근잘근 깨물고 있을 때였다.

"들어갈게."

찬혁의 목소리가 들려왔다.

오늘 촬영이 없는 찬혁이 지완의 대기실에 오는 건 이상한 일이 아니었다.

찬혁과 지완은 친하니까 지나가는 길에 잠시 들를 수 있다.

하지만 찬혁이 들어오자마자 지완을 끌어안고 입맞춤을 하는 건, 이상해도 너무 이상한 일이었다.

제나는 비명을 지를 뻔 했지만 그전에 간신히 두 손으로 입을 틀어막았다. 휘둥그레 떠진 눈으로, 찬혁과 지완이 뜨겁게 입 맞추는 모습이 고스란히 들어왔다.

'미친. 뭐야, 저게?'

찬혁의 팔은 지완의 잘록한 허리를 감싸 안았고, 지완은 두 팔로 찬혁의 목을 끌어안고 있었다.

보는 사람의 얼굴이 화끈거릴 정도로 농밀한 키스가 오래도록 이어졌다.

'뭐야, 뭐야. 왜 저래? 게이야? 그래, 게이였던 거야?'

심장이 벌렁벌렁 뛰었다.

모자를 가지러 왔다가 상상도 못한 모습을 보고 말았다.

'게이. 그래, 게이였구나. 그래, 그럴 수 있어. 응, 그럴 수 있지.'

제나는 이 상황을 받아들이기 위해 노력했다.

게이.

그럴 수 있다.

게이에 대한 편견은 없다.

찬혁도, 지완도 싫지 않은 사람들이었다. 아니, 오히려 제나는 이 두 사람을 좋아했다.

그러니까 저 둘이 게이고, 사랑하는 사이라면 이해할 수 있었다.

'그래, 괜찮아. 좋아. 괜찮은 거야. 아니, 오히려 잘됐어. 내가 갖지 못한 남자라면 다른 여자에게 주기도 싫어. 난 지완이가 좋으니까, 차라리 지완이랑 찬혁 오빠랑 사랑하는 사이인 게 나아. 그래, 송찬혁. 그런 거였구나. 남자가 좋아서 날 거절했던 거였어.'

찬혁이 게이라는 상황은, 제나가 찬혁에게 거부당해 자존심에 난 스크래치까지 회복하게 만들어주었다.

그래서 제나는 빠르게 침착해져서 상황을 지켜볼 수 있었다.

'와, 그런데 진짜 정열적이네. 찬혁이 오빠가 저런 사람이었구나.'

항상 무덤덤한 모습만 봐왔던지라, 열정적으로 키스하는 찬혁의 모습이 생소하기만 했다. 연기를 할 때조차도, 찬혁은 저런 열정을 보인 적이 없었다.

이윽고 입술을 떼어낸 찬혁이 지완을 내려다보며, 한 손으로 지완의 뺨을 어루만졌다.

지완을 내려다보는 찬혁의 눈길이 얼마나 다정하고 애정이 깊은지, 구경하는 제나조차도 심장이 두근두근 떨 지경이었다.

"형, 이렇게 와도 되는 거야?"

"괜찮아. 방송국까지 감시를 하진 않겠지."

'감시? 누구한테 감시를 받는다는 거지?'

제나는 어리둥절했다.

'팬들을 말하는 건가? 하긴. 팬들이 알면 난리 나겠지. 자기들의 오빠가 사실은 게이였다니! 이거 알려지면 풍월은 진짜 끝일 거야.'

"보고 싶었어, 지완아."

"응, 나도."

"요새 잘 지내고 있어?"

"잘 지내지. 민하 선배가 여기저기 많이 데리고 다녀줘."

"그래. 그런 것 같더라. SNS에도 사진이 많이 올라오던데."

"나 SNS 안 하는데."

"팬들이 찍은 사진들."

"아아. 찍히는 줄도 몰랐어."

"질투 날 정도로 친해 보이던데?"

"민하 선배가 형 연기를 하거든. 처음엔 웃겼는데, 요샌 꽤 비슷해졌어."

"그럴 리가. 그런 놈이 날 따라할 수 있을 리 없지."

"아냐, 진짜 비슷해. 특히 말투는 정말 딱 형이야."

재잘재잘 떠는 지완의 모습은, 제나의 눈에도 귀여웠다.

저렇게 귀여우니까 송찬혁이 홀딱 빠진 모양이다.

찬혁이 지완을 끌어안았다.

"아, 진짜 이대로 시간이 멈췄으면 좋겠다. 나가기 싫어."

"응, 나도 형 내보내기 싫어. 계속 이렇게 있고 싶어."

"그냥 이대로 도망칠까?"

"아하하하."

"진심으로 하는 말인데."

"정말? 다 버리고? 형의 팬들, 가족, 명성 다 버리고?"

"난 너만 있으면 돼. 넌 어때?"

"나도 형만 있으면 돼. 그런데 나 때문에 형이 모든 걸 다 버려야 하는 건 싫어."

둘의 대화를 들으며 제나는 인상을 찡그렸다.

이대로 도망치자.

다 버릴 수 있다.

너만 있으면 돼.

그런 말들은 연인들끼리 농담 삼아서 충분히 할 수 있는 말이었다. 하지만 지금 두 사람의 대화는 농담처럼 들리지 않았다.

농담이라고 하기엔 너무도 무겁고 쓸쓸한 무언가가 감돌았다.

'아, 둘 다 남자라서 그런 건가? 하긴. 게이라는 게 알려지면 찬혁이 오빠는 연예계 생활하기 좀 힘들어지긴 할 거야. 하지만 요새는 그런 거에 관대해졌는데, 저렇게까지 심각해야 할 필요가 있어?'

"아, 너 옷 갈아입어야겠네. 그만 나가볼게. 오늘도 촬영 잘해."

"응, 조심해서 가."

찬혁이 대기실을 나갔다.

작게 한숨을 쉰 지완이 휙 돌아서서 행거 쪽으로 걸어왔다. 제나는 숨을 멈췄다.

'들키면 안 돼!'

그런 모습들까지 봤는데 들키면 진짜 최악의 상황이 된다. 쿵, 쿵, 쿵 뛰는 심장소리가 지완의 귀에 들릴까 걱정이었다.

다행히 지완은 행거를 많이 뒤적이지 않고 옷을 꺼내들었다.

한차례 위험이 지나가자, 제나는 다시 의문이 생겼다.

'아니, 왜 옷을 혼자 골라서 갈아입지? 담당이 도와줘야 하는 거 아냐?'

그 이유는 곧 알게 되었다.

지완은 트레이닝복 바지를 벗고, 그다음에 상의 지퍼를 내렸다. 집업 후드 안에 입은 반팔 티셔츠까지 벗자, 거기에 없어야만 할 것

256

이 있었다.

'저게 뭐야?'

가슴에 붕대를 감고 있었다.

'뭐야, 저게?'

지완은 대기실 문을 등지고 행거 쪽을 향해 있었다. 그래서 붕대 안에 눌린 가슴의 굴곡이 그대로 제나의 눈에 들어왔다.

'왜? 왜 저걸? 아니, 왜, 저런 게? 뭐야, 뭐야, 뭐야? 뭔데, 저게?'

"뭐냐고!"

이번에는 비명을 참지 못했다.

혼란스러움에 남의 대기실에 숨어들었다는 창피함조차 잊었다.

행거 뒤에서 벌떡 일어나 외치는 제나의 모습에, 티셔츠를 입으려던 지완이 눈을 크게 뜬 채 움직임을 멈췄다.

제나와 지완의 눈이 마주쳤다.

그 상태로 시간이 멈춘 듯, 둘은 꼼짝도 하지 않고 그저 서로를 응시했다.

이윽고 제나의 눈이 천천히 아래로 내려가, 지완의 가슴 위에 머물렀다. 그걸 깨달은 지완이 황급히 옷으로 가슴을 가렸지만 이미 늦었다.

제나는 그 붕대 아래에 있는 것이 무엇인지 이미 알아버렸다.

"너…."

목소리가 제 것 같지 않았다.

잔뜩 쉬었고, 덜덜 떨리고 있었다.

하지만 그것을 갈무리할 생각조차 들지 않았다.

뒤통수를 한 대 얻어맞은 것 같은 충격에, 도저히 정신을 차릴 수가 없었다.

"너, 너."

제나가 검지로 지완의 가슴을 가리켰다. 손가락 끝이 떨리고 있었다.

"너, 그거 뭐니?"

알면서도 물었다.

믿을 수 없었기 때문이다.

두 눈으로 보았어도 절대 믿을 수 없는 것들이 있다. 결코 인정할 수 없는 것들이 있다.

사내와 사내의 사랑.

찬혁과 지완의 키스.

그런 건 오히려 받아들이기 쉬웠다.

하지만 저건.

임지완의 가슴에 달려 있는 가슴은.

"너… 여자였니?"

임지완이 여자라는 사실은.

두 눈으로 똑똑히 확인했으면서도 받아들일 수가 없었다.

"누나. 안 그래도 말하려고…."

"누나라고 부르지 맛!"

발작적으로 외쳤다.

상처를 받은 듯 지완의 눈썹 끝이 내려갔다.

지완의 커다란 눈이 순식간에 촉촉하게 젖어들었다.

"징그러. 미친 거 아냐? 그동안 남자인 척했던 거라고? 그런 것까지 하고서? 미친. 제정신이니, 너?"

"누나…."

"누나라고 하지 말라니까! 여자애가 무슨 누나야, 누나는!"

"…."

"미친년. 그렇게까지 해서 연예인을 하고 싶었니? 너, 지금 하는 짓이 얼마나 무서운 짓인 줄 알아? 팬들을 다 속이고, 주변 사람들도 속이고. 하. 진짜 말도 안 돼. 징그럽다, 정말."

"…."

"거기에 송찬혁이랑 연애까지 해? 재밌든? 날 속이고 그런 짓 하는 거 재미있었어?"

"그런 거 아니야, 누나. 나는…."

"가까이 오지 마. 내 몸에 손도 대지 마. 미친 게 옮으니까."

제나는 행거 뒤에서 나와 지완을 돌아보지도 않고 대기실에서 나왔다.

복도를 걸어가는 내내 제나의 머릿속에는 한 가지 생각뿐이었다.

미쳤어.

미쳤어.

미쳤어.

최악의 방법으로 들키고 말았다.

제나가 왜 대기실에 숨어 있었는지는 중요하지 않았다.

지완을 노려보는 그 경멸 어린 눈동자는, 한겨울의 매서운 추위보다도 아프고 시렸다. 항상 다정했던 눈에서 흐르는 냉기는 지독히도 쓰렸다.

울고 싶었다.

'진작 말했어야 했는데.'

두 손에 얼굴을 묻었다.

'내가 용기를 냈어야 했는데. 아무리 미움 받더라도, 내가 말을 했어야 했던 건데.'

미루고 미루던 탓에 결국은 이 지경이 되고 말았다.

제나의 입에서 흘러나온 독설들은 당연했다. 누구라도 그렇게 반응했을 것이다.

'아, 진짜 어떡하지?'

방송을 어떻게 끝냈는지 모르겠다.

제나는 MS 본사에 내리자마자 대표실을 향해 달려갔다.

매니저가 이미 '제나가 무시무시한 기세로 소속사에 가겠다고 했습니다.'라고 언질을 해둔 건지, 대표실에는 승호뿐만이 아니라 현준까지 있었다.

쾅!

거칠게 문을 닫으며 외쳤다.

"둘 다 미쳤어요? 미친 거죠? 그래, 미친 거지. 미치지 않았을 리가 없지."

다짜고짜 외치는 제나의 모습에, 승호는 팔짱을 끼었고 현준은 인상을 찌푸렸다.

"너, 왜 그러냐?"

현준의 질문에 제나가 눈을 부릅떴다.

"왜 그러냐고요? 몰라서 물어요? 임지완! 걔, 여자라면서요?"

"아….'

"미쳤어, 진짜. 아무리 그래도 그렇지, 어떻게 여자애를 남자인 척하고 데뷔시켜요?"

"임지완 성별은 알리지 않았는데."

"인터넷에만 안 뜨면 다예요? 다른 사람들은 다들 남자라고 알고 있잖아! 타 방송국에서는 풍월이랑 대기실도 같이 쓴다면서요? 그럼 말 다 했지! 풍월 네 번째 멤버라고 소문이 났는데, 누가 여자라고 생각하겠어요? 미쳤어, 다들 변태예요? 여자를 남자라고 속인 거, 그거 걸리면 MS 이미지 완전 망해요. 그럼 난 변태 소속사에 속해 있던 여배우가 되는 거고. 여기 연예인들은 뭔 죄야? 다들 아무것도 모르고 있다가 덤터기 쓰는 거잖아요!"

"제나야. 일단 앉아서…"

"앉긴 뭘 앉아요? 이 따위 소속사, 내가 관두고 말지! 관둘 거야! 관두고 MS에 변태들만 가득하다고 소문낼 거야!"

그때였다.

똑똑.

노크 소리가 들려왔다.

현준이 승호를 돌아보자, 무표정하게 앉아 있던 승호가 고개를 끄덕였다.

"들어오세요."

현준의 대답에 문이 열리고 들어온 사람은 지완이었다.

지완을 본 제나의 표정이 싸늘하게 식었다.

"미친년."

작게 읊조린 욕설에 지완의 어깨가 움찔 떨렸다.

하지만 지완은 용기를 내서 제나에게 다가갔다.

"누나."

"누나라고 하지 말랬잖아, 이 미친년아. 변태 같은 년. 뭐가 좋다고 남장을 하고 지랄이야, 지랄이."

"제나야, 너 말이 심하다."

보다 못 한 현준이 말리자, 제나가 도끼눈을 떴다.

"말이 심하긴요. 이보다 더할 수 있거든요? 나, 얘랑 알고 지낸 지 몇 개월인 줄 알아요? 그동안 애는 나를 감쪽같이 속였다고요!"

"미안해."

"나한테 말 걸지 말라고!"

제나가 발작적으로 외쳤다.

지완은 눈을 질끈 감았다 뜨고 현준과 승호에게 고개를 숙였다.

"죄송합니다. 제가 주의했어야 했는데… 죄송합니다."

"지완아. 일단 너는 숙소에 가 있어. 제나, 너는 잠깐 남아 있고."

현준의 말에 제나가 콧등을 실룩거렸다.

"남긴 뭘 남아요? 나 여기 관둘 거라니까? 계약 파기할 거니까 준비나…."

"김, 순, 미."

지금까지 가만히 앉아 사태를 지켜보던 승호가 처음으로 입을 열었다.

큰 목소리는 아니었지만 제나가 입을 다물게 하기에는 충분했다.

승호는 예의 그 냉정한 눈으로 제나를 지그시 응시하다가, 턱으로 소파를 가리켰다.

"에이씨!"

제나가 투덜거리며 소파에 앉았고, 지완은 꾸벅 인사를 한 후 대표실에서 나왔다.

문을 닫고도 한동안 대표실 앞을 떠나지 못했다.

방음이 잘 되어서인지, 아니면 다들 침묵을 지키고 있는 건지 아무 소리도 들려오지 않았다.

몇 분쯤 지나서야 지완은 걸음을 옮겼다.

손이 덜덜 떨리고 있었다.

'어쩌지?'

제나는 정말로 화가 난 것처럼 보였고, 그 화는 풀리지 않을 것 같았다.

'그래, 당연히 화가 나지. 성별을 속였는데.'

다른 것도 아니고 성별을 속였다.

그리고 최악의 방법으로 들키고 말았다.

제나와의 관계는 회복되지 않을 것이다.

가슴이 시큰시큰 아팠다.

찬혁에게 전화를 걸어 이 답답하고 두려운 마음을 털어놓고 싶었다. 그가 간절했다.

하지만 그에게 연락을 할 수는 없었다.

연락하는 순간 최해림의 귀에 들어가게 될 테니까.

지완은 휴대폰을 들었다.

이럴 때 찬혁 다음으로 생각나는 사람은 재희였다.

지하주차장으로 향하며, 지완은 재희에게 전화를 걸었다. 신호음이 한 번 울리자마자 재희가 전화를 받았다.

"어, 지완아."

들려오는 음성에 지완은 허물어졌다.

엘리베이터에 주저앉아 지완은 말했다.

"재희야, 어쩌지? 제나 누나가 내가 여자라는 걸 알게 됐어."

"뭐? 어떻게?"

"어쩌다 보니 들켰어."

"제나가 뭐래? 화내?"

"엄청. 어쩌지? 나, 어떻게 해야 돼? 어떻게 해야 제나 누나 기분을 풀어줄 수 있지?"

"지금 어디야?"

"엘리베이터. 소속사."

"지금 갈게. 기다려."

전화를 끊고 지완은 힘겹게 엘리베이터에서 일어났다.

제나를 잃고 싶지 않았다.

제나는 지완의 유일한 동성 친구였다. 제나와 있으면 재희나 민하와는 또 다른 편안함을 느꼈다.

어릴 때 공원에서 마주친, 그 언니와 같은 느낌이 났다.

'일단 정신 좀 차리자.'

지완은 엘리베이터에서 내렸다.

현준에게 볼일이 있을 때에는 임시 매니저가 지완을 태우고 다녔다. 임시 매니저에게 먼저 돌아가라고 이른 후, 소속사 식당으로 향했다.

아무도 없는 식당의 식탁에 볼을 대고 엎드렸다.

차가운 기운이 얼굴을 타고 올라왔다.

제나의 싸늘한 눈빛이, 노기 담긴 음성이 심장을 움켜쥐었다.

지완은 울고 싶었지만, 주먹을 꼭 쥐고 중얼거렸다.

"괜찮아. 난 괜찮아."

재희는 휴대폰을 주머니에 넣으며 말했다.

"미안. 난 가봐야겠어."

맞은편에 앉아 있던 상대가 인상을 찌푸렸다.

"방금 왔잖아."

"어. 그런데 급한 일이 생겨서."

"임지완 일?"

뾰족한 말투에 재희가 피식 웃었다.

"남의 휴대폰 훔쳐봤나?"

"액정에 떴잖아. 보고 싶어서 본 게 아니야."

황급히 말하는 윤진을, 재희는 가만히 쏘아봤다.

윤진에게 잠깐 만나자고 연락이 와서, 숙소 근처의 국밥 집에서 만난 터였다.

앉아서 인사를 나누자마자 지완에게 전화가 걸려왔다.

윤진보다는 지완이 소중했다. 게다가 지완의 목소리가 형편없이 떨리고 있어서 걱정스러웠다.

"뭐가 됐든 간다."

"야, 너는 나보다 임지완이 더 중요하냐?"

"어. 중요해."

재희의 냉정한 대답에 윤진의 표정이 일그러졌다.

"나랑 너랑 안 지 얼마나 됐냐? 우리, 한솥밥 먹은 식구야. 그런데 듣도 보도 못한 임지완이 나보다 더 중요하다고?"

"그러는 넌?"

"뭐?"

"그러는 넌 우리가 그렇게 소중하고 중요해서, 그딴 짓을 했냐?"

"…."

윤진의 눈동자가 흔들렸다.

대꾸할 말이 없는지, 벌어진 입에서는 아무 소리도 흘러나오지 않았다.

"한솥밥을 먹은 식구라고 생각했지. 소중한 친구라고도 생각했고. 그런데 넌 그런 우리한테 엿을 먹었어. 난 엿을 그다지 좋아하지 않거든."

재희가 일어나며 말했다.

"앞으로 연락하지 마라. 엿 먹인 새끼 얼굴, 두 번 보고 싶지 않으니까."

돌아보지도 않고 나가는 재희의 뒷모습을 노려보며, 윤진은 으득, 이를 악 물었다.

재희는 코코아를 타서 지완의 앞에 내려놓았다.

아까부터 지완은 떨고 있었다.

그저 친구 한 명을 잃게 된 사람치고는 격한 반응이었지만, 그럴 수밖에 없다는 걸 알고 있었다.

친구를 사귀어본 적이 없는 지완에게는, 현재 곁에 있는 사람 하나, 하나가 무척이나 소중할 터였다. 아마도 자기 인생의 일부를 내어줄 만큼, 계산하는 것 없이 마음을 열었을 것이다.

게다가 제나 쪽은 어떻든, 지완에게 있어서 제나는 첫 동성 친구였다.

그런 제나를 잃을지도 모른다는 게 두려울 수밖에 없을 터였다.

"일단 그것 좀 마셔."

재희의 말에 지완은 두 손으로 머그컵을 감싸 쥐었지만 마시지는 않았다.

"재희야. 어쩌지? 제나 누나가 화를 안 풀면?"

그동안 재희를 선배라고 불렀다는 것조차 잊을 정도로, 지완은 혼란스러워하고 있었다.

매달릴 사람이 재희밖에 없다는 듯 응시하는 지완의 모습에 가슴이 아렸다.

이럴 때 찬혁이 곁에 있어주어야 하는 건데.

재희는 속으로 한숨을 삼켰다.

"풀 거야."

"하지만 속였잖아. 내가 엄청난 거짓말을 한 거잖아."

"그럴 수밖에 없는 상황이었잖아."

"하지만…."

지완의 눈에 눈물이 차올랐다가 사라졌다.

안아주고 싶었다.

어린아이처럼 순수하게 사람을 좋아하고 마음을 내어준 지완이 못 견디게 사랑스러웠다.

딩동.

그때, 지완의 집 초인종이 울렸다.

민하였다.

지완의 집에 도착하자마자 민하에게 오라고 연락을 해둔 이유는, 지완과 단둘이 있으면 안 될 것 같아서였다.

둘만 있으면 안아주고 싶어질 테니까. 바로 지금처럼.

'딱 좋은 시기에 도착했군.'

그렇게 생각하며, 현관문을 열었다.

민하가 들어왔다.

"지완이는 괜찮냐?"

"아니, 안 괜찮아."

"아, 진짜. 제나 그 기집애가 뭐라고 안 괜찮아? 그깟 기집애, 떠나면 떠나는 거지."

민하의 말에 지완의 어깨가 움찔했다.

재희는 민하의 뒤통수를 가볍게 때렸다.

"쓸데없는 소리하지 마. 지완이한테 제나는 그깟 기집애가 아니니까."

"으이그. 진짜 손이 많은 가는 녀석이라니까."

민하는 투덜거리면서도 지완의 옆에 앉아, 그녀의 어깨에 턱 팔을 올렸다.

그런 접촉을 아무렇지도 않게 할 수 있는 민하가, 재희는 꽤 부러웠다.

"임지완, 걱정 마라. 김순미, 그 기집애가 그래 봬도 속이 깊거든. 아깐 깜짝 놀라서 그 지랄을 해댄 거고, 일단 진정 좀 하면 괜찮아질 거야. 현준이 형이 제나한테 남으라고 했다며? 아마 네 이야기를 해주려고 한 거겠지. 그거 듣고 나면 제나도 여러 가지 생각을 할 거다.”

“하지만 그래도… 풀리지 않으면?”

“그럼 뭐, 이 형님이 안아줄게. 펑펑 울고 잇어.”

“싫어.”

“뭐야, 내 품이 싫다는 거냐?”

“제나 누나를 어떻게 잊어? 나한테 정말 잘해줬어.”

“나도 너한테 잘해주거든?”

“그래서 선배도 안 잊을 거야.”

“난 널 떠나지도 않는다고!”

“응, 그건 고마워. 하지만 제나 누나는… 달라.”

“아, 진짜. 뭐가 다른데? 내가 그 기집애보다 못한 게 뭐야?”

그 모습을 지켜보던 재희는 고개를 절레절레 저었다.

저건 위로를 해주려고 온 건지, 질투를 하려고 온 건지.

“못한 게 아냐, 선배. 그냥 좀… 달라. 뭐라고 표현해야 할지 모르겠어.”

지완이 고개를 숙였다.

“정말 어떻게 해야 할지 모르겠어.”

이럴 때는 어떻게 해야 하는 걸까?

제나는 멍하니 현준의 입술을 응시했다.

지완이 나간 후, 현준은 느릿하게 어느 소녀에 대한 이야기를 시작했다.

도저히 믿을 수 없는, 믿고 싶지 않은 어둡고 절망적인 이야기가 현준의 입에서 흘러나와 제나의 심장을 움켜쥐었다.

어둠 속에 갇혀 있던 어린 소녀가 청년이 되어 연예계에 발을 들이게 된 것으로, 이야기는 끝났다.

이제 제나가 말을 해야 할 차례인 것 같은데, 제나는 이럴 때 어떤 말을 해야 좋을지 전혀 알 수 없었다.

가슴이 콱 막히고 목이 메여 아무 말도 나오지 않았다.

머릿속에는 그저 어둠 속에 오도카니 쪼그리고 앉아 울음을 참았을, 임지완을 아주 닮은 어린 소녀만이 뱅글뱅글 떠다녔다.

뱅글뱅글. 뱅글뱅글.

그렇게 떠다니던 소녀가 아까 대기실에서 본 임지완의 모습이 되어, 눈썹 끝을 축 늘어뜨리고 제나를 마주봤다.

'누나.'

꿀꺽.

제나는 마른침을 삼키고 입을 열었다.

"거짓말."

거짓말일 것이 분명하다.

그렇게 살아온 사람이, 이 세상에 있을 리 없다.

"거짓말하지 마세요. 그런 말에 속을 줄 알아? 그런 일이 있을 리 없잖아요. 아빠가 딸을 옷장에 가두다니. 아빠가 딸을 무자비하게 패다니. 고아원 원장이… 아, 아무튼 그런 일이 한 사람에게 전부 다 벌어질 리 없잖아요!"

"벌어졌기 때문에 소망을 품지 못하겠다고 하더라. 자기 인생은 항상 어둠 속이었으니까, 앞으로도 쭉 그럴 거라고 하더라."

"하. 말도 안 돼. 말도 안 되잖아요, 진짜. 그런 일이 어떻게 있어? 아니, 대표님이랑 부대표님도 속은 거 아니에요? 걔가 그 반반한 얼굴로, 연예인이 되고 싶어서 한 거짓말인 거 아니냐고요."

"제나야."

"아, 몰라요. 듣기 싫어. 난 용서 못 해. 말도 안 돼. 아무리 생각해도 말이 안 돼. 몰라요. 나 여기 그만 둘 거고, 임지완이 남장하고 다닌다는 것도 다 알릴 거야. 임지완이랑 송찬혁이랑 그렇고 그런 사이라는 것도 떠벌릴 거고."

제나가 벌떡 일어나며 외쳤다.

현준이 붙잡으려 했지만 승호가 눈짓으로 말렸다.

제나가 도망치듯 대표실을 나간 후, 현준이 걱정스럽게 물었다.

"왜 말리셨어요, 대표님. 제나 성격 아시잖아요. 쟤, 진짜로 다 떠 벌릴걸요."

"그럼 거기까지가 내 안목의 끝이었던 거겠지."

"대표님."

"설득으로 어떻게 해볼 수 있는 문제가 아니야. 제나가 임지완을 아꼈다면서? 그만큼 배신감도 크겠지."

"그야 그렇지만… 그래도 사정이 있어서 그런 건데."

"그렇다고 그 사정을 이해해 달라고 제나에게 강요할 순 없지. 제나 입에서 나간 소문 막을 준비나 해줘. 막을 수 있는 데까지는 막아봐야지."

제나는 신경질적으로 차를 몰았다.

"거짓말이야! 거짓말일 게 뻔하잖아! 아니, 어떻게 그런 일이 벌어지냐고! 호적도 없었다니. 그런 일이 어떻게 있냐고, 진짜!"

'친구를 사귀어본 적이 없어서.'

불현듯 지완의 음성이 떠올랐다.

아마도 고깃집이었을 것이다. 풍월이 연 회식 때, 지완은 그렇게 말했다. 친구를 사귀어본 적이 없다고.

그리고 난 뭐라 했더라.

'너, 왕따였니?'

그래. 그렇게 말했다.

"아니. 죄책감 가질 거 없어. 말도 안 되잖아. 학교도 못 다녔다는 게 말이 돼? 매일 거리에서 잠잘 곳을 찾고, 남의 돈 훔치고 그랬다는 게 말이 되느냐고!"

말도 안 된다.

그런데 이다지도 심장이 따끔따끔 쓰린 이유는 무엇일까.

이렇게 자꾸만 눈물이 흐르는 이유는 무엇일까.

"아니, 설령 진짜라도 날 속였다고! 여자면서 남자라고 했다니까! 그게 정말 말이 되느냐고!"

끼이익!

제나는 갓길에 차를 세우고 고개를 숙였다.

"아, 진짜."

'너, 왕따였니?'

"아, 진짜!"

'미친년.'

"난 진짜 뭔 소리를 해댄 거야?"

쾅쾅쾅!

부서져라 문을 두드리는 소리에, 재희가 현관문으로 달려갔다.

"누구세요?"

물었지만 대답은 없었다.

도어뷰로 밖을 보니, 제나가 무시무시한 눈으로 이쪽을 노려보고 있었다.

문 하나를 사이에 뒀는데도 쩔끔할 만큼 무서운 눈빛이었다.

문을 열자마자 안으로 밀고 들어온 제나가 말했다.

"오빠랑은."

제나는 때마침 주방에서 지완과 함께 밖으로 나온 민하에게 시선을 보냈다.

"오빠랑도 할 말 없어. 비켜."

"야, 김순미."

"할 말 없다고. 나 지완이랑 얘기하려고 온 거야."

"너, 쓸데없는 소리…."

"빠지라고, 오빠는."

제나는 차갑게 말하고 소파로 향했다.

"나랑 대화할 생각이 있으면 이리로 와서 앉아, 임지완."

제나가 소파 맞은편을 가리키며 말했다.

지완은 황급히 소파로 향했다.

민하가 함께 가려고 했지만 재희가 어깨를 잡아 말렸다.

"우린 그냥 여기서 지켜보자."

"야, 김순미 성격에 무슨 짓을 할 줄 알고?"

"그래도 지금은 우리가 낄 때가 아냐."

민하는 불만스러운 듯 했지만, 결국 팔짱을 끼고 소파 쪽을 노려봤다.

두 남자가 이쪽을 주목한다는 걸 알면서도, 제나는 지완만 빤히 응시했다.

지완은 눈썹 끝을 내리고 불안한 표정으로 앉아 있었다. 사형 선고를 앞에 둔 죄인 같았다.

"부대표님한테 네 이야기를 들었어."

"응."

"그렇다고 해서 널 용서했다는 건 아냐."

"응."

"나는 나름 너랑 친하다고 생각했어. 그런데 넌 나한테 아무것도 말해주지 않았지. 말할 기회가 없었다고는 생각하지 않아. 난 혼자서 너네 집에 놀러온 적도 있었고. 말할 기회는 얼마든지 있었어. 그런데도 넌 말하지 않았고."

"응."

"그건 결국 작정하고 속인 거라는 생각밖에 안 들어."

"누나, 그건…."

"누나라고 부르지 마, 징그러우니까."

"…."

"넌 날 기만했어. 내가 찬혁이 오빠를 좋아했다는 걸 알면서도 찬혁이 오빠와 사랑에 빠졌고, 그 사실 역시 나한테 말을 안 해줬어."

"미안해."

"배신이야, 이건."

"미안해."

지완이 고개를 숙였다.

"처음이라서… 어떻게 해야 할지 알 수 없었어."

바닥을 뚫어져라 응시하며, 지완은 말했다.

"말해야 한다고 생각했는데, 무서웠어. 누, 아니, 언니를 잃게 될까 봐."

"…."

"변명하는 말처럼 들릴지도 모르겠어. 그런데… 나 정말로 처음이라서… 친구를 사귀어본 것도, 사람과 관계를 맺어본 것도 처음이라서… 어떻게 행동하는 게 옳은 건지, 사이가 깊어지면 깊어질수록 무서워서… 혹시라도 날 떠날까봐, 내 과거를 알고 나를 경멸할까봐… 그렇게 살아온 나를 끔찍하게 여길까 봐 무서웠어."

"…."

"소매치기를 했어. 남의 것을 훔치면서 살아왔어. 그건 나쁜 짓이잖아. 그런데 나는 그 짓을 하면서 살아왔어. 언니나 선배들이나 다들 그런 사람들을 경멸했을 거야. 나는 그런 경멸받을 짓을 하면서 살아왔고, 이 세계에 들어오면서 그런 짓을 하는 사람들이 어떤 취급을 받는지 점점 더 잘 알게 됐어."

이건 찬혁에게도, 재희와 민하에게도 하지 못한 속 이야기였다.

"예전에는 그냥 어쩔 수 없다, 내 상황이 이러니 어쩔 수 없는 선택이었다, 그렇게 생각했거든. 그런데… 사람들을 알아갈수록, 정상적인 삶이 어떤 건지 보게 될수록, 내가 얼마나 창피한 삶을 살았는지 알게 된 거야. 그래서…"

278

눈물이 뚝, 뚝 바닥으로 떨어졌다.

"그게 너무 창피하고 부끄러워서. 그런 삶을 산 나를 언니가 피할까봐 무서워서… 그래서…."

'그만 말하게 하고 싶다.'고, 민하와 재희는 생각했다.

지완이 저런 비참한 생각을 그만 드러냈으면 좋겠다고, 이제 말려야겠다고 생각했다. 그때, 둘의 눈에 제나의 모습이 들어왔다.

제나는 소파에 꼿꼿이 허리를 펴고 앉아 지완을 응시하고 있었는데, 크게 뜬 눈에서 소리 없이 눈물이 흐르고 있었다.

"미안해, 언니. 언니를 속이려던 게 아니야. 그저 내가 너무 창피했을 뿐이야."

"뭐가… 창피해?"

제나가 입을 열었다.

"네가 뭐가 창피해? 열심히 산 거잖아. 그럴 수밖에 없어서 한 짓이잖아. 다른 사람들 같으면 그렇게 잘 살지 못했을 텐데, 너는 도망쳐서 씩씩하게 살아남았잖아. 지겹고 빌어먹을 삶을, 열심히 살아왔잖아. 그런데 그게 왜 창피하고 부끄러워? 뭐가 그렇게 창피해서… 울어? 울지 마. 야, 왜 네가 울어?"

물기가 가득 담긴 제나의 목소리가 흐트러졌을 때에야, 지완은 고개를 들 수 있었다.

지완과 똑같이 흠뻑 젖은 제나의 얼굴이 보였다.

놀라기도 전에, 제나가 벌떡 일어나 지완의 옆에 와서 앉았다. 앉자마자 두 팔을 벌려 지완을 끌어안은 제나가 말했다.

"울지 마, 울 거 없어. 너 진짜 잘 살았어. 네 과거, 부끄러울 거 하나 없어. 부끄러울 사람은 네가 아니야. 네 아빠랑 그 드러운 원장이지, 네가 아니야. 너는 정말로 씩씩하고 멋지게 살아남은 거야. 그래서 여기까지 왔잖아. 이 제나 님을 친구로 삼기까지 했잖아. 너, 진짜 대단한 애야."

"언니…"

"내가 못된 소리 해서 미안해. 몰랐어. 그리고 서운하기도 했고. 네가 날 속인 거, 용서해줄게. 그러니까 나도 용서해줘."

"뭘 용서하란 거야. 언니는 잘못한 거 하나도 없는데."

"없긴 뭐가 없어. 네 얘기를 제대로 들어보지도 않고 못된 소리만 했잖아."

"하지만 내가 속인 게 먼저니까."

"됐어. 그럴 수도 있지."

"미안해, 언니."

"미안해, 지완아."

서로를 끌어안고 엉엉 울면서, 다 내 탓이다, 내가 미안하다 말하는 두 여자를, 재희와 민하는 어안이 벙벙한 표정으로 지켜봤다.

한참 동안 울음을 그치지 않고 우는 두 여자를 보다가, 민하가 중얼거렸다.

"놀고들 자빠졌네, 진짜."

그날, 제나는 지완의 집에서 자고 가겠다고 했다.

"그럼 우리 파자마 파티 하는 거야?"

"파자마 파티?"

"응. 친구가 되면 그런 걸 해야 한다더라고."

그렇게 말하는 지완이 귀여워서, 제나는 웃었다.

"그래, 그거 하자. 파자마, 내 것도 있나?"

"혹시나 싶어서 손님용으로 사놓은 게 하나 있어."

지완이 옷장에서 새 잠옷 세트를 꺼냈다.

"뭐야, 이런 거까지 준비한 거야?"

"응. 언젠가 파자마 파티를 할지도 모르니까. 그러고 보니, 옛날에 찬혁이 형한테 파자마 파티를 하자고 했다가 까였는데."

"그런 일도 있었어?"

"응. 부대표님이 찬혁이 형이랑 친구가 되라는 미션을 줬거든."

침대에 나란히 누워서도 수다가 끊이지 않았다.

지완은 처음 현준을 만났을 때부터, 풍월 멤버들과의 첫 만남에 대한 이야기, 찬혁과 사랑에 빠진 순간까지 전부 이야기했다.

"그럼 최해림이 감시하는 것 때문에 찬혁이 오빠랑 제대로 못 만나는 거야?"

"응. 통화 내역이랑 그런 것도 다 감시를 하나 봐. 최해림 보디가

드 겸 비서가 찬혁이 형이랑도 어릴 적에 친구였는데, 말해줬대. 내 쇼핑 내역까지 다 조사했다고."

"쇼핑 내역?"

"내가 생리대랑 그런 것들 산 거."

"헐. 미친. 그런 짓까지 했다고?"

"응. 그런데 그건 최해림한테 보고하지 않았다더라."

"와, 진짜 무섭다. 어떻게 그런 것까지 조사를 하지? 최해림이랑 찬혁이 오빠는 대체 어떤 관계래?"

"표면상으로는 어릴 때부터 친구였대. 최해림, 송찬혁, 지창성. 이렇게 셋이."

이 내용은 민하가 찬혁에게 듣고 와서 지완에게 전해줬다.

"지창성이 그 보디가드 겸 비서?"

"응. 셋이 자주 어울렸대. 그러다가 찬혁이 형이 본격적으로 연예계 활동을 시작하고, 최해림은 독일로 유학을 갔대. 지창성은 최해림이 데리고 갔고. 지창성이라는 사람 집안이 대대로 한성 그룹 사람들을 위해서 일을 했나봐. 그래서 지창성도 그쪽 집안을 위해 일을 하게 된 거래."

"이건 뭐 조선시대도 아니고…."

"언니도 이런 얘기는 처음이야?"

"응. 난 스폰 안 받거든. 그런 거 받는 애들이랑 잘 어울리지도 않고. 괜히 엮이기 싫어. 소문 도는 것도 싫고."

"난 이런 세상이 있는지는 처음 알았어."

"그래서 찬혁이 오빠가 그렇게 넋 나간 사람처럼 지냈던 거구나."

"응. 숨이 막혔을 거야, 정말로."

제나는 고개를 돌려 지완을 응시했다.

"너는 숨이 막히지 않았어?"

"나는, 괜찮았어."

"괜찮긴. 하나도 안 괜찮은 인생이더만."

생각하니 또 콧등이 찡해졌다.

이렇게 예쁜 얼굴이면서, 남자로 살아야만 했다니. 잠잘 곳을 찾아 헤매야만 했다니.

"아냐, 그래도… 나이가 들면서는 찜질방에 혼자 가도 되니까, 편해졌어. 손기술도 늘어서 배곯는 일도 줄었었고. 언니, 왜 울어?"

"아, 진짜 짜증 나. 왜 자꾸 눈물이 나지? 이러면 내일 눈 붓는데."

"언니가 우니까 나도 자꾸 눈물 나잖아."

"자꾸 나는데 어떻게 해? 누가 그렇게 예쁘래?"

"내가 예쁜 탓이야?"

"그래! 그렇게 예뻐 가지고… 아, 진짜. 이렇게 예쁜데…."

제나가 지완의 볼을 쓰다듬었다.

이렇게 예쁜데.

정상적인 집안에서 태어났다면, 부모님의 사랑을 듬뿍 받고 자라 학교에 들어갔을 거고, 인기도 엄청 많았겠지.

남학생들은 지완을 보면서 얼굴을 붉히고, 여학생들은 지완을 질투하면서도 친해지고 싶어 했을 것이다.

그렇게 예쁘게 자라 연예인을 따라다니기도 하고, 혹은 스카우트를 당하기도 했을 것이다.

고백한 남자애가 마음에 들어서 짧은 연애를 했을 수도 있고, 어쩌면 길고 깊은 연애를 했을지도 모른다.

그렇게 시간이 흘러 어느 방송국에 촬영을 구경하러 왔다가, 찬혁과 눈이 마주치고. 사랑에 빠지고.

평범하게 그렇게.

예쁘게 사랑하면서 지낼 수 있었을 것이다.

"지완아."

"응?"

"내가 관상을 좀 볼 줄 알거든."

"우와, 그런 것도 볼 줄 알아? 언닌 대단하네."

순진하게 말하는 지완을 보며, 제나는 웃었다.

"응, 대단하지. 내가 방금 네 관상을 보니까, 행복해질 관상이야."

"그래?"

"응. 남자 복도 있고, 돈 복도 있고, 자식 복도 있네. 너, 진짜 복덩어리다. 진짜 잘살겠어."

그제야 제나가 거짓말을 한다는 걸 깨달은 듯, 지완이 옅은 미소를 지었다. 고양이 같은 눈에 고였던 눈물이 볼을 타고 흘러내렸다.

"나, 복덩어리야?"

"응."

"그런 말은 처음이야."

"그래? 그럼 내가 많이 해줄게."

제나는 지완의 머리를 쓰다듬었다.

엄마가 아이에게 그러듯 천천히, 다정하게 쓰다듬으며 말했다.

"넌 정말 복덩어리야. 우리 지완이는 정말 예쁘게 잘 자라서 돈도 많이 벌고, 멋진 남자랑 결혼도 하고, 예쁜 아이도 낳고, 그렇게 잘 살아갈 거야. 세상에서 제일 예쁘고, 사랑스러운 아이니까."

임지완이 여자인가, 남자인가에 대한 이야기는, 어느 날 제나가 토크쇼에서 한 발언으로 종결이 났다.

"촬영장에서 임지완 씨를 처음 봤는데요. 그때 임지완 씨가 녹차를 가져다주면서 '누나, 팬이에요.' 하면서 웃었거든요. 그때 저도 팬이 됐어요. 목소리가 진짜 좋잖아요."

'질투 많기로 유명한 제나가 '여자'를 칭찬할 리 없으니, 임지완은 남자일 것이다.'라고 결론이 모였다.

거기에 지완이 풍월의 새 멤버가 될 거라는 소문도 돌기 시작했다. 풍월은 남성 그룹이었고, 지완이 풍월의 멤버가 되는 거라면 당연히 남자일 수밖에 없었다.

'뭐야, 남자였던 거야?'

'그럴 줄 알았어.'

'누가 봐도 남자잖아.'

'여자인데 남자인 척할 리가 없지.'

'누가 미쳤다고 남장까지 하겠어?'

'난 임지완이 풍월 게스트 보컬 할 때부터 남자일 줄 알았는데.'

성별이 확실하게 한쪽으로 기울기 시작하자, 지완에게도 이런저런 광고가 들어오게 되었다.

그즈음, 풍월도 슬슬 그룹 활동을 접고 개인 활동 준비를 하게 되었다.

바람이 유독 차가워진 어느 날, 찬혁은 마음을 다잡고 승호에게 미팅을 요청했다.

승호는 대표실에 앉아 찬혁을 기다리고 있었다.

각오가 담긴 눈으로 소파에 앉는 찬혁을, 승호는 무심하게 응시했다.

"드릴 말씀이 많지만 다 알고 계시겠죠."

"그래. 가지는 쳐내고 줄기만 얘기해라. 바쁘다."

"자산관리사를 소개받고 싶습니다."

"그래. 그리고?"

"사장님과 일하는 사람들은 신뢰할 만하겠죠?"

승호가 피식 웃었다.

"당연하지."

"그럼 사장님."

찬혁은 그동안 정리한 것들을 승호에게 털어놓았다. 묵묵히 찬혁의 계획을 들은 승호가 물었다.

"그걸, 정말로 할 셈이냐?"

"이렇게도, 저렇게도 해봤는데 안 된다면 해야만 하는 순간이 오겠죠. 그때가 되면 도와주시겠습니까?"

"나는 분란을 일으키는 걸 좋아하지. 살짝 손은 빌려주마."

"취향이 독특하시군요."

"그래. 그래서 임지완을 데리고 있는 거다. 너랑 제나도 그렇고. 얘기 끝났으면 가봐라."

승호가 턱으로 문을 가리켰다.

대표실을 나오며 찬혁은 미소를 지었다.

'너랑 제나도 그렇고.'

취향이 독특하다는 말에, 승호는 그리 말했다.

그것은 마치 '너나 임지완이나 제나나, 나한테는 다 비슷비슷한 녀석들이야.'라고 말하는 것만 같았다.

목을 죄는 목줄이 아파 거기에만 집중하느라 몰랐다.

아픔을 참고 주위를 둘러보니, 자기 목줄을 쥐고 흔드는 사람만 있는 게 아니라는 것을 알게 된다.

지금 있는 곳이 작은 창문도 없는 감옥인 줄 알았는데, 자세히 살펴보니 빛이 들어오는 구멍이 여기저기에 뚫려 있었다. 그리고 그 구멍으로 비집고 들어온 임지완이라는 바람이, 찬혁의 목에 난 상처를 어루만져주었다.

찬혁의 입가에 맺힌 부드러운 미소는, 엘리베이터를 타고 내려가는 동안에도 사라지지 않았다.

유독 매서운 바람이 부는 오후.

하늘은 우중충해서 금방이라도 비가 내릴 것 같았다.

찬혁은 숙소의 커다란 창문으로 잿빛 하늘을 올려다보고 있었고, 민하와 재희는 소파에 마주앉아 젠가를 하며 대화를 나누는 중이었다.

누구랑 누구가 연애를 하는 것 같다든가, 어느 멤버가 무슨 짓을 하는 것 같다든가, 하는 연예인들 소식을 주고받다가 풍월 활동 종료 후의 계획으로 주제가 넘어갔다.

"드라마 몇 개 들어와서 검토하는 중인데, 마음에 드는 게 없네. 게다가 거의 주연급이고."

민하의 말을 들은 재희는 신중하게 젠가의 블록 하나를 빼내며 말했다.

"주연이면 좋은 거 아니냐?"

"안 좋아. 부담스러워. 나 아직 그렇게까지는 연기 못 해. 멜로도 멜로인데, 추리 수사극이 들어왔거든. 그건 감정 연기 제대로 해야 하잖아. 배우 선배님들이랑 연기력 비교 엄청 당할걸."

"호오. 너도 의외로 제대로 고민하는구나."

"세상에서 제일 고민 많은 사람이다, 내가."

"아, 그래? 내가 아는 정민하는 세상에서 제일 생각 없는 사람인데. 뇌가 있나 싶을 정도로."

"말이 심하다, 너?"

"지완이 보고 싶다."

그런 말이, 불쑥 들려왔다.

창밖을 내다보던 찬혁이 낸 목소리였다.

재희와 민하는 깨끗이 무시하고 서로의 대화에 집중했다.

"그나저나 넌? 아직도 연기할 생각 없는 거냐?"

"글쎄. 고민 중이야, 이번엔."

"오오. 그래? 어쩐 일로?"

"그냥. 할 수 있을지도 모르겠다, 싶어서."

불에 대한 트라우마 때문에, 지금껏 재희는 연기할 기회가 있음에도 도전할 수가 없었다.

혹시라도 불과 가까이해야 하는 씬이 있을 때, 그것을 제대로 해낼 수 있을지 알 수 없었기 때문이었다.

흔한 라이터의 불조차도 무서웠기에, 연기를 하는 것만큼은 피해왔다.

하지만 지완을 보면서, 자기도 할 수 있지 않을까 하는 작은 희망이 싹텄다.

"지완이 보고 싶다."

또 찬혁의 목소리가 끼어들었지만, 재희와 민하는 무시했다.

"엑스트라부터 도전해봐야지. 나도 너무 큰 역할은 아직 안 될 것 같고."

"그래, 잘 생각했다. 너 그동안 틈틈이 연기 공부 해뒀잖아."

"지완이가 보고 싶어."

"응, 연기 공부한 걸로만 치면 너보다 더 오래했을걸."

"MC는 지금 하는 것만 할 거고?"

"토크쇼 자리 하나가 나긴 했는데, 그것도 좀 고민 중이야. 말발이 있어야 하는 거라, 잘 할 수 있을지…."

"지완이가 보고 싶다."

거의 남지 않은 젠가의 블록을 살살 빼내던 민하의 손에 불끈 힘이 들어갔다.

와르륵!

젠가가 무너졌고.

"아, 진짜 이 날파리 같은 새꺄!"

민하가 광분하며 벌떡 일어났다.

"그렇게 보고 싶으면 보러 가! 보러 가라고! 여기서 징징거리지 말고! 세뇌시키냐? 엉? 지완이 보고 싶다고 우리를 세뇌시키려는 거냐고! 이 귀찮은 자식. 옛날에 입 닥치고 인형처럼 살 때가 나았지. 이 망할 놈은 아주 그냥 지완이 타령을 입에 달고 사네. 아주 그냥 타령을 하나 만들어서 인터넷에 뿌리지 그러냐? 엉?"

민하가 길길이 날뛰며 욕을 해댔다.

평소 같으면 이쯤에서 민하를 말렸을 재희건만, 이번만큼은 말리지 않고 차분하게 고개를 끄덕였다. 민하의 심정에 깊이 공감했기 때문이었다.

찬혁이 천천히 민하와 재희를 향해 돌아섰다.

자기 때문에 미쳐 날뛰는 민하를 보자 느끼는 게 있는지, 찬혁은 깊은 한숨을 내쉬며 말했다.

"지완이가 너무 보고 싶어."

민하의 눈이 이글이글 불타올랐다.

"재희야."

민하의 음성이 낮게 가라앉았다.

"내가 이 자식을 때려도 되겠나?"

"눈에 잘 안 띄는 데로 때려. 이번 주 주말에 풍월 고별 무대 있으니까."

"명치면 되겠지?"

"그쯤이면 딱 좋지."

"어떡하지? 지완이가 너무 보고 싶은데."

친구들이 폭행 모의를 하든 말든, 찬혁의 머릿속에는 임지완 생각뿐인 듯 했다.

결국 민하가 포기하고 도로 소파에 앉았다.

"하. 징그럽게 로맨틱한 새끼."

찬혁의 마음을 이해하지 못하는 건 아니었다.

딱 좋을 시기에 방해를 받아, 가까운 곳에 두고도 만나질 못하는 상황. 보고 싶은 것이 당연했다.

물론 민하와 재희도 그런 찬혁이 안쓰럽고 무엇이든 해주고 싶었다. 처음에는.

하지만 이건 너무 과하다.

찬혁은 '임지완'이라는 단어만 말할 수 있는 앵무새처럼, 지완의 이름을 반복했고, 함께 사는 두 남자는 아예 노이로제에 걸릴 지경이었다.

"아."

그때, 재희의 머리를 스치고 지나가는 생각이 하나 있었다.

"왜 이 생각을 못 했지? 찬혁이, 네 폰만 사용하지 않으면 되는 거잖아. 우리는 감시하지 않을 테니까."

재희가 테이블에 올려놨던 휴대폰을 집어 들었다.

"영상통화하자. 지완이랑."

영상통화가 걸려온 건 처음이라서 한참 헤맨 끝에야 통화 버튼을 눌렀다.

화면에 재희의 얼굴이 비쳤다.

"어, 재희 선배. 어쩐 일로…"

질문을 끝내기도 전에 화면이 흔들리는가 싶더니, 찬혁으로 바뀌었다.

"아, 형."

지완의 목소리가 한 톤 올라가자, 옆에서 재희가 투덜거리는 소리가 들렸다.

"나랑 통화할 때랑 목소리 달라지는 것 좀 봐라."

"아하하. 그런 거 아냐. 이거 뭐야? 이런 기능도 있네."

"영상통화야."

찬혁이 말했다.

"보고 싶었어, 지완아."

"응, 나도."

"텔레비전으로 보는 건 부족해. 만나러 가고 싶다."

"응, 나도."

"뭐하고 있었어?"

"운동 끝내고 옷 갈아입으러 들어왔어. 형은?"

"나는 애들이랑 보드게임 하고 있었어."

"구라 좀 작작 쳐! 임지완 보고 싶다고 우리를 세뇌시키고 있었잖아, 이 자식아!"

민하가 버럭 외치는 소리에 지완의 얼굴이 붉어졌다.

정작 부끄러운 짓을 한 찬혁은 뻔뻔한 얼굴로 화면을 지그시 응시하고 있었다.

"내가 그렇게 보고 싶었어?"

"당연하지. 보고 돌아서면 또 바로 보고 싶었는데. 벌써 며칠이나 못 만나니, 정말 죽겠다."

"이 로맨틱한 새꺄! 그런 말은 좀 작게 하라고!"

"놔둬. 말린다고 듣냐? 그냥 우리가 딴 데로 가자."

찬혁의 뒤로 보이던 재희와 민하가 화면 밖으로 사라졌다.

찬혁의 눈빛이 더 애틋해졌다.

작은 화면으로 보는 건데도, 그의 눈동자에 가득 담긴 그리움이 전해졌다. 그의 눈에도 보일까. 내 눈에 담긴 그리움이.

"손, 잡고 싶다."

그가 말했다.

지완은 손가락으로 화면에 비친 그의 얼굴을 살며시 쓸었다.

"나도."

손만이 아니었다.

그를 안고 싶고, 그의 향기를 맡고 싶었다.

얼굴을 보는 것만으로는 부족했다. 오히려 화면에 비친 그의 얼굴을 보자 그리움이 더 짙어졌다.

대화 없이 서로를 바라보기만 하는데도 시간은 빠르게 흘러갔다.

주차장에서 기다리던 현준에게 전화가 걸려오지 않았더라면, 시간이 가는 줄도 모르고 하염없이 그의 얼굴을 감상했을 것이다.

"형, 나 이제 가봐야겠어."

"그래, 다음에 또 재희나 민하 폰으로 연락할게."

"응. 나중에 봐."

통화 시간 한 시간 14분.

생각보다 훨씬 긴 시간이 흘렀음에도 아쉬웠다.

좀 더 볼 수 있다면 좋을 텐데. 스물네 시간, 1초도 빠짐없이 그를 볼 수 있으면 좋을 텐데.

찬혁과 지완이 개인적으로 접촉하는 일은 없고, 개인적으로 연락을 하는 기록도 발견되지 않았다. 호텔 스위트룸의 소파에 나른하게 앉아 창성의 보고를 들은 해림이 피식 웃었다.

"개인적인 접촉이 전혀 없다고?"

"그래."

"흐응."

비릿한 미소에, 창성은 심장이 덜컹 내려앉았다.

해림이 어떨 때 저런 미소를 짓는지, 창성은 잘 알고 있었다.

"그거 재미있네. 개인적인 접촉이 전혀 없다니."

"네가 바라던 거 아냐?"

"내가 이런 걸 바랐을 것 같아?"

해림의 눈이 가늘어졌다.

"내가 한국에 오기 전까지만 해도 송찬혁과 임지완은 빈번하게 만났고 연락도 했어. 그런데 내가 찬혁이를 만나자마자 연락도, 만남도 사라졌지. 이렇게 갑자기 연락이 끊긴 게 정상적인 일이라고 생각하니, 창성아?"

"…."

"역시 그 두 사람 사이에 뭔가 있기는 있는 모양이네. 없기를 바랐는데."

"해림아."

"그리고 또 하나. 네가 그렇게 진지하게 내 이름을 부를 때는 뭔가 감추는 게 있다는 거지."

창성은 등골이 서늘해졌다. 해림은 가만히 창성을 응시하다가 피식 웃었다.

"걱정 마, 지창성. 감추는 게 뭔지 확실히 알게 되기 전까지는 아무 짓도 하지 않을 테니까."

풍월 그룹 활동은 12월 25일 크리스마스에 끝이 났다.

풍월의 고별 무대는 그전의 어느 때보다도 진지하고 서글펐다.

어째서인지 팬들은 풍월이 두 번 다시 돌아오지 않을 것처럼 울었다.

그날 밤 지완은 찬혁과 밤새도록 영상통화를 했고, 만나지는 못했지만 함께 첫 번째 크리스마스를 보냈다.

각자 잘나가는 예능의 MC를 맡고 있는 재희와 민하는, 그룹 활동이 끝난 후에도 스케줄이 있었지만 찬혁에게는 아직 아무 스케줄도 없었다.

찬혁은 원래 예능에 잘 출연하지 않기 때문에, 얼마 전에 광고 하나를 찍고 나니 할 일이 없었다.

유명 배우들이 나오는 대하드라마 제안이 들어오긴 했는데, 보류 중인 이유는 그 드라마의 주연이 찬혁의 아버지인 송준호로 결정되어 있었기 때문이었다.

감독은 아버지와 아들의 연기 대결로 이슈를 끌고 싶은 모양이었지만, 찬혁은 아직 아버지와 같은 작품에 출연하고 싶은 마음이 없었다.

'아직이 아니라 영원히가 될지도.'

피식 웃으며 창가로 향했다.

지완은 아마 눈코 뜰 새 없이 바쁠 것이다.

지금쯤 부산에서 하는 공연 무대에 설 준비를 하고 있겠지.

이럴 때에 지완의 옆에서 잘 하라고 응원을 해주고 싶은데, 그럴 수가 없으니 답답했다.

누군가를 사랑하는 것이 처음이라, 이렇게 수시로 그리운 마음이 드는 게 정상인지 아닌지조차 알 수 없었다.

이러다가 지완이 내게 질리면 어쩌나 걱정이 되기도 하지만, 그러면 바짓가랑이 붙잡고 매달려야지, 라는 각오를 다지는 찬혁이었다.

떠난다는 여자 바짓가랑이 잡고 매달릴 각오를 하다니. 찬혁의 팬들이 알면 땅을 치며 통곡할 일이다.

오전부터 하늘이 흐리다 싶었는데, 하얀 가루가 나풀나풀 흩날리기 시작했다.

눈이 내리고 있었다.

사락사락 내리던 눈은 어느새 큼지막한 함박눈으로 변했다. 세상이 희게 덮이는 건 순식간이었다.

예전에는 이러한 광경을 봐도 아무 느낌이 없었다. 하지만 지금은 하얗게 변한 세상을 공유하고 싶은 사람이 생겼다.

지완에게 전화를 걸고 싶어 휴대폰을 들었다가, 생각을 바꿔 카메라 어플로 눈 덮인 거리를 찍었다.

높은 곳에서 찍은 하얀 세상.

민하에게 사진과 함께 메시지를 보냈다.

- 눈 온다. 같이 걷고 싶어.

이 문자를 본 민하는 오만상을 찌푸렸다가 지완에게 똑같이 보내줄 것이다.

친구들에게 고마웠다.

풍월 준비 기간까지 합쳐서 거의 10년이라는 시간을 함께 하는 동안, 찬혁이 그들에게 보여준 모습은 '무(無)'였다.

친해지고 싶어서 다가오는 그들을 무시하고, 그들이 보여주는 우정이나 애정에 답을 한 적이 한 번도 없었다.

항상 무시하다가 도움이 필요하니 친구 타령을 하는 찬혁의 행동이 어처구니없을 법도 한데, 그들은 두말없이 찬혁을 도와주고 있었다.

이런 사람들이 곁에 있다는 것을 진작 알았더라면 좋았을 텐데.

'지완이 네가 내게 와주지 않았다면, 난 여전히 눈과 귀를 닫고 내 어둠에 빠져 있었겠지.'

지완을 처음 만난 날 그녀가 보여준 햇살 같은 미소는 여전히 생생하게 뇌리에 남아 있었다.

지완은 처음으로 찬혁의 어둠을 비집고 들어온 빛이었다.

처음에는 작았던 빛이 점점 커져서, 어둠에 가려져 보이지 않던 것들을 볼 수 있게 도와주었다.

얼마나 그러고 있었을까.

달칵.

문 열리는 소리가 들리고.

"으아, 눈 진짜 많이 오네."

재희가 돌아왔다.

"거기 서서 뭐하냐?"

"지완이 생각."

"…그러시겠지. 안 들어도 빤한 걸 물었네, 내가."

재희가 투덜거리며 소파에 앉았다.

"밥은 먹었냐?"

"아직."

"민하도 한 시간 정도 후에 오니까, 뭐 시켜먹자. 매운 거 당기네."

"그래."

"그러고 보니 요새 임지완 여자설이 다시 돌고 있더라."

"그래?"

찬혁도 창밖에서 시선을 떼고 소파로 와서 앉았다.

"풍월 활동도 끝났겠다, 다시 소문이 돌 만 하지. 게다가 지완이,
요새 진짜 예뻐졌거든."

"원래 진짜 예뻤는데."

"…그러시겠지. 여자는 사랑을 하면 예뻐진다잖냐. 예전엔 예뻤
어도 여성스럽다는 느낌은 없었는데, 요샌 정말 여성스러워졌어.
그나마 풍월 새 멤버설 때문에 이 정도지, 그거 아니었으면 벌써 여
자라는 거 들켰을걸."

"그래."

"아마 조만간 정말로 여자라는 게 알려질 거야. 누군가 물고 늘

어질 수도 있고. 네가 하는 일은 어때? 시간 안에 끝낼 수 있겠어?"

"끝내고 말고 할 것도 없어. 늘 준비되어 있었으니까."

"늘… 준비되어 있었다고?"

"그래. 다만…"

찬혁은 작게 한숨을 내쉬었다.

"다만 모조리 깨부술 자신이 없어서 숨을 죽이고 있었을 뿐이야."

"그 자신이, 지금은 생긴 거냐?"

"부수지 않을 수 있다면 그러고 싶어. 하지만 내가 머뭇거리다가 지완이가 다치게 되는 일은 싫으니, 부숴야지. 마지막 퍼즐 하나만 손에 들어오면."

현준은 대기실에 앉아 지완의 촬영이 끝나기를 기다리며 지완의 앞으로 들어온 광고 제의를 검토하고 있었다. 그때, 대기실 문이 열리고 민하가 들어왔다.

민하는 그 여느 때보다도 지쳐 보였다.

"무슨 일이냐?"

"얘기 좀 합시다, 형."

민하가 의자를 끌어와 현준의 앞에 앉았다.

"무슨 일 있냐?"

"이걸 좀 보세요."

민하가 현준에게 휴대폰을 내밀었다.

민하의 메시지함은 찬혁에게 온 문자로 가득 차 있었다.

- 보고 싶다.

- 오늘 밤 꿈에 네가 나왔으면 좋겠어.

- 네 목소리가 듣고 싶어.

- 눈 온다. 같이 걷고 싶어.

- 오늘 점심이야. 먹다보니 네 생각이 나더라.

- 이 운동화 예쁘지? 한정판으로 나온 건데 나중에 커플 운동화 할까?

- 하늘이 우중충해. 오늘도 눈이 내릴 것 같은데 따뜻하게 입고 다녀.

사진도 첨부되어 있는 사랑 가득한 문자들을 다 읽은 후, 현준이 입을 열었다.

"너, 찬혁이랑 연애하냐?"

"…형. 나 진짜 죽겠어요."

"하하하하하. 찬혁이가 이렇게까지 로맨틱할 줄은 몰랐네."

"아주 그냥 징그럽게 로맨틱한 새끼예요. 그래서 난 죽겠고요! 난 뭔 잘못이냐고! 왜 내가 그 둘 사이에 끼어서 이런 걸 당해야 하냐고요!"

"하하하하하."

민하와 재희가 찬혁과 지완의 메신저 역할을 해준다는 것은 들어서 알고 있었다. 하지만 이 정도일 줄은 몰랐다.

이게 정말로 현준이 아는 그 '송찬혁'이 보낸 것들인지 의심스러울 지경이었다.

"일을 하다가요, 형. 드르르. 진동이 와요. 그래서 확인을 해보면 징그럽게 달달한 문자가 와 있다니까요? 다른 사람도 아니고 송찬혁한테!"

"하하하하하."

"이제는 진동만 와도 경기를 일으켜요, 내가. 아주 미치겠다고. 차라리 문자 끝에 '이렇게 전해줘.'라고만 붙여도 소원이 없겠어요. 아니, 왜 이렇게 나한테 하는 말인 것처럼 보내냐고. 난요, 형. 사랑 따위, 세상에서 다 사라졌으면 좋겠고요. 커플 따위, 다 소멸했으면 좋겠어요. 진심으로요."

"하하하하하하."

"아, 웃지 마요. 나 지금 심각하다고. 아주 바싹바싹 말라간다고요, 내가!"

"하하하하하."

하지만 현준은 웃을 수밖에 없었다.

송찬혁이 하다하다 이런 짓까지 하다니.

누가 믿겠는가. 찬혁이 이런 짓을 한다는 걸.

현준은 제 눈으로 보고도 믿어지지가 않았다.

"풍월 활동 접고 대기실에서도 못 만나니까 아주 죽겠나봐요, 진짜. 이 둘 좀 어떻게 해줘요. 안 그러면 나 진짜 미쳐 돌아버릴지도 몰라."

민하는 이미 돌아버린 눈빛으로 말했다.

그래서 현준은 찬혁과 지완을 자연스럽게 만날 자리를 마련해줘 야겠다고 생각했다.

승호에게 이 이야기를 했더니 "요새 빙어철이지. 빙어나 잡으러 가."라는 대답이 돌아왔다.

'제1회 MS 엔터테인먼트 빙어 축제'가 찬혁과 지완 때문에 열렸 다는 사실을 아는 사람은, 풍월 멤버와 현준, 제나밖에 없었다.

'제1회 MS 엔터테인먼트 빙어 축제'에는 소속사 직원들과 시간 이 되는 연예인들이 참가했다.

하루 빌린 낚시터는 딱 좋게 얼어 있었고, 날씨도 좋았다. 하늘은 맑고, 기온은 낮지만 바람이 많이 불지는 않았다.

소속사에서 처음으로 여는 축제인지라, 모인 사람들은 코가 빨 개졌는데도 다들 즐거워 보였다.

삼삼오오 모여서 얼음에 구멍을 뚫고, 낚싯대를 드리웠다.

"잡았다!"

"우와, 벌써?"

"으아, 이거 어떻게 빼내야 돼?"

여기저기서 그런 소리들이 울려 퍼졌다.

낚시에 참가하지 않고 저들끼리 모여서 수다를 떠는 사람들도 있었다.

지완과 풍월 멤버는 작은 구멍을 가운데 두고 둘러앉아 있었다.

진지한 표정으로 구멍을 노려보는 지완의 모습을, 찬혁 역시 진지하게 응시하고 있었다.

"지완이 얼굴 뚫리겠네. 지완이가 빙어냐, 이 로맨틱한 자식아?"

민하가 투덜거렸지만, 찬혁의 시선은 지완에게서 떨어질 줄을 몰랐다.

"놔둬라. 입이라도 다물고 있으니 얼마나 다행이냐. 괜히 자극하지 마."

재희가 민하를 말렸다.

민하도 아차 싶었는지 얼른 입을 다물었지만 이미 늦었다.

"지완이는 집중하는 모습도 진짜 예쁘다. 언제부터 이렇게 예뻤을까? 역시 태어날 때부터겠지?"

찬혁이 중얼거린 말에 민하가 오만상을 찌푸렸다.

"작작 좀 달콤해라, 이 로맨틱한 자식아. 하여간 꿀도 이런 꿀이 없어요. 달아서 속이 메스껍네, 진짜."

그때, 찌가 움직였다.

"아!"

지완이 감탄사를 뱉으며 낚시대를 끌어올렸다.

줄 끝에 은빛으로 빛나는 빙어가 파닥거리고 있었다.

"우와! 나 잡았어!"

지완이 환하게 웃으며 외쳤다.

"잘했어!"

기회는 이때다 싶었는지, 찬혁이 벌떡 일어나서 지완을 끌어안았다. 낚시에 성공한 후배가 기특해서 포옹을 해준다는 건 있을 수 있는 일이기에, 그 광경을 아무도 이상하게 생각하지 않았다.

하지만 기특해서 포옹을 해줬는데 한참이 지나도 떨어지지 않는다는 건, 충분히 이상한 일이었으므로 재희가 찬혁의 무릎 뒤를 퍽 쳤다.

"적당히 해라. 안 그래도 지완이 여자라고 의심받는 마당에."

그제야 찬혁도 보는 눈이 있다는 걸 깨달은 듯 지완을 놔주었다.

지완은 얼굴이 빨개져서 찬혁을 올려다봤고, 찬혁은 그런 지완이 못 견디게 사랑스러워서 그녀의 머리를 쓰다듬어주었다.

"잘했어. 이렇게만 해."

"응, 형!"

하염없이 지완의 머리를 쓰다듬는 찬혁의 무릎 뒤를….

퍽.

이번에는 민하가 때렸다.

"적당히 하랬지? 이 꿀 같은 자식아."

찬혁은 아쉬워하며 도로 간이 의자에 쭈그리고 앉았다.

지완은 빨개진 얼굴로 빙어를 떼어내서 통에 담았다.

날씨가 추워서 다행이었다. 안 그랬으면 다들 이 붉어진 얼굴을 수상하게 여겼을 테니까.

"놀고들 있어, 아주."

뒤에서 들려오는 소리에 고개를 돌리니, 제나가 두꺼운 패딩을 입고 서서 덜덜 떨고 있었다.

"추워 죽겠는데, 여긴 아주 뜨거워 죽겠네. 얼음 다 녹겠다."

"누나."

둘이 있을 때는 '언니'라고 하지만, 모두가 있는 곳에서는 '누나'라고 하기로 합의를 봤다.

"으아, 추워. 추워 죽겠는데 이게 뭔 짓이람. 찬바람 쐬면 피부 상하는데."

"그럼 넌 오지 말지 그랬냐, 김순미."

"아, 진짜. 민하 오빠. 그 이름 부르지 말랬지?"

"순미한테 순미라고 하지, 뭐라고 하냐?"

"오빠. 찬혁이 오빠 때문에 받은 스트레스, 나한테 풀지 좀 말아줄래?"

"나 때문에 스트레스 받았어?"

찬혁의 질문에 민하의 짙은 눈썹이 위로 올라갔다.

금방이라도 폭발할 것 같은 민하의 팔을, 지완이 붙잡았다. 지완은 새끼 고양이 같은 눈으로 민하를 빤히 응시하며 말했다.

"선배, 나 때문에 고생시켜서 미안해."

순진한 눈을 보면서도 화를 낼 수는 없었는지, 민하는 분노를 가라앉히고 말했다.

"너 때문인 거 아냐. 고생도 한 적 없고."

"나 대할 때랑은 진짜 180도 다르네. 짜증나."

제나가 투덜거렸다.

"같게 생겼냐? 지완이는 착하잖아."

"나도 착하거든?"

"김순미, 너… 한국말 잘 모르냐? 착하다는 게 대체 무슨 뜻인지 몰라?"

"아, 진짜. 오빠, 좀!"

제나가 버럭 성질을 냈을 때였다.

술렁.

낚시터의 공기가 변했다.

화를 내던 제나조차도 입을 다물고 뒤를 돌아봤다.

한 여자가 손에 물병 하나를 들고 낚시터의 얼음 위를 천천히 걸어오고 있었다.

낚시터와 어울리지 않는 흰색 고급 코트를 걸친 그녀는, 미끄럽지도 않은지 우아한 걸음으로 풍월 멤버가 있는 쪽으로 다가오는 중이었다.

'평범한 사람이 아니야.'라는 아우라가, 그녀를 둘러싸고 있었다.

제나는 처음 본 순간, 그녀가 최해림이라는 것을 알 수 있었다.

자신에게 주목된 사람들의 시선이 당연하다는 듯, 그녀는 입가에 옅은 미소까지 띠고 있었다. 그녀의 존재감이 얼마나 강한지, 그 뒤를 따라오는 장신의 남자는 눈에 들어오지 않을 정도였다.

찬혁이 해림을 향해 다가갔다.

해림은 자신의 앞에 멈춘 찬혁을 올려다보더니, 검지로 찬혁의 어깨를 살짝 밀었다.

"오늘은 너 보러온 거 아냐."

"최해림."

"비켜."

찬혁은 비키지 않았고, 해림은 그럴 줄 알았다는 듯 찬혁의 옆으로 고개를 기울였다.

해림의 눈이 찬혁의 뒤에 서 있는 지완에게서 멈췄다.

지완의 주위에 서 있는 민하나 재희, 제나는 보이지 않는다는 듯, 지완을 똑바로 응시하며, 해림이 입을 열었다.

"너, 여자니?"

지완은 말없이 해림의 시선을 받아냈다.

"아니면 남자니?"

그렇게 말하며 찬혁을 벗어나 지완에게 다가가려는데, 찬혁이

해림의 손목을 잡았다.

"그만둬."

"말했잖아, 너 보러온 거 아니라고."

"해림아."

"이 손, 놓는 게 좋겠어. 화가 날 것 같거든."

찬혁은 주위를 둘러봤다.

동료 연예인들이 이쪽을 주시하고 있었다.

해림이 지완에게 해코지를 하게 둘 순 없었다. 그러나 아직은 해림의 뜻을 거스를 때가 아니었다.

그때.

"형. 그 손 놓는 게 좋겠어. 그분이 화를 내시기 전에."

지완이 말했다.

지완의 말을 듣자마자 찬혁의 손에서 힘이 빠졌고, 해림의 표정은 굳어졌다. 하지만 해림은 재빨리 표정을 갈무리하고 지완을 향해 걸어갔다.

지완의 앞에 멈춰선 해림은 냉랭한 눈으로 지완을 빤히 응시하며 물었다.

"남자냐, 여자냐. 그 질문에 왜 대답을 못 하니? 어려운 질문을 하는 것도 아닌데."

"그런 콘셉트라서요."

"그래?"

해림이 들고 있던 물병을 지완의 머리 위로 올렸다. 물병이 기울었고, 안에 담긴 차가운 생수가 지완의 머리 위로 쏟아져 내렸다.

"헉!"

"어떡해!"

"뭐야?"

구경하던 연예인들이 술렁거렸다.

"어머, 젖었네. 너, 옷 벗어야겠다."

빙그레 웃으며 말하는 해림을, 지완은 똑바로 응시했다.

영하의 추운 날씨.

머리카락에서부터 떨어진 물이 목을 타고 흘러내려 옷 속으로 들어왔다. 차가운 물이 얼어붙기 시작했지만, 지완은 눈썹 하나 꿈틀하지 않았다.

이 정도의 차가움은 아무것도 아니다.

주린 배를 움켜쥐고 잘 곳을 찾아다녔던 때의 추위에 비하면, 이것은 오히려 따뜻할 지경이다.

머리카락에 묻은 물이 바싹 얼어붙어도, 눈썹 끝에 작은 고드름이 맺혀도, 그때의 추위에 비하면 아무것도 아니었다.

어깨 위에 덮인 따뜻한 것은, 제나가 입고 있던 점퍼였다.

"이봐요!"

지완을 안듯이 겉옷을 입혀준 제나가 한소리를 하려는데, 재희가 제나의 입을 틀어막았다.

"읍! 우우! 이어아!"

버둥거리는 제나를, 재희가 끌고 갔다. 제나가 하도 몸부림을 쳐서 민하까지 합세했다.

세 사람이 멀어진 후, 찬혁이 해림에게 말했다.

"너, 지금 뭐 하는 거냐?"

"쉿. 여긴 네가 낄 자리 아니야, 송찬혁. 넌 거기 가만히 서서 구경이나 해."

해림이 속삭이듯 말했다.

"구경이라니. 최해림, 너…."

"이분 말이 맞아요."

지완이 찬혁의 말을 끊었다.

찬혁이 눈을 부릅뜨고 지완을 돌아봤다. 지완의 연갈색 눈동자는 해림을 향해 있었다. 그 태양 같은 눈동자는 조금도 흔들리지 않았고, 공포에 질리지도 않았다.

저 하늘에 뜬 태양이 그렇듯, 지완의 눈동자 또한 고요하게 해림을 주시하고 있었다.

"지금 여긴 선배가 낄 자리 아닙니다. 선배는 입 다물고 구경이나 하세요."

생각지도 못한 말에 찬혁은 벌어진 입을 다물 수가 없었다.

파지직!

노려보는 지완과 해림의 시선이 부딪쳐 날카로운 불꽃을 일으키

312

고 있었다. 가까이 다가갔다가는 타죽을 것만 같아, 그 자리에 있는 어느 누구도 끼어들 생각을 하지 못했다.

모두가 숨을 죽인 가운데, 쿡쿡, 해림의 웃음소리가 울렸다.

"그런 설정이라니. 촌스럽긴. 요새 같은 세상에 시크릿, 별로인 거 모르니?"

"글쎄요. 그런 것치고는 꽤나 잘 나가는 중입니다만."

"흐응. 그래?"

해림의 입가에 싸늘한 미소가 맺혔다.

보는 이의 등골까지도 오싹하게 만드는 미소였지만, 지완의 눈동자는 여전히 고요했다.

"그렇다면 임지완."

해림이 지완의 얼굴을 향해 손을 뻗었다.

물에 젖어 얼어붙은 앞머리를, 해림은 손가락 끝으로 살짝 쳐내며 말했다.

"내가 알려줄게. 내 말이 옳다는 걸."

"네. 기쁜 마음으로 배우겠습니다."

한마디도 지지 않는 지완이 마음에 안 드는지, 해림이 처음으로 인상을 구겼다.

하지만 그것은 아주 잠시일 뿐. 해림은 다시 옅은 미소를 띠고 돌아섰다.

"갈래. 송찬혁, 넌 나랑 같이 돌아가자."

잡고 싶다.

지완은 멀어지는 찬혁의 뒷모습을 보며 주먹을 꽉 움켜쥐었다.

차가운 물을 뒤집어쓰는 건 괜찮았다.

무시를 당하는 것도 상관없었다.

하지만 내 사랑하는 남자가 개장수에게 잡힌 개처럼 끌려가는 모습을 지켜보는 건 유쾌하지 않았다.

이제 와서야 몸이 차갑게 식어 추위가 느껴졌다.

수건 하나가 지완의 머리를 감싸고, 차가운 손에 따뜻한 핫팩이 쥐여졌다.

고개를 들자, 현준의 걱정스러운 얼굴이 보였다.

"춥지?"

"네, 춥네요."

"막아주지 못해서 미안하다."

"아닙니다. 그 상황에서 막았으면 여러 가지로 복잡해졌겠죠."

"그래."

현준이 수건으로 지완의 얼어붙은 머리카락을 조심스레 닦았다.

"네가 최해림을 도발할 줄은 몰랐다."

"네, 저도요."

지완은 고개를 숙였다.

도발하지 말았어야 했던 걸까?

그의 목줄을 움켜쥔 여자에게 고분고분 굴어야 옳았을지도 모르겠다.

"사실은 애원해볼까도 생각했습니다. 무릎을 꿇고라도, 전 남자입니다, 잘 좀 봐주세요. 그렇게 말하는 거 어렵지 않았습니다. 그런데… 안 될 것 같더라고요."

"뭐가?"

"그 여자 앞에서 비굴해지는 거."

"…"

"찬혁이 형의 목줄을 쥔 그 여자 앞에서 비굴해지면, 그 목줄을 끊을 기회가 두 번 다시는 없을 것 같았어요. 저도, 찬혁이 형도."

현준이 작게 한숨을 내쉬었다.

"지완아, 괜찮아?"

제나가 날카롭게 외치며 달려오다가.

콰당!

미끄러졌다.

"아파!"

바락 외치는 소리에, 민하가 웃었다.

"넌 바보냐? 그러게 얼음판 위에서 뛰긴 왜 뛰어?"

"아, 진짜. 아프다고! 아프다는데 꼭 그렇게 놀려야 돼?"

"놀리다니. 한탄하는 거다, 네 멍청함에."

"에이씨, 일으켜줘."

"내가 왜?"

"일으켜 달라고! 좀!"

"싫어."

그러고서 뒷걸음질을 치는 민하 대신, 재희가 제나의 손을 잡아 일으켜줬다.

일어나자마자 제나는 민하를 확 밀어버렸다. 당연히 이번에는 민하가 넘어졌다.

"김순미! 너 죽을래?"

"안 죽을 거야. 너나 죽어."

"이리 와, 너! 저 아래서 빙어 친구들을 만나게 해줄 테니까."

"빙어 친구들을 가진 건 오빠겠지. 오빠는 머리가 빙어 수준이잖아, 딱."

"누가 누구한테 할 소리를 하셔?"

해림의 등장으로 오묘했던 낚시장의 분위기는, 민하와 제나의 바보짓으로 인해 다시 부드럽게 변했다.

긴장하고 있던 연예인들이 다시 웃으며 각자 할 일로 돌아가는 모습을 지켜보다가, 지완이 웃었다.

"저 두 사람한테 고맙네요. 바보짓을 해준 덕분에 다시 원래 분위기로 돌아갔으니까."

지완의 순진한 발언에, 현준은 고개를 살살 저으며 말했다.

"아니, 지완아. 혹시 오해할까 봐 하는 말인데. 저 둘은 그냥 진짜 바보야."

해림을 태우고 왔던 차는 서울을 향해 조용히 달리고 있었다. 늘 그렇듯 창성이 운전대를 잡고 있었다.

올 때와 달리 뒷좌석에는 두 사람이 앉아 있었다.

해림과 찬혁.

창성은 제발 찬혁이 쓸데없는 소리를 하지 않기를 바라며 차를 운전했다.

무거운 침묵 속에서 달린 지 얼마나 됐을까.

"왜 이런 짓을 한 거지?"

찬혁이 입을 열었다.

'찬혁아, 제발!'

창성은 속으로 외쳤다.

"이런 짓이라니. 어떤 짓을 말하는지 모르겠는데?"

"내가 말했을 텐데. 나에게는 계획이 있다고. 내가 정점을 찍을 때까지 내 일에는 터치하지 않기로 한 거 아니었나?"

"내가 네 일에 터치했니, 지금?"

해림이 고개를 돌려 찬혁을 응시했다.

"나는 임지완이랑 대화를 한 것뿐인데. 그게 왜 네 일이 되지?"

"나 때문에 임지완을 건드린 게 뻔하니까."

"꼭 내가 건드리면 안 될 사람을 건드리기라도 한 것처럼 말하는 구나."

"MS에서 잘 키우고 있는 애야. 그런 짓을 할 필요는 없었잖아."

해림의 눈이 가늘어졌다.

"너, 지금 어디서 굴러먹다 왔는지 모를 여자애 때문에, 나한테 이빨을 드러내는 거니?"

"지완이는…."

"나한테 거짓말하지 마. 영원히 감출 수 있을 줄 알았어? 그 애가 여자라는 걸? 어디를 봐도 계집애던데, 속는 게 이상하지."

"…."

"최현준이 임지완 매니저를 하고 있다면서? 부대표까지 발 벗고 나서서 궂은일을 하게 만들 정도라면, 임지완이라는 애 잠자리 기술이라도 아주 뛰어난가 봐? 강재희랑 정민하, 최현준, 그리고."

해림이 찬혁의 뺨에 살며시 손을 얹었다.

"내 개까지. 얼마나 허리를 돌려댔기에, 이 남자들이 홀려서 정신을 못 차리는 걸까? 다른 놈들이야 그렇다 쳐도, 내 개까지 주인 몰라보고 짖게 만드는 건 기분이 아주 별로야."

찬혁은 말없이 해림을 노려봤다.

하고 싶은 말이 많았다.

그러나 아직은 그 말을 다 내뱉을 때가 아니었다.

시기상조라는 것은 알지만, 해림의 입에서 지완을 폄하하는 말들이 흘러나오는 걸 듣고만 있기는 힘들었다.

아마도 그것을 알기에 해림은 더 지독한 말들을 하기 위해 준비하고 있을 것이다.

"차 세워."

찬혁은 해림에게서 눈을 떼고 창성에게 말했다.

창성은 못 들은 척 계속해서 운전했다.

"차 세우라고."

찬혁은 다시 한번 말했다.

해림이 피식 웃었다.

"세워줘."

그제야 창성은 차를 갓길에 세웠다.

찬혁은 내렸고, 해림은 붙잡지 않았다.

문을 닫자마자 차가 출발했다.

멀어지는 차를 노려보던 찬혁은 주위를 둘러봤다.

고속도로였다.

차들이 쌩쌩 지나가고 있었다.

위험했지만 그것이 위협으로 느껴지진 않았다.

혼자서 갓길을 따라 걷는 시간은 길지 않았다.

처음에 찬혁 혼자 걷는 걸 보고 속도를 줄인 자동차의 주인이, 그 사람이 찬혁이라는 것을 알아보고 차를 세웠다. 다른 차들도 마찬가지였다.

어느새 찬혁의 주위로 사람들이 모여들었고, 여기저기서 사진을 찍어댔고, 사인을 요구했고, 함께 사진 찍기를 요구했다.

몰려드는 팬들의 부탁들을 들어주며, 찬혁은 그중 한 사람에게 태워 달라고 말을 걸었다.

찬혁에게 선택받은 팬은 우쭐해하며 찬혁을 태웠다.

그 사람은 들떴는지 서울로 올라가는 내내 떠들어댔고, 찬혁은 그 말에 적당히 대꾸하며 어렵게 서울로 돌아왔다.

다시 낚시를 시작하긴 했지만 아까처럼 즐겁지는 않았다. 통 속에 빙어가 한 마리, 두 마리씩 늘어났지만, 아까와 같은 환호는 없었다.

찬혁은 어떻게 되었을까.

아직 해림과 함께 있을까.

다시 돌아오지는 않을까.

지완을 생각해서인지 평소보다 말이 많은 제나와 민하에게 고마워서라도 이 분위기를 즐기고 싶었으나, 축 가라앉은 마음이 마음대로 움직여주지 않았다.

그때였다.

낚시터가 소란스러워진 것은.

찬혁이 돌아왔나 싶어 휙 돌아봤지만, 그건 아닌 것 같았다. 한 무리의 동료들이 모여서 휴대폰으로 무언가를 보고 있었다.

"헐. 기사 떴네."

"어쩌냐."

"뭐야, 아까 그 여자가 찬혁 선배 버리고 간 거?"

'찬혁'이라는 이름에 정신이 번쩍 들었다.

지완은 황급히 휴대폰을 꺼냈다.

기사를 찾아볼 것도 없었다.

이미 포털의 메인에 떠 있었다.

찬혁이 고속도로에서 혼자 걷는 모습이 목격되었고, 어느 팬의 차를 얻었다고 떠났다는 것이 기사 내용이었다.

찬혁이 걷는 모습, 팬들에게 사인을 해주는 모습, 어느 차에 올라타는 모습 등이 찍힌 사진들이 기사에 수록되어 있었다.

찬혁이 떠난 지 두 시간도 채 안 됐는데, 수십 개의 관련 기사가 올라왔다.

'이런 거구나. 찬혁이 형의 삶은.'

찬혁과 함께하는 시간이 길어질수록, 그가 왜 자신의 삶에 대해서 그토록 숨 막혀 했는지 절감하게 되었다.

지완이 안타까운 마음으로 기사들을 보고 있을 때, 찬혁은 MS

엔터테인먼트 본사에서 승호를 만나는 중이었다.

"기사, 막아줄까?"

승호도 이미 기사를 본 듯, 찬혁이 소파에 앉기도 전에 물었다.

"아니요, 괜찮습니다."

"흐음. 이런 짓을 하고 다니는 데는 생각이 있는 거겠지?"

"네. 오늘 최해림이 지완이를 만나고 돌아갔습니다. 지완이가 최해림 신경을 많이 긁어놨죠."

"그래?"

찬혁은 낚시터에서 있었던 일을 설명했다. 승호가 피식 웃었다.

"역시 강단이 있군."

"강단이 있죠. 하지만 이 일 때문에 지완이 활동에 지장이 생길 겁니다."

"그건 임지완이 알아서 할 일이지. 그 부분까지 내게 보호를 요구하지 마라."

"안 도와주실 겁니까?"

"임지완에게는 두 가지 선택이 있었어. 최해림의 기분을 맞춰준다, 최해림의 속을 뒤집어놓는다. 지완이가 두 번째 선택을 했다면, 그 선택에 대한 책임을 질 각오가 되어 있기 때문이겠지. 내가 임지완을 위해 해줄 수 있는 건, 그 애가 두 번째 선택을 한 것에 대해 나무라지 않는 것뿐. 그 이상은 과보호야."

승호가 냉랭하게 말했다.

이런 말을 예상했기에 찬혁도 딱히 반발하지 않았다.

"알겠습니다. 아무튼 물의를 일으켜서 죄송합니다."

"이 정도는 물의도 아니야. 가봐라."

꾸벅 인사를 하고 나가려던 찬혁이 다시 승호를 돌아봤다.

"아, 대표님. 하나 부탁드리고 싶은 게 있는데."

무슨 부탁인지 말하기도 전에, 승호가 주머니에서 차 키를 꺼내 찬혁을 향해 던졌다.

찰랑.

차 키를 받아든 찬혁은 꾸벅 인사를 하고는 대표실에서 나왔다.

제1회 MS 엔터테인먼트 빙어 축제를 끝내고 집에 돌아왔을 때는, 늦은 밤이었다.

계단을 걸어 올라가던 지완은 어두운 계단에 쭈그리고 앉아 있는 사람을 발견했다.

찬혁이었다.

천천히 올라가 그의 앞에 멈췄다.

그는 지쳐 보였고, 그의 어깨는 무거운 짐을 올려놓은 듯 축 늘어져 있었다.

앉아 있는 그의 앞에 서서 그의 정수리를 가만히 내려다보다가 말했다.

"빙어를 실컷 먹었어."

"미안해."

"빙어는 처음 먹어봤어. 살아 있는 채로 먹는 줄은 몰랐어. 펄떡 펄떡 뛰는 걸 그냥 초고추장에 찍어서 먹으라고 하는데, 으으. 그건 진짜 못 먹겠더라고."

"미안해."

"튀김은 맛있었어. 살아 있는 채로 튀김가루를 묻혀서 튀기더라고. 고소하고 부드럽고. 그런 건 처음 먹어봐. 내가 먹어본 튀김 중에 제일 맛있는 것 같아."

"미안해."

"정말 배가 터지게 먹었어. 민하 선배는 빙어 회도 잘 먹더라. 퍼덕거리는 거 그냥 입에 넣고 우적우적 씹어 먹는데, 심지어 보고 있기 무섭더라. 마지막에는 빙어 말고 다른 물고기로 매운탕도 끓여 먹고 왔어."

"미안해, 지완아."

계속되는 그의 사과에, 지완의 눈썹 끝이 내려갔다.

지완은 허리를 굽혀 그를 끌어안았다.

나의 온기가 그에게 전해지기를, 그의 어깨에 얹어진 무거운 짐을 조금이나마 녹여주기를 바라며.

지완은 그의 귓가에 속삭였다.

"미안하다고 하지 마, 형. 나는 지금 형한테 사소하지만 행복한 이야기들을 할 수 있어서, 세상을 다 가진 기분이니까."

찬혁의 손을 잡고 집으로 들어왔다.

한참 밖에 있었던 그의 몸은 차갑게 얼어 있었다.

지완은 보일러의 온도를 높인 다음, 주방에서 따뜻한 코코아를 탔다.

코코아가 담긴 머그컵을 그에게 건네고, 어디에 앉을까 망설이다가 그의 옆에 앉았다.

"우리, 이렇게 둘이 만나도 되는 거야?"

지완의 조심스러운 질문에 찬혁이 쓰게 웃었다.

지완이 이런 걸 걱정하게 만든 자신의 무력함 때문이었다.

"응, 어차피 최해림은 눈치를 챘어. 이제 와서 안 만난다고 달라지는 것도 없겠지."

"미안해. 내가 아까 그런 식으로 행동하면 안 됐던 건데."

"아니, 잘했어. 오히려 내가….."

"형, 우리 그냥. 미안하다는 말 하지 말자."

"그래. 그러자."

찬혁이 두 손으로 쥐고 있던 머그컵을 가만히 내려다봤다.

"최해림은 화가 났고, 아마 곧 움직이기 시작할 거야. 네가 여자라는 것도 너의 과거도 최해림이 직접 움직이면 쉽게 알아내겠지."

"응."

"네 과거를 아는 사람이 누구누구야?"

"대표님이랑 부대표님, 풍월 멤버들이랑 제나 언니."

"딱 그들뿐이야?"

"응."

"그럼 네 과거가 새어나가는 일은 없겠군. 널 알아보는 사람이 없는 이상."

"아마 없을 거야. 나는 없는 사람이었으니까. 소매치기를 하다가 특별히 걸린 적도 없었고. 몇몇은 내 얼굴을 주의 깊게 봤겠지만, 그때와 지금의 나는 많이 다르거든. 얼굴도, 표정도."

"그렇게 달라?"

"응. 가끔 거울을 보면 깜짝 놀라. 이게 정말 내 얼굴인가 싶어서."

"나도 널 볼 때마다 깜짝 놀라. 이 예쁜 사람이 정말 내 사람인가 싶어서."

지완의 눈이 가늘어졌다.

"뭐야, 그게."

발그레 물드는 그녀의 뺨이 사랑스러웠다.

찬혁은 머그컵에 담긴 코코아를 한 모금 마셨다.

"달다."

"응. 좀 진하게 탔어. 오늘 아무것도 못 먹었잖아."

"아아, 그러고 보니 그러네."

찬혁은 컵 안에 담긴 진한 코코아를 물끄러미 내려다봤다. 이 안에 담긴 지완의 마음이 전해졌다.

신경을 써주고 있구나. 나의 끼니까지도.

그것이 참으로 기쁜 일이라는 걸, 지완을 만나 알게 되었다.

불현듯 화장실에서 그녀를 처음 봤을 때의 일이 떠올라 웃음이 나왔다.

"왜 웃어?"

"널 처음 만났을 때가 떠올라서."

"아아, 그때. 그런 때도 있었지. 1년도 안 됐는데 되게 옛날 일처럼 느껴지네."

"만약 그때 내가 보여 달라고 하면 어쩌려고 그랬어?"

"어? 아아. 아, 맞다. 내가 그런 소릴 했지."

지완의 얼굴이 빨개졌다.

"아하하하. 보통은 그렇게까지 하면 진짜로 보여 달라고 하는 사람은 없거든. 만약 보여 달라고 하면 정말 당황했을 거야. 그땐 어떻게 그런 짓을 아무렇지도 않게 할 수 있었나 모르겠어. 지금은 그렇게 못 할 것 같은데."

"다행이다."

"뭐가?"

"지금은 그렇게 못 할 것 같아서."

찬혁이 머그컵을 테이블에 내려놓고 지완을 돌아봤다.

"네 그런 모습은 이제 나만 알고 싶거든."

"내 그런 모습, 이젠 형한테도 안 보여줄 거야."

지완의 고집스러운 말에 찬혁이 빙그레 웃었다.

"안 보여줘도 돼. 이미 기억하고 있으니까."

"기억에서 좀 지워주면 안 돼?"

"왜? 얼마나 귀여웠는데."

"귀엽긴… 그땐 정말 사람 대하는 법도 잘 모르고 그래서, 실례되는 행동도 많이 했을 텐데."

"실례라고 생각해본 적 없어. 그래서 좋았고."

찬혁의 커다란 손이 지완의 뺨에 살며시 내려앉았다. 그녀의 뺨을 감싸고, 찬혁은 조심스레 입을 맞췄다.

"네가 하는 모든 게."

입술을 살짝 댄 채, 찬혁이 낮은 음성으로 속삭였다.

"내게는 기적이야."

대답을 해주려고 했다.

형도 내게 있어서 그런 사람이야.

하지만 그의 입술이 뜨겁게 눌러오는 통에 그럴 수가 없었다.

입술과 입술이, 아주 작은 공간도 없이 맞닿았다. 벌어진 입술 사이로 그의 혀가 밀려들어왔다.

입술 근처를 더듬던 혀끝이 안으로 깊이 들어와 지완의 혀를 찾아 헤맸다. 타액과 숨결이 섞이고, 달콤한 전율이 목덜미를 타고 흘렀다.

그의 손이 지완의 등을 부드럽게 쓰다듬었다.

길게 이어지는 키스에 호흡이 가빠왔다.

어째서인지 감각이 예민해져, 스치는 손길에도 움찔움찔 몸이 떨렸다.

그러나 내 등을 어루만지는 그의 손이, 내 입술을 자극하는 그의 입술이 떨어지지 않기를 바랐다. 아니, 오히려 더 원했다.

더 많이, 더 깊이, 더 뜨겁게.

키스를 하고 있음에도 갈증이 느껴졌다.

이윽고 입술이 떼어낸 찬혁이 지완을 응시했다.

가까운 곳에 있는 그의 눈동자는 뜨거운 열기로 가득 차 있었다. 그 검고 깊은 눈동자가 가슴 저릿할 만큼 예뻤고, 그 안에 갇힌 자신의 모습이 유독 사랑스러워 보였다.

그의 눈에 나는 이런 식으로 비치는 걸까? 이렇게나 예쁘고 사랑스럽게?

떨리는 손으로 그의 양쪽 뺨을 감쌌다.

"이제."

그가 눈도 깜빡이지 않고 지완을 응시하며 말했다.

그의 목소리는 낮게 쉬어 있었다.

"집에 가야겠다."

찬혁은 설명하지 않았지만, 지완은 그가 이 상황에서 서둘러 집에 가려 하는 이유를 알고 있었다.

아마도 지완을 생각해서이리라.

지완의 과거를 알기에, 사내를 향한 지완의 두려움을 알기에, 이 이상으로 진행하지 않고 떠나려는 것이겠지. 자신의 욕망을 꾹꾹 눌러 참고.

그의 마음씀씀이가 기쁘고 좋아서, 지완은 속삭였다.

"가지 마, 형. 오늘, 자고 가."

이 여자는 자신이 무슨 소리를 하는지 아는 걸까?

찬혁은 숨도 쉬지 못하고 지완을 내려다봤다.

촉촉하게 젖은 아몬드 형의 눈, 타액으로 반들거리는 붉은 입술, 발그레 상기된 뺨. 그 여느 때보다도 색기를 발하는 그녀의 모습에, 견디기 힘들 정도로 흥분해버렸다.

그녀의 트라우마를 알고 있었다.

그녀를 두렵게 만들고 싶지 않았다.

사실은 전부터, 볼 때마다 수시로 그녀를 원했다. 그녀의 마음을 원하는 만큼, 육체 또한 간절했다.

그러나 무섭게 하고 싶지 않아서 참고, 억눌렀다.

"나는 형을 사랑해."

지완이 엄지로 찬혁의 입술을 살며시 훑었다.

"부대표님도, 재희도, 민하 선배도. 다들 좋은 사람이지만 가끔은 무섭다는 생각이 들었어. 하지만 형은⋯."

지완이 찬혁의 입술에 살짝 입을 맞췄다.

"단 한순간도 무서운 적이 없어."

찬혁의 눈이 가늘어졌다.

"내가 남자로 보이지 않았나 보지?"

지완이 웃었다.

"아니, 알고 있었나 봐. 형이 날 무섭게 하지 않으리라는 걸."

"글쎄. 난 너를 무섭게 할 준비가 잔뜩 되어 있는데. 아주 오래전부터."

"그럼."

지완이 두 팔을 찬혁의 목에 걸고 도발적으로 말했다.

"무섭게 해 봐."

이성이 뚝 끊어질 수도 있다는 것을, 찬혁은 이날 처음으로 알게 되었다.

지완을 번쩍 안아들고 그녀의 방 침대 위로 향하기까지의 기억이 전혀 없었다.

침대에 누운 그녀를 내려다보며 '언제 여기까지 왔지?'라는 생각을 했지만, 그 생각조차 지워버렸다.

지완의 얼굴은 창문으로 들어오는 어스레한 빛을 받아 더욱 요염해 보였다.

찬혁은 키스를 하며, 조심스럽게 지완의 옷을 벗겼다.

"이런 걸 하고 있구나."

지완의 가슴에는 넓은 붕대가 꽉 묶여 있었다. 그것이 오히려 섹시했다.

붕대의 끝에 손가락을 대고 그녀에게 말했다.

"멈추고 싶으면 지금 말해. 이걸 풀고 나면 네가 무슨 말을 해도 못 멈추니까."

지완의 눈이 가늘어졌다.

"멈추지 마."

"하아."

찬혁은 붕대 끝을 풀어내며 고개를 숙였다.

"넌 정말 날 미치게 해."

가슴을 압박하고 있던 붕대가 풀려나가며, 그녀의 가슴이 모습을 드러냈다.

긴 목과 일자 쇄골 아래로 봉긋하게 올라온, 작지만 탄력 있는 가슴이 아름다웠다. 핏줄이 비칠 만큼 희고 깨끗한 피부 끝에 오도카니 선 분홍빛 돌기가 색정적이었다.

"뭘 그렇게까지 관찰해?"

지완이 부끄러운 듯 두 팔로 가슴을 가리려 했지만, 찬혁이 그 손목을 잡아 옆으로 고정시켰다.

"지완아."

"응, 형."

"형이라고 부르지 마, 지금은."

"그럼… 선배?"

"이름을 불러줘."

"…찬혁아."

그녀의 허스키하고 섹시한 목소리가 이름을 불러주는 것만으로도 절정을 느낄 것만 같았다. 찬혁은 지완의 목덜미에 부드럽게 키스를 하며, 느릿하지만 열정적으로 그녀의 몸을 탐했다.

그의 입술이 잔뜩 예민해진 분홍빛 돌기를 머금었을 때, 지완은 저도 모르게 그의 머리를 손으로 쥐었다.

손가락에 부드럽게 감겨오는 그의 머리칼이 기분 좋다고 생각하기도 전에, 감미로운 전율이 전신을 자극했다.

"읏…."

처음으로 느끼는 감각에 신음이 흘러나왔다.

거칠어지는 숨결이, 자꾸만 입술을 비집고 나오는 신음이 창피했지만 참을 수가 없었다.

그가 닿는 곳마다 저릿해서, 몸이 움찔움찔 떨렸다.

조심스럽지만 뜨거운 그의 애무에 정신이 날아갈 것만 같았다. 아니, 이미 날아갔는지도 모르겠다.

하얗게 텅 빈 머릿속을 채운 것은 오로지 그의 향기와 체온뿐이었다.

두려움도, 과거의 기억도 더는 남아 있지 않았다.

송찬혁이 가득 차, 다른 것을 떠올릴 여유도 없었다.

좁지도, 넓지도 않은 적당한 크기의 방 안은 두 남녀의 숨결과 열기로 가득 채워졌다. 누구의 것인지 모를 신음이 흐르고, 누구의 것인지 모를 탄성이 터져 나왔다.

그렇게 뜨겁고도 사랑스러운 밤이 깊어져갔다.

눈을 뜬 지완은 멍하니 천장을 올려다봤다.

여긴 어딜까?

아, 내 방이구나.

그럼 내 목 뒤에 이 단단한 건 뭘까?

아, 그의 팔이구나.

지완은 옆으로 살짝 돌아누웠다.

찬혁이 잠결에도 팔을 움직여 지완을 보듬어 안았다.

그의 가슴에 얼굴을 묻었다.

그의 살 냄새가 좋았다.

'꿈같아.'

어젯밤의 일이 꿈같았다.

얼굴 옆으로 떨어지던 그의 땀방울과 열기 띤 그의 눈동자, 그의 숨소리와 나의 신음 소리, 살과 살이 부딪치며 나던 야한 소리.

구름에 감싸인 듯 꿈결 같은 시간이었다.

그의 품에 안겨 잠이 들고, 깨어났을 때 그가 옆에 있다는 사실이 믿어지지 않았다. 아주 기분 좋은, 세상에서 가장 행복한 꿈을 꾸고 있는 게 아닐까 싶었다.

그렇다면 깨지 않았으면 좋겠다.

영원히 꿈속에 살아도 괜찮으니, 지금 이 순간이 계속되었으면 좋겠다.

다시 똑바로 누우려는 지완을, 찬혁이 끌어안아 움직이지 못하게 했다. 그가 한 팔로 지완을 안고, 다른 손으로 지완의 머리를 쓰다듬었다.

"잘 잤어?"

그가 물었다.

"응."

그의 가슴에 얼굴을 묻고 있어서 제대로 대답할 수가 없었다.

그가 귀여운 듯 키득키득 웃으며 지완의 정수리에 입을 맞췄다. 쪽쪽쪽, 닿던 입술이 지완의 이마에도, 눈썹에도, 눈꺼풀에도, 코끝에도 닿았다.

"아, 진짜 꿈꾸는 것 같다."

찬혁이 아직 잠에서 덜 깬 목소리로 말했다.

"응, 나도."

"피곤하지 않아?"

"괜찮아."

일단 그렇게 대답은 했지만, 사실은 졸렸다.

"난 피곤해. 우리 좀 더 이러고 자자."

찬혁이 이불을 끌어당겨 지완의 목까지 덮어주었다.

토닥, 토닥.

등을 두드리는 그의 손길이 좋았다.

자꾸만 잠이 쏟아졌다.

원래 지완은 잠을 많이 자는 편이 아니었고, 잠귀가 밝았다. 옆에 누가 있으면 깊이 자지 못하고, 작은 움직임에도 잠에서 깨어나는 재주를 가졌다.

그런데 왜일까.

찬혁의 품에 안긴 지금은 수면제라도 먹은 것처럼 잠이 온다. 지난밤에는 꿈도 꾸지 않고 잤다.

"나 안 졸린데."

중얼거렸지만 결국은 까무룩 잠이 들었다.

새근새근.

고른 숨소리를 내며 잠든 지완의 머리에 가볍게 입을 맞춘 찬혁도, 그대로 잠이 들었다.

지완이 다시 잠에서 깼을 때, 찬혁은 이미 일어나서 지완의 잠든 모습을 지켜보고 있었다.

"형, 언제 일어났어?"

"좀 전에."

"깨우지 그랬어?"

"잘 자는데 뭐 하러 깨워? 네가 자는 얼굴을 좀 보고 싶었어."

"바보 같이 하고 자지 않아?"

"예뻐."

찬혁이 지완의 이마에 붙은 머리카락을 옆으로 걷어냈다.

"정말 예뻐. 이렇게 예쁜 사람이 내 연인이구나, 정말 꿈같다, 라
는 생각이 들 만큼 예뻐."

지완이 얼굴을 붉혔다.

"형도 잘생겼어. 이렇게 멋진 사람이 내 연인이구나, 신기하다,
생각될 만큼."

찬혁이 웃었다.

"언제까지 형이라고 부를 거야?"

"그럼 뭐라고 부를까? 선배?"

"뭐라고 불러야 하는지 알잖아."

"오, 오빠? 나, 오빠라는 호칭은 좀 징그러운데."

"아니, 그거 말고."

"그거 말고? 또 있나?"

"자기야."

"억!"

상상조차 해본 적 없는 호칭에 바보 같은 소리를 내고 말았다. 당황하는 지완을 보며 찬혁이 유쾌하게 웃었다.

"하하하하."

그렇게 소리를 내며 웃는 찬혁을 보는 건 처음이었다.

조각 같은 얼굴 전체로 퍼진 환한 미소가 깜짝 놀랄 만큼 예뻤다.

멍하니 찬혁의 얼굴을 보노라니, 찬혁이 말했다.

"아직은 좀 어색하겠지만. 나중에, 내 상황이 널 더 이상 힘들게 하지 않게 되면, 그땐 그렇게 불러줘."

"자… 자기야…라고?"

"응."

"노… 노력은 해볼게."

"되게 싫어하는 표정인데?"

"아니, 싫은 게 아니고. 그냥 좀 부끄러워서. 그런 거, 진짜 생각해본 적도 없거든."

"나도 그래."

"그런 것치고는 엄청 자연스러운데?"

"정말이야. 연인들끼리 자기야, 여보야, 그렇게 부르는 거 보면 웃기기도 하고 한심해 보이기도 하고 그랬어. 언젠가 누군가와 결혼을 하겠지만, 그래도 내 입에서 그런 호칭이 나올 일은 없을 거라고 생각했지. 그런데 참 신기해."

찬혁이 지완을 똑바로 응시했다.

"연인들 사이의 그 유치한 것들을, 전부 다 하고 싶어. 너랑 같이 모든 걸 다 하고 싶어. 나 잡아봐라, 하면서 달리는 것도, 여보야, 자기야, 하고 부르는 것도, 아이스크림을 먹다가 코에 묻히는 것도. 너랑 하고 싶어."

지완은 그의 손을 깍지 껴서 잡았다.

"하자, 자기야."

찬혁의 눈이 커졌다.

"전부 다 하자, 우리."

"그래."

"이것도, 저것도, 남들이 상상 못 하는 것까지도, 전부 다."

"상상 못 하는 거."

찬혁의 눈이 가늘어지는가 싶더니, 지완이 대비하기도 전에 봉긋한 가슴을 살며시 쥐었다.

"그럼 이쪽부터 시작해볼까?"

"으아! 또 하게? 형은 힘들지도 않아?"

"응."

그가 꾸물꾸물 몸을 아래로 내려, 지완의 가슴 사이에 얼굴을 파묻었다.

"아직 팔팔해."

"잠깐, 잠깐. 나 어제 땀 많이 흘렸고, 씻지도 못했… 흣!"

그가 지완의 가슴을 한 움큼 베어 물었다.

지완은 신음을 토해내며, 그의 머리를 끌어안았다.

"형…."

"이름, 불러줘."

그가 가슴에서 입을 떼지 않은 채 말했다. 입술을 오물오물 움직이는 통에 지완은 다리에 힘을 주며 속삭였다.

"찬혁아. 너 진짜… 팔팔하다."

그가 웃었고, 지완도 웃었다.

진지했던 어젯밤과 달리 키득거리며, 둘은 또다시 은밀하고도 달콤한 행위 속으로 빠져들었다.

지완이 씻는 동안 찬혁은 휴대폰을 확인했다.

부재중 통화 8건.

오늘 아침부터 아버지와 어머니에게서 온 전화들이었다.

아마도 해림에게 무슨 이야기를 들은 모양이다.

다른 때였다면 부재중을 확인하자마자 전화를 걸었겠지만, 찬혁은 휴대폰을 아예 꺼버렸다.

쏴아아아.

욕실에서 물 흐르는 소리와 함께 지완이 흥얼거리는 소리가 들려왔다.

들을 때마다 느끼는 거지만, 참으로 끝내주는 목소리다.

눈을 감고 그녀의 허밍을 감상했다.

'괜찮을까?'

지완의 목소리는 노래를 부르기 위한 목소리였다.

평소의 목소리도 좋지만, 노래를 부를 때는 정말이지 전율이 느껴졌다. 팔뚝에 소름이 돋을 만큼 아름다운 목소리.

'나보다 더 연예계에 어울려. 계속 가수를 한다면 이보다 훨씬 더 유명해지겠지.'

그런 그녀를 연예계에 있을 수 없게 만드는 게 과연 옳은 일인지 알 수 없었다.

샤워를 끝낸 지완이 수건으로 몸을 머리를 감싸고 나왔다.

발그레 상기된 볼을 보자 또다시 욕정이 생겼지만 꾹 참았다.

발정 난 짐승처럼 굴 수는 없었다. 물론 어젯밤과 오늘 아침에 충분히 그렇게 행동했지만.

"지완아."

"응?"

"이리 와."

두 팔을 벌리자 지완이 웃으며 걸어와 찬혁의 품에 안겼다.

팔을 벌리면 사랑하는 사람이 달려와 안긴다는, 이 행복하고도 기적적인 순간이 여전히 꿈만 같았다.

지완을 소파에 앉히고 옆에 앉아, 수건으로 그녀의 머리를 닦아주며 말했다.

"지완아. 어쩌면 앞으로 많은 것을 버려야 할지도 몰라."

"응."

"괜찮겠어?"

"응. 괜찮아. 나는 형만 있으면 돼. 그리고 형, 내가 최근에 알게된 건데. 내가 아무리 버리려고 해도 버릴 수 없는 것들이 있더라."

"예를 들면?"

"부대표님, 제나 언니, 민하 선배, 재희 선배. 그 사람들, 우리가 버린다고 버려지겠어?"

"하하하. 그건 그러네."

"못 버려. 애초에 버릴 수 있는 것도 아니고. 그런데 그 사람들이 지금 내 인생에서 가장 소중한 것들이야. 다른 건 다 없어도 돼. 이집, 좋은 옷, 멋진 차. 그런 건 애초에 욕심을 낸 적도 없었어."

"연예계 생활은? 넌 지금 뜨고 있잖아. 아쉽지 않아?"

지완이 찬혁 쪽으로 돌아앉았다.

"형. 이 세계는 참 화려하고 멋진 곳이야. 그런데 나는 이 세계랑 안 맞아."

"…"

"내가 옷장 속에 갇혀 있을 때, 그리고 고아원에 갇혀 있을 때. 원하는 건 딱 하나였어. 자유로워지는 거. 이 세계는 화려하고 멋지지만 자유롭지 않아. 나를 알지도 못하면서 좋아해주는 팬들에게 고마운데, 그 감사함마저도 내게는 속박이야. 나는 그 어떤 것에도 미련이 없어."

"그래."

"안타까워하지 않아도 돼. 노래는 어디서도 부를 수 있고, 원래 난 내가 노래를 잘한다는 것도 몰랐는걸. 그냥 지금은, 내가 소중하게 여기고, 또 나를 소중하게 여겨주는 사람들이 생겼다는 것이 기뻐. 그거면 돼, 형."

"알겠어."

"나는 걱정하지 말고."

지완이 두 팔을 벌려 찬혁을 끌어안았다.

"형이 하려는 걸 해. 나도 내가 할 수 있는 걸 할게."

오늘이 쉬는 날이라 다행이었다.

찬혁이 돌아간 후, 지완은 침대에 드러누웠다.

"으아, 힘들다."

체력 좋은 찬혁 때문에 온몸에 근육통이 생겼다. 헬스를 하는 것보다 더 힘든 일일 줄은 꿈에도 몰랐다.

잠을 푹 자는데도 계속 몽롱한 건, 그 행위의 열기가 남아 있기 때문일까?

그와 함께한 지난밤이 자꾸만 떠올랐다.

발가락 끝이 간질거려서, 지완은 이불을 꽉 끌어안았다.

딩동.

초인종이 울렸다.

'누구지? 찬혁이 형이 다시 왔나?'

혹시나 싶은 마음에 황급히 뻐근한 몸을 일으켜 현관문으로 향했다. 외시경에 비친 사람은 찬혁이 아닌 현준이었다.

지완은 옷매무새를 가다듬다가, 오늘은 가슴에 붕대를 하고 있지 않다는 걸 깨달았다.

'아, 어떡하지?'

지완은 잠시 고민하다가 우선 대답부터 했다.

"잠시만요."

그런 다음 점퍼를 걸치고 나와 문을 열었다.

"갑자기 와서 미안하다. 전화를 안 받더라."

"아아, 전화."

휴대폰을 어디에 던져뒀는지 모르겠다. 현준은 지완을 훑어보더니 피식 웃었다. 어쩐지 어젯밤의 일을 들킨 것 같아서, 지완은 얼굴을 붉혔다.

다행히 현준은 아무것도 묻지 않았고, 대신에 다른 이야기를 꺼냈다.

"광고가 끊겼다."

"광고가요?"

"그래. 다들 취소하더라."

여러 개의 광고 중 어떤 것으로 할지 고민하는 중이었다.

"최해림이 참 발 빠르게도 움직였어."

"죄송합니다."

"죄송하긴. 예상하고 있었던 일이야. 그 시기가 조금 빨리 온 것뿐이지."

"광고 제의가 전부 취소된 건가요?"

"아직 세 개 남아 있긴 한데, 아마 그것도 곧 취소되겠지."

"흐음."

지완은 잠시 생각에 잠겼다.

이런 일이 생길 거라는 건 아마 다들 예상하고 있었을 것이다. 그렇다고 해서 그냥 이대로 흘려보낼 수는 없었다.

음반으로 벌 수 있는 돈은 한계가 있었고, 지완은 상황의 특수성 때문에 예능 등 다른 프로그램에 출연하지도 못하는 상태였다. 지완이 돈을 벌 수 있는 방법은 광고뿐이었다.

승호에게 폐를 끼치지 않겠다고 약속했다.

그러니까 어떻게든 광고를 잡아야만 한다.

"잡읍시다, 그 광고들을."

"어떻게?"

"압박이 들어와도 저를 쓰고 싶게 만들어야죠. 임지완이 아니면 안 된다, 라는 생각이 들게."

"좋은 방법이 있어?"

"게릴라 콘서트요."

"게릴라 콘서트라."

"제 노래, 실제로 듣는 게 훨씬 낫다고 하셨죠? 사람 많은 곳에서 게릴라 콘서트를 열어주세요. 제가 그 광고들, 반드시 잡아 보여 드 게요."

MS 엔터테인먼트 대표실을 무겁고도 예리한 침묵이 감싸고 있 었다.

긴 테이블을 사이에 두고 나란히 마주보는 고급 소파에, 훤칠한 사내 둘이 마주앉아 서로를 지그시 응시하고 있었다. 아니, 응시하 고 있다기보다는 한쪽은 노려보고, 한쪽은 그 시선을 받아내고 있 다고 표현해야 할 것이다.

승호는 다리를 꼬고 앉아 느긋하게, 상대가 보내는 시선을 받아 들이고 있었다.

그런 승호의 태도가 마음에 들지 않는 듯, 상대의 표정이 점점 굳 어졌다.

"문 대표는 변함이 없군."

승호가 먼저 입을 열지 않으리라는 걸 깨달은 듯, 상대가 묵직한 음성으로 말했다.

"그러는 송준호 씨는 많이 늙으셨습니다."

346

승호의 말에 준호의 짙은 눈썹이 꿈틀거렸다.

왕년에도, 지금도 준호는 잘 나가는 배우였다. 송준호라는 이름에는 흥행보증 수표라는 명칭이 따라붙었고, 아직도 젊은 여배우들과 로맨스를 찍을 만큼 젊어 보였다.

관자놀이에 나기 시작한 흰머리는 오히려 준호의 매력에 풍미를 더해주었다.

그럼에도 승호는 말했다.

"낯빛이 안 좋으십니다. 보약이라도 드셔야 하는 거 아닙니까?"

"문 대표. 자네가 지금 나랑 농담 따먹기를 할 만큼 컸다고 생각하는 건가?"

"농담 따먹기가 잘 커야 할 수 있는 건지는 미처 몰랐습니다만. 게다가 지금 농담 따먹기를 하고 있는 것도 아니고요. 못 들으셨습니까? MS의 문 대표는 농담이 안 통하는 사람이다, 라는 말."

날선 준호와 달리 승호는 여유로웠고, 그것이 오히려 준호를 패자처럼 느끼게 만들었다.

"길게 말하지 않겠네. 임지완을 치우게."

"길게 말씀하시는 게 좋겠습니다. 임지완을 치워야 할 이유를 모르겠으니까."

준호가 인상을 찌푸렸다.

"몰라서 묻나? 그 아이가 우리 찬혁이에게 좋지 않은 영향을 미치는 것 같더군."

"하하하하하."

승호가 웃음을 터뜨렸다.

웃고는 있지만 승호의 눈은 조금도 웃고 있지 않았다.

"찬혁이가 다섯 살 어린애도 아니고, 너무 과보호를 하시는 것 아닙니까? 만나는 친구까지 터치를 하시다니. 요새는 다섯 살 어린애도 그렇게까지 과보호를 하진 않습니다."

"찬혁이는 더 성장할 수 있는 아이야. 괜한 오물이 묻어서 더럽혀지는 걸 원하지 않네."

"오물이라니요. 제가 예쁘게 다듬고 있는 원석인데. 실롑니다, 그 발언은."

"오물이지. 그 아이에 대한 소문이 많더군. 성별도 알 수 없고, 출생도 알 수 없고. 그렇게까지 감춘다는 건, 보나마나 거리에서 굴러먹던 아이라는 것 아닌가."

"흐음."

"요새 같을 때에, 인터넷에서 그 아이를 안다는 사람이 한 명도 등장하지 않았다는 건, 해외에서 살다 오지 않은 이상, 알 만한 사람이 있을 만한 환경에서 자라지 않았다는 뜻이겠지. 그 아이, 학교는 제대로 나왔는가?"

"해외에서 살다 왔다고 하면 어떻겠습니까?"

"웃기는 소리."

준호가 차갑게 웃었다.

"문 대표도 당황하면 뻔한 거짓말을 하는군. 그렇게까지 해서 보호해줄 가치가 있는가? 그 아이에게?"

"넘치도록 있지요."

"우리 찬혁이보다?"

"네. 저에게는 찬혁이보다 더 큰 보석으로 보이더군요."

준호의 눈에 노기가 떠올랐다.

"말도 안 되는 소리! 우리 찬혁이는 어릴 때부터 스타로 살아온 아이야. 게다가 그 뒤를 든든하게 밀어주는…."

"스폰서가 있지요."

"무섭지 않은가? 괜히 건드렸다가 MS가 방송국에 발도 못 딛게 되는 수가 있어!"

"호오. 이건 협박입니까?"

"협박이 아니라 조언이지."

승호가 피식 웃으며 상체를 앞으로 기울였다. 그 상태로 준호를 똑바로 응시하며, 승호가 말했다.

"송준호 씨. 당신 지금 뭔가 오해하는 모양인데, 당신은 그냥 배우일 뿐, 이쪽엔 아무 힘도 없어."

갑자기 바뀐 말투에 준호의 잘생긴 얼굴이 일그러졌다. 그러나 승호는 표정 하나 바꾸지 않고 계속해서 말했다.

"한성 그룹. 그래, 건드리기 싫은 곳이지. 잘못 건드리면 귀찮은 일이 많아질 테니까. 그뿐이야. 내가 한성을 무서워하는 것 같나?

아니면 당신을 무서워하는 것처럼 보이나?"

"문 대표!"

"잃어봐야 회사 하나일 뿐. 내가 진짜로 잃고 싶지 않은 걸 잃게 할 수는 없어. 당신도, 한성도. 하지만 당신은 내 선택에 따라 잃을 게 아주 많을 거고, 그게 무섭겠지. 건방지게 고개 빳빳이 들지 말아야 할 건, 내가 아니라 당신이야."

준호가 움켜쥔 주먹이 부들부들 떨리는 걸, 승호는 여유롭게 관찰했다.

"게다가 하나 더. 나는 아주 재미있는 사실을 알고 있지."

화가 나는 상황에서도 '재미있는 사실'이 궁금한지, 준호가 눈을 가늘게 떴다.

"한성 그룹의 물은 의외로 아래쪽이 썩어 있다는 거."

"…."

"윗물이 맑아도 아랫물이 썩는 경우가 있는데, 한성이 그 대표적인 예라는 걸 알고 있지. 그렇다면 한성의 윗물께선, 아랫물에서 나는 썩은 내를 알고 계실까, 모르고 계실까."

준호의 콧등이 실룩거렸다.

승호는 다시 다리를 꼰, 원래의 여유로운 자세로 돌아갔다.

"송준호 씨. 자식이라는 건, 내 명성과 성공을 위해 이용해도 되는 도구가 아니야. 그건 아주 기본적인 사실인데, 이상하게 그걸 모르는 사람들이 많더군. 당신과 당신의 부인이 그 대표적인 예고."

"애도 없는 놈한테…."

"그러게. 애도 없는 놈도 아는 걸, 왜 애가 있는 놈은 모를까?"

"문승호, 네가 감히!"

"감히, 라는 말은 내 목줄을 쥐고 흔들 수 있는 사람이나 사용할 수 있는 말이지. 당신은 내 목에 줄도 채우지 못해."

승호가 문을 가리켰다.

"나가. 난 바쁘니까."

준호는 핏발 선 눈으로 승호를 노려봤다.

한성 그룹의 누구누구를 제외하곤, 준호를 이런 식으로 대우할 자격이 있는 사람은 없었다. 분노가 시야를 붉게 물들였다.

저도 모르게 올린 주먹을, 준호는 간신히 아래로 내렸다.

이 상황에서 폭력을 사용하면, 승호는 그것을 아주 잘 이용할 것이라는 데 생각이 미친 것이다.

준호는 울렁이는 감정을 애써 갈무리하고 일어났다.

"자네는 예의라는 걸 더 배우는 게 좋겠군."

승호가 피식 웃었다.

"당신은 아빠가 되는 법을 공부하는 게 좋겠어."

고급 호텔의 스위트룸 거실은 아로마 향기로 가득했다.

중앙에 놓인 출장용 마사지 침대 위에, 해림은 알몸으로 엎드려 마사지를 받는 중이었다. 중국인 마사지사가 오일을 발라 미끈거리는 해림의 등을 솜씨 좋게 주물렀다.

"흐음."

해림이 나른한 신음을 흘리며, 얼굴을 창성 쪽으로 돌렸다.

검은 정장을 입은 창성은 해림의 완벽한 몸매를 앞에 두고도 표정이 변화가 없었다.

"계속 얘기해 봐."

"광고주들이 광고 제의를 철회했고, 지금은 커피, 에어컨, 운동화. 세 개 광고만 남아 있어."

"그것들은 왜 철회 안 한대?"

"아직 얘기가 들어가지 않은 모양이야."

"흐응. 서두르라고 해. 우리랑 척 지기 싫으면."

"알겠어."

잠시 침묵이 흘렀다.

"뭐해? 나가지 않고?"

"해림아. 꼭 이렇게까지 해야겠냐?"

"뭘?"

"넌 찬혁이를 사랑하는 것도 아니잖아. 굳이 이렇게까지 해서 찬혁이 숨통을 끊어놔야겠어?"

"어머. 그 계집애 광고 끊는 게, 어째서 찬혁이 숨통을 끊는 일이

352

돼? 난 찬혁이 사랑해. 찬혁이가 하는 일을 방해하고 싶지도 않고."

"임지완은…."

"나는 지금 배려를 하고 있는 거야. 찬혁이가 예뻐하는 애니까 광고를 끊고, 방송을 끊어 연예계에서 사라지게 하는 정도로 끝내려는 거야. 찬혁이가 슬퍼하는 걸 보고 싶지 않거든."

"…."

"내가 찬혁이를 사랑하지 않았더라면, 임지완은 이미 이 세상에 없었어. 알잖아, 내가 뭘 할 수 있는지."

나긋나긋하게 말하는 해림의 모습을 보고 창성은 등줄기가 서늘해졌다.

물론 알고 있었다. 해림이, 한성 그룹이 어디까지, 무엇까지 할 수 있는지. 알기에, 창성 역시 그녀의 손아귀에서 벗어나지 못하는 것이니까. 이쯤에서 입을 다물어야 한다는 걸, 창성은 알고 있었다.

그러나 찬혁은 창성에게 소중한 소꿉친구였다.

그 어떤 감정도 갖지 못하고, 누구보다도 더 한성 그룹의 손에 휘둘린 안쓰러운 친구.

그런 친구가 사랑을 하게 되었다.

도무지 모르는 척 할 수가 없었다.

"해림아. 회장님께서 이 일들을 알게 되시면 가만히 안 계실 거야. 회장님이 이런 걸 싫어하시는 거 알잖아."

"아하하하하."

해림이 지금까지 이보다 더한 농담을 들어본 적 없다는 듯 웃음을 터뜨렸다.

"노망난 노인네가 뭘 할 수 있겠어? 게다가 증거 있니? 내가 뭔가 한다는 증거? 증거도 없는데 할아버지 귀에 어떻게 들어가겠어? 네가 말하지 않는 이상, 할아버지는 아무것도 모를 거야. 아빠는 절대적으로 내 편이고"

중국인 마사지사는 호텔을 나오자마자 휴대폰을 꺼내, 녹음된 파일을 불러왔다. 제대로 녹음이 됐다는 걸 확인한 중국인 마사지사는, 그 파일을 어딘가로 전송했다.

임지완 공식 팬카페에 '안녕하세요, 임지완입니다.'라는 제목으로 게시글이 올라온 건 목요일의 일이었다.

－안녕하세요, 팬 여러분. 임지완입니다.

공식 팬카페가 생긴 지 한참 되었는데, 이제야 정식으로 인사를 드립니다.

아직 미숙한 것이 많은 신인 가수인데도 이렇게 사랑해주셔서 정말 감사합니다.

감사하는 마음을 담아, 이번 주 토요일 오후 2시에 명동에서 콘서트를 열려고 합니다.

입장료는 무료, 추우니까 따뜻하게 입고 오셔서 즐겨주세요.

팬 여러분과 행복한 시간을 보내고 싶습니다.

많이 와주세요.

게시글에는 지완이 날짜와 시간을 써서, V 자를 하며 웃는 셀카 사진이 첨부되어 있었다.

지완이 올린 글은 순식간에 다른 곳으로 퍼져나갔고, 기사화가 되었다.

'임지완 콘서트'가 실시간 검색어 1위로 오르는 데까지는 오랜 시간이 걸리지 않았다. 그리고 그 정보를 무시무시한 눈으로 지켜보는 사람이 두 명 있었다. 둘 다 다른 공간, 다른 상황에 있었지만, 그 눈에 띤 살기의 빛은 같았다.

토요일 오전.

지완은 집에서 복장을 점검했다. 그동안 입었던 무대 의상과 달리, 지완은 청바지에 회색 맨투맨 티셔츠를 입었다. 머리는 왁스를 발라 대충 뒤로 넘겼고, 옅게 화장을 했다.

현준이 집 앞에 도착했다는 연락을 받고 내려갔더니, 벤 안에는 풍월 멤버들이 기다리고 있었다.

"어? 선배들도 왔어? 스케줄 있는 거 아냐?"

"우리 막내가 첫 콘서트를 한다는데 당연히 와봐야지."

민하가 씩 웃으며 지완의 머리를 문질렀다. '우리 막내'라는 어감이 듣기 좋았고, 애정 어린 손길도 좋았다. 하지만 그 손길은 오래 가지 않았다.

탓! 찬혁이 민하의 손을 쳐낸 것이다.

"만지지 마. 닳는다."

"우와, 재희야. 방금 봤냐? 이 은혜도 모르는 로맨틱한 자식이 하는 짓?"

"그러게. 진짜 은혜 모르네."

"지가 못 만날 때는 그렇게 부려먹더니! 이제 와서 입을 싹 닦고! 이런 달콤한 새끼 같으니!"

민하가 길길이 날뛰었지만, 찬혁은 무시하고 지완의 흐트러진 머리를 잘 만져주었다.

"긴장은 안 돼?"

"응. 전혀."

항상 긴장했다.

그러나 오늘은 이상할 정도로 긴장이 되지 않았다. 아마도 승부욕이 더 크기 때문일 것이다.

오늘의 콘서트로, 임지완이라는 이름을 더 널리 알리고 말 것이라는 의욕이 긴장을 앞섰다.

무대가 취소되었다, 라는 말을 들은 건 명동에 도착하기 직전이었다.

운전을 하며 통화하는 현준의 목소리가 낮아졌다.

"무대가 취소되다니?"

"그게… TTM이 거기서 공연을 하기로 했다고."

"TTM이? 이렇게 갑자기?"

"그쪽에선 TTM이 우선이었다, 라고 합니다."

"하, 그래? 알겠다. 일단 끊어 봐."

"무슨 일 생겼어요?"

통화를 끝낸 현준에게 민하가 물었다.

TTM은 데뷔 3년 된 아이돌 그룹으로, 제2의 풍월이라고 불릴 만큼 잘 나가는 그룹이었다.

"최해림이 손을 썼군요."

현준이 대답하기 전, 찬혁이 먼저 말했다.

"그렇겠지. 지완이 콘서트 기사를 봤을 테니."

"당일날 갑자기 무대를 취소해서 설 곳이 없게 만들어놨네요. 게다가 TTM을 세우다니. 사람들이 다 그쪽으로 몰리겠죠."

"지금 인터넷도 난리가 났어. TTM 명동에 뜬다고."

휴대폰으로 기사를 검색하던 재희가 말했다. 이제 막 뜨고 있긴 하지만 신인인 임지완과 이미 정상을 차지한 TTM. 사람들이 어디로 몰릴지는 안 봐도 뻔했다.

"뭐, 우리가 지완이랑 같이 서주면 되지. TTM, 풍월. 둘 중에 우리를 선택할 팬이 더 많으니까."

민하가 별일 아니라는 듯 말했다.

"그래, 그게 좋겠다. 예정에 없긴 하지만 일단 우리 팬카페에 소식 알리면, 사람들은 우리 쪽으로 올 거야. 팬들보다는 무대가 문제이긴 한데…"

풍월 멤버가 각자 의견을 내는 동안, 지완은 묵묵히 생각에 잠겨 있었다.

저 멀리 원래 서기로 했던 무대가 보였다. 거대한 쇼핑몰 앞에 마련된 무대. 그곳에는 이미 수많은 사람들이 모여 있었다. TTM을 보러 온 사람들이리라.

"혼자서 해야 돼."

이윽고 지완이 입을 열었다.

"풍월의 힘을 빌릴 수는 없어. 안 그래도 임지완은 풍월 네 번째 멤버라는 이미지가 굳어 있는데, 오늘 풍월의 힘을 빌리면 난 그냥 풍월의 네 번째 멤버밖에 안 되는 거야. 오늘은 나 혼자 할 거야."

"지완아. 네 마음은 알겠는데 무대가…"

"마이크만 있으면 노래는 어디서든 할 수 있잖아. 명동 거리 전체가 내 무대야. TTM에게 몰린 사람들의 마음도 못 얻을 정도면, 광고주들의 마음도 마찬가지겠지."

지완의 연갈색 눈동자가 차창 안으로 들어오는 햇빛을 받아 금색으로 빛났다.

"부대표님. 차라리 잘됐어요. 오늘 제가 TTM을 눌러 보일게요."

그룹 TTM이 공연하기로 한 무대에서 조금 떨어진 곳, 그곳에 또 다른 무대가 설치되고 있었다.

　지나가던 사람들은 뭘 하나 싶어 돌아봤지만 "우와, TTM 도착했대!"라는 말에 서둘러 발길을 옮겼다.

　아무도 관심을 주지 않는 무대가 거의 다 설치될 때쯤, 저 멀리서 환호성이 울려 퍼졌다. TTM이 공연을 시작한 모양이었다.

　둥, 두둥. 음악 소리가 들리진 않지만, 베이스음이 쿵쿵 울리는 소리는 전해졌다.

　"정말 괜찮겠냐?"

　현준이 걱정스러운 듯 물었다. 지완은 조금 떨어진 곳에서 모자를 눌러쓰고, 곧 자신이 서게 될 무대를 응시했다.

　무대라는 단어를 쓰기에는 민망할 정도로 협소한 공간이었다. 길거리에 의자 하나, MR을 틀기 위한 오디오, 마이크 하나. 그게 전부였다.

　"이게 망하면 오히려 제 이미지가 안 좋아지겠죠?"

　지완이 담담하게 물었다.

　"그래. 형편없이 떨어지겠지. 아무도 주목하지 않은 무대, 따위로 기사가 뜰 거다."

　현준의 냉정한 대답에 지완이 씩 웃었다.

"딱 좋아요. 전 원래 누구에게도 주목받지 못했고, 누구도 알지 못하는 사람이었으니까. 부대표님이 절 존재하는 사람으로 만들어 주셨으니, 이번엔 제 힘으로 증명할게요. 제가 이 세상에 존재하는 사람이라는 걸."

풍월 멤버는 지완의 공연 장소 근처에 세워둔 차 안에서 지완의 모습을 지켜봤다. 지완은 모자를 푹 눌러쓴 채 마이크를 잡고 있었다. 누구도 지완에게 관심을 주지 않았다. 다들 TTM의 공연을 보러 갔는지 거리를 오가는 사람이 많지 않았다.

지금 TTM의 공연을 보러 가지 않은 사람들은 말 그대로 쇼핑을 하러 나온 사람들, 노래나 연예인에게 큰 관심이 없는 사람들일 터였다.

누구의 관심도 받지 못하고 서 있는 지완이 안쓰러웠다. 항상 모두의 시선을 피하는 것만 생각해왔던 찬혁으로선, 이런 기분을 느끼게 되는 것이 신기했다.

그렇구나. 관심을 받지 않는다는 건 저런 거구나. 누구도 봐주지 않는다는 건, 존재조차 하지 않는 사람처럼 무시를 당한다는 건 저런 거였구나. 나는 항상 모두의 관심을 받아서, 그것이 얼마나 고마운 일인지 몰랐던 거였구나. 얼마나 외롭고 쓸쓸한지, 얼마나 고독하고 서늘한지. 나는 전혀 몰랐던 거였구나.

가슴이 시큰거렸다. 이제야 지완이 살아온 삶을 오롯이 이해할 수 있었다.

수많은 사람들이 다니는 거리에서, 지완은 존재조차 하지 못한 채 그렇게 긴 시간을 걸어왔다.

'나는 대체…'

부끄러움에 얼굴이 달아올랐다.

그렇게 살아온 지완에게 관심이 버겁다는 둥, 숨이 막힌다는 둥, 목이 죈다는 둥, 칭얼거렸다.

얼마나 우스웠을까.

새삼스레 자신을 경멸했다. 그때였다.

전주가 끝나고, 지완의 입술이 벌어진 것은.

기적이라는 것은 항상 예기치 못한 순간, 예기치 못한 곳에서 벌어진다. 그래서 사람들은 그것이 기적이라는 것조차 자각하지 못한다. 후에 가서야 몇몇 사람들이, '그건 기적이었어.'라고 회고하게 될 뿐이다.

추운 겨울, 어느 토요일 오후. 명동에서 벌어진 자그마한 기적이 그러했다.

두 개의 무대가 있었다.

하나는 조명과 음향이 완벽하게 갖춰진 무대였다.

또 하나는 조명도, 음향도 제대로 갖춰지지 못한, 무대라는 이름 이 민망한 무대였다.

완벽한 무대에는 유명한 아이돌 그룹이 완벽한 군무를 선보이고 있었다. 사람들은 환호했고, 기쁨의 비명을 질렀다. 그 무엇도 완벽한 무대를 침범할 수 없을 것만 같았다.

그 소란스러움을 뚫고 들리는 작은 노랫소리가 있었다. 그것은 은은하고 부드러우면서도 강하고 사랑스러운 음색이었다.

완벽한 무대 앞에서 두 팔을 들고 환호하던 한 사람의 귀에, 완벽한 무대 앞에서 비명을 지르던 한 사람의 귀에. 그 노래는 흘러들어 갔다.

어디서 나는 소리일까. 한 사람은 두 팔을 내리고 두리번거렸고, 또 한 사람은 비명을 멈추고 뒤를 돌아봤다. 두 팔을 내린 사람도, 비명을 멈춘 사람도 노래가 들려오는 곳을 찾아 걸어갔다. 그렇게 하나, 둘, 완벽한 무대의 앞에 비어가기 시작했다.

무대라는 이름이 민망한 무대에서 노래가 시작되고 있었다. 완벽한 무대를 떠나 그곳에 당도한 사람들은, 완벽한 무대 앞에 있을 때와는 달리 숨을 죽이고 노래를 감상했다.

노래는 가뭄의 비처럼, 오랜 장마 후의 햇빛처럼, 사람들의 심장 위에 촉촉하게, 따사롭게 내려앉았다.

노래에는 사랑이, 후회가, 미안함이, 열정이, 소망이… 무어라 말할 수 없는 수십, 수백 개의 감정이 담겨 있었다. 듣는 사람마다, 처한 상황에 따라 다르게 해석이 되는, 그러한 노래였다.

끝나지 않았으면 좋겠다라든가, 노래 참 잘 부른다라는 생각조차 하지 못하고, 노래 그 자체에 푹 빠져들었다.

어느새 무대라고 부르기 민망한 무대 앞은, 그 어떤 공연장의 관객보다도 많은 사람들이 모여 있었다. 그들 앞에서 모자를 푹 눌러 쓰고 마이크를 잡은 호리호리한 사람은, 몇 곡의 노래가 끝난 후 모자를 벗었다.

그제야 사람들은 노래를 부른 사람이 '임지완'이라는 걸, 그 노래들이 임지완의 노래들이었다는 걸 깨달았다.

눈앞에 연예인이 있는데 누구도 움직일 생각을 하지 않은 이유는, 노래의 여파가 여전히 남아 가슴속을 감동으로 물들이고 있었기 때문이었다.

원인 모를 감동은 눈가가 시큰거릴 정도로 거대하고 진했기에, 여기저기서 코를 훌쩍거리는 소리가 들려왔다. 그런 사람들을 쭉 둘러본 지완은 미소를 지었고, 사람들이 그 미소가 햇살 같다고 생각하도 전에 부드럽게 말했다.

"감사합니다. 임지완이었습니다."

그렇게 끝났더라면 아름다운 마무리였을 것이다. 하지만 일이 그렇게 좋게만 흘러가지는 않았다.

정신을 차린 사람들이 "앵콜!"을 외친 것까지는 좋았다. 지완은 두 곡을 더 부르기로 결정하고, 음향기기 담당에게 언질을 넣기 위해 몸을 돌렸다.

그때 은빛으로 반짝이는 물건을 손에 든 남자가, 인파를 헤치고 지완을 향해 달려들었다. 평범한 사람이었다면 그대로 칼에 척추를 찔렸을 것이다. 하지만 오랫동안 거리 생활을 해온 지완은 야생의 감이 발달해 있었다. 무언가 다가오는 기척을 느낀 지완은 황급히 돌아섰고, 달려드는 인물의 손목을 잡았다. 그러나 밀어붙이는 힘을 이기지 못하고 뒤로 굴렀다.

우당탕!

지완과 누군가가 의자를 밀치며 땅에 구른 후에야, 사람들이 비명을 질렀다.

소란 속에서도, 지완은 냉정한 눈으로 상대를 확인했다.

깊이 눌러쓴 야구모자 아래로 보이는 얼굴이 낯이 익었다.

'윤진?'

풍월에서 쫓겨난 멤버, 진이었다.

살기 띤 눈이 지완을 노려보고 있었다. 아니, 그저 살기뿐만이 아니었다. 약이라도 한 듯, 눈에 빛이 없었다.

생각지도 못한 인물의 얼굴을 본 지완이 망설이는 틈에, 진이 잡힌 손목을 거칠게 빼낸 후 치켜 올렸다.

날카로운 칼이 얼굴을 향해 내려오는 것을, 지완은 영화라도 보는 기분으로 지켜봤다. 이 상황이 도통 현실로 느껴지지 않았기 때문이었다.

'어째서 윤진이 날?'

그 생각만이 머릿속에 가득했다. 칼끝이 지완의 볼에 닿기 직전이었다.

와락, 누군가 진의 팔을 거칠게 잡아 뒤로 내동댕이쳤다.

"지완아!"

수많은 비명 속에서도 그 목소리를 똑똑히 들을 수 있었다. 듣고 싶은 음성의 주인공이 달려들 듯 지완을 향해 허리를 굽혔고, 그 뒤로 다시 일어난 진의 모습이 보였다.

진은 다시 한번 공격을 하려고 했지만, 그전에 달려온 경호원들에게 붙잡혔다.

"지완아, 괜찮아?"

찬혁이 지완을 일으켜주며 물었다.

"어, 송찬혁이다!"

"꺄, 송찬혁이야!"

그런 소동이 있었는데도, 찬혁의 등장에 분위기가 바뀌었다. 여기저기서 찰칵, 찰칵, 셔터 누르는 소리가 들려왔다.

"형, 사람들이…."

"지금 그게 문제가 아니잖아. 괜찮은 거야?"

"어, 난… 괜찮아."

"하아. 다행이다."

찬혁이 지완을 끌어안았다. 그의 품에 안기자 몸에서 힘이 쫙 빠졌다.

그의 두 팔이, 가슴이 얼마나 단단하고 아늑한지, 이대로 그에게 안겨 잠이 들고 싶다는 생각까지 들었다.

그의 향기가 그 어느 때보다도 사랑스러워서, 지완은 울고 싶어졌다.

"일단 차로 가자. 더 이상의 공연은 무리야."

현준이 찬혁과 지완의 어깨에 하나씩 손을 얹으며 말했다.

"네, 그래요."

찬혁이 지완을 안고 있던 팔에서 힘을 뺐다. 똑바로 서려고 했는데, 다리에 힘이 돌아오지 않았다. 비틀거리는 지완의 팔을, 찬혁이 얼른 붙잡았다.

"아, 미안."

습관적으로 튀어나온 사과에, 찬혁이 살짝 인상을 찌푸렸다.

그다음 찬혁의 행동은 그 자리에 있던 누구도, 심지어 찬혁 본인조차도 예상하지 못한 행동이었다.

찬혁이 지완을 공주님처럼 번쩍 안아든 것이다.

"꺅!"

"뭐야, 뭐야? 뭐 하는 거야?"

"뭐야, 이거 뭐 촬영하는 거였어?"

"몰래 카메란가?"

지완이 습격당했을 때보다 더한 소란이 일어났다.

"형, 내려줘."

지완이 작게 속삭였지만 찬혁은 대답하지 않고 걸음을 옮겼다.

MS 본사 문승호 대표의 사무실에는 무거운 침묵이 깔려 있었다. 지완은 죄지은 사람처럼 고개를 숙이고, 오늘의 상황을 정리했다.

지완을 습격한 사람은 윤진이 맞다. 경호원에게 잡혀 순순히 끌려가던 진은 갑자기 돌변해서 경호원들을 뿌리치고 도망쳤다. 하필이면 차도로 도망을 치는 바람에, 택시에 치이고 말았다.

현재 대학병원에서 수술 중이라고 했다. 다행인지 불행인지 그 습격 사건의 주인공이 윤진이라는 건 알려지지 않았다.

'문제는 찬혁이 형이랑 나야.'

'찬혁이 왕자님처럼 지완을 위험에서 구하고, 공주님처럼 안아서 데려갔다.'라는 사실이 인터넷에 파죽지세로 퍼지기까지는 한 시간도 채 걸리지 않았다.

현준은 지완의 안정을 위해 병원으로 데리고 가던 중에, 승호의 호출을 받아 그대로 차를 돌려 MS 본사로 온 상황이었다.

침묵이 너무 오래 지속되었다.

무슨 말이라도 해야 하나 싶어, 지완은 슬쩍 고개를 들어 승호의 표정을 살폈다. 승호는 무슨 생각을 하는지 알 수 없는 얼굴로 팔짱을 끼고 앉아 있었다. 화가 난 것 같기도, 그렇고 즐거운 것 같지도 않아 보였다.

이윽고 승호가 입을 열었다.

"너희들은 왜 왔냐? 지완이만 불렀는데."

승호의 시선이 지완의 뒤에 서 있는 민하와 재희를 향했다가 찬혁에게서 멈췄다.

"그냥 뭐, 심심해서요."

민하가 대답했다.

"그래. 아주 좋은 구경거리가 되겠구나."

"대표님. 지완이는 피해자…."

재희가 지완을 두둔하는 말을 하려는데, 승호가 한 손을 들어 재희의 말을 막았다.

승호는 이제 지완을 응시하고 있었고, 지완도 고개를 들어 승호를 마주봤다.

"다친 곳은?"

"없습니다."

"목 상태는?"

"좋습니다."

"그래."

승호가 작게 한숨을 내쉬는 걸, 지완은 똑똑히 목격했다.

"다행이군."

작은 목소리였지만, 대표실 안에 있는 모두가 그 말을 들었다.

"오늘 일은 목격한 사람이 많아서 막아도 소용이 없을 거다. 찬혁이가 지완이 안고 가는 사진도 수십 장이 퍼졌고, 아마 여기저기서 문의가 들어올 텐데, 일단은 친한 동료 사이라고 말해두마. 그리고 윤진은 수술이 끝나는 대로 만나서 얘기를 해볼 예정이다."

"많이 다쳤답니까?"

찬혁이 물었다.

"수술이 성공할 수 있을지도 모르겠다고 하더군. 아무래도 약을 한 상태에서 벌인 짓인 것 같다."

"가지가지 하는군요, 정말."

재희가 차갑게 중얼거렸다.

"그러게. 이런 짓을 할 줄은 몰랐는데."

이번 일만큼은 승호도 당혹스러운지, 손으로 턱을 문질렀다.

"돌아가서들 쉬어라. 찬혁이 네 마음은 알겠지만, 벌써부터 너무 소란을 일으키지는 말고."

"죄송합니다."

승호가 됐다는 듯 손으로 문을 가리켰다. 대표실에서 나오자마자 현준이 말했다.

"지완이랑 같이 있어주고 싶은 마음은 알겠지만, 오늘은 각자 숙소로 돌아가라. 그편이 좋을 것 같다."

이런 상황에서 기자들의 눈에 띄어 좋을 것이 없기에, 다들 순순히 현준의 말을 받아들였다.

지완의 숙소 앞에는 기자들이 모여 있었다.

지완을 태운 밴을 알아본 기자들이 몰려왔고, 동네 사람들은 무슨 일인가 싶어 고개를 내밀고 있었다.

"숙소를 옮겨야겠군."

"죄송합니다."

"네가 왜 죄송해? 넌 죄송할 거 없어. 우리 쪽에서 퇴출당한 멤버 관리를 제대로 못해서 생긴 일이니까."

"제가 게릴라 콘서트를 하자고 해서 생긴 일이니까요."

"그런 걸 하나하나 따지면 결국 윤진이 태어난 것부터가 잘못이 되겠지."

지완이 쓰게 웃었다.

"그러게요. 정말 큰일 날 뻔했습니다. 찬혁이 형이 다칠 수 있었어요."

"찬혁이보다는 네가 문제였어. 그 녀석은 널 노리고 있었으니까."

현준이 단호하게 말했다.

그제야 반짝이는 칼끝이 노리는 게 자신이었다는 실감이 들었다. 방금 전까지는 그 모든 상황이 영화 속 장면처럼 현실감이 없이 느껴졌었다.

"왜 저를 노린 걸까요?"

"글쎄. 너 때문에 풍월에서 쫓겨난 거라는 생각이 들었을지도 모르지."

"하지만 저는 그 사람이 쫓겨난 후에 연예계 생활을 시작하게 되었는데요."

"진이는 약에 중독되어 있었어. 어쩌면 생각하는 힘을 잃었을지도 모르지."

"하지만 갑자기 그렇게까지 극단적인 생각까지 했을까요?"

"갑자기가 아냐."

"갑자기가 아니라니? 그럼 진이가 이 계획을 오래 전부터 준비하고 있었단 거야?"

"아니, 그런 게 아니라."

거기까지 말하고 찬혁은 입을 다물었다. 재희와 민하는 답답한 듯 했지만, 이들에게 모든 것을 말해주기는 힘들었다. 아직은 그럴 상황이 아니었다.

일이 어떻게 흘러갈지 모른다. 재희와 민하가 모든 것을 알아서 위험해지는 상황은 막고 싶었다.

'그게 이런 뜻이었다니…'

찬혁은 무릎을 노려보며 생각에 잠겼다.

해림이 마사지를 받을 때 여러 가지 계획을 세우는 습관은 오래 전부터 알고 있었다. 한국에 돌아와 말이 안 통하는 중국인 마사지사를 찾을 것 또한 짐작한 바였다.

그래서 사람을 사서 보내뒀다. 최근 해림의 마사지를 해주는 마사지사는 사실 승호의 사람이었다. 해림은 마사지사가 한국말을 전혀 할 줄 모른다고 생각하겠지만, 사실은 아주 능숙하게 했다.

마사지사는 일주일에 두세 번씩 해림에게 불려갔고, 갈 때마다 녹음기를 준비해갔다.

해림으로서는 이 모든 것이 즐거운 놀이처럼 느껴질 것이다. 때문에 치밀하게 계획하고 살펴야 한다는 생각 또한 못했을 것이다.

아마 어린아이가 장난감을 가지고 노는 정도의 일로만 생각했겠지. 평범한 인간의 목숨이, 그녀에게는 아무 가치 없이 느껴질 테니까. 그런 세상에서 살아왔으니까.

얼마 전 중국인 마사지사가 보내준 파일에는 윤진에 대한 언급이 있었다.

"윤진을 써야겠어. 걔 좀 불러다줘."

"뭘 하게?"

"그냥 얘기를 좀 하려고. 풍월에 대해서."

"해림아."

"이빨 드러내지 마. 나 슬슬 기분 나빠지려고 해. 지창성, 네 주인이 누구니? 나니, 아니면 송찬혁이니?"

"해림아. 우린 셋 다 친구였어. 너도, 찬혁이도 나한테는 소중해."

"어머, 하하하, 그런 식으로 생각했던 거야? 바보 같긴. 알잖아 너도, 찬혁이도 날 위해 마련된 장난감이라는 걸. 장난감이면 장난감답게 행동해."

해림과 창성이 그런 대화를 나누고 있었다. 윤진이 대단한 일을 할 수 있을 거라고는 생각하지 않았다. 그래봐야 기자들을 불러모아놓고 심경 고백 따위를 하게 만들 거라고 여겼다.

틀렸다.

해림은 생각보다 더 잔인한 방법을 사용했다.

'사람들은 윤진이 계획을 실패해서 자살시도를 한 거라고 생각하겠지만….'

손이 땀으로 젖었다.

'아닐 거야. 최해림은 사람을 하나 더 고용해서 근처에 놔뒀겠지.'

그래서 진이 실패하는 순간, 자신의 이름이 거론되지 않도록 뒤처리를 시켰을 것이다. 도망치는 진의 등을, 다른 누군가가 민 것은 아닐까. 확신할 수는 없지만, 찬혁은 자신의 예상이 옳을 거라고 생각했다.

'그렇다면 최해림이 사람을 한 명 더 고용했다는 증거를 찾아야 하는데. 이건 어디서 찾나.'

아무래도 창성에게 시켰을 것 같지는 않다. 해림의 마음은 이미 창성에게서 떠났다. 더는 그를 신뢰하지 않으리라.

숙소 앞에 몰린 기자들을 피해 오피스텔 안으로 이동하는 내내, 찬혁은 증거를 찾을 생각에 빠져 있었다. 때문에 숙소 현관문 앞에 서 있는 사람을 먼저 발견한 건, 찬혁이 아닌 재희였다.

"안녕하세요."

"어? 안녕하십니까."

재희가 인사하는 소리에 이어, 민하의 목소리에 정신을 차렸다. 고개를 든 찬혁은 현관문 앞에 서 있는 남자를 보고 표정을 굳혔다.

아버지였다.

"이런 일에는 참 빨리도 나타나시는군요."

숙소의 문을 열며, 찬혁이 말했다. 민하와 재희는 눈치를 보다가 도로 엘리베이터를 향해 걸어갔다.

"단도리 잘하라고 했을 텐데."

"단도리, 잘하고 있는 듯한데, 뭔가 불만족스러운 점이라도 있으십니까?"

찬혁을 따라 들어온 준호가 뒤로 문을 닫았다. 찬혁이 빙글 몸을 돌려 준호를 응시했다.

"저는 할 만큼 하고 있습니다. 단도리를 못 하고 있는 건 최해림 쪽이지요."

"할 만큼 해서 그 따위 사진을 찍혀?"

"사진이야 항상 찍히는 걸요. 새삼스럽게 뭘 그러십니까?"

"도대체 임지완 걔가 뭐기에!"

"뭐긴요. MS에서 잘 키우려고 하는 신인 가수죠. 대표님께 부탁을 받았고, 그래서 잘 해주려고 노력하는 중입니다. 제 행동에 뭔가 잘못된 점이라도 있습니까?"

아들을 응시하는 준호의 눈동자가 흔들렸다. 지금껏 찬혁의 이런 모습은 처음이었기 때문이었다. 잘 만들어진 인형처럼, 잘 길들여진 강아지처럼, 찬혁은 항상 순종적인 아들이었다. 그 어떤 일을 시켜도 반발한 적이 단 한 번도 없었다.

질풍노도의 시기라는 사춘기 때조차, 찬혁은 항상 부모의 말에 복종했다.

아들이 아닌 다른 사람을 앞에 둔 것만 같았다.

이 녀석이 정말 내 아들 송찬혁이 맞는 걸까?

그런 의문이, 준호의 눈동자에 떠올랐다.

"저는 아주 잘 하고 있습니다, 아버지. 그런 사진, 한두 장에 휘둘릴 인기도, 입지도 아닙니다. 뭐가 그리 불안하십니까? 아, 혹시⋯ 스폰서들이 화가 날까 두려우신 겁니까?"

"너, 송찬혁!"

"그러시겠지요. 왕년의 대배우가 치고 올라오는 신선한 신인 배우들에게 밀리지 않는 이유는, 뒤에서 든든히 받쳐주고, 예뻐해주는 사람들이 있기 때문이니까요. 예를 들자면, 한성 그룹 최 사장님의 사모님 같은⋯."

짜악! 날카로운 소리가 울려 퍼졌다. 찬혁은 고개가 옆으로 돌아간 채로 계속해서 말했다.

"그 위치에서 내려오고 싶지 않으시겠죠. 그래요, 압니다. 그런데요, 아버지. 저는 말입니다."

찬혁이 다시 고개를 돌려 준호를 똑바로 응시했다.

"허리를 놀려서 얻은 인기가 아니라서, 이런 일로 무너지지 않습니다."

"송찬혁! 네가 감히 나한테!"

분노로 눈이 벌게진 준호의 모습에, 찬혁은 처음으로 가슴이 아렸다. 사실은 가슴에 독을 품고 있었다. 자신을 감옥 안에 끌어들인 아버지에게, 어머니에게, 품은 독을 고스란히 돌려주고 싶었다.

그러나 분노를 제대로 표현하지도 못하고 부들부들 떠는 아버지의 모습을 보자 '아아, 이런 사람이었나.'라는 회환이 찾아왔다. 거대한 벽으로만 느껴졌던 아버지가, 손에 쥔 것을 놓칠까 겁에 질린 초라한 노인으로 보였다. 흰 머리도, 주름도 별로 없는 그 완벽한 얼굴이 왜 이리도 안쓰러운지.

'어쨌든 핏줄이라는 건가?'

입맛이 썼다.

"아버지."

찬혁은 가슴에 이는 미움을 가라앉히고 진지하게 말했다.

"사람이 언제까지고 정상에 머무를 수는 없다는 거, 아버지도 아실 겁니다. 그리고 영원한 비밀이 없다는 것도요. 아버지와 어머니는 이미 정상이시고, 앞으로도 쭉 사람들에게 기억이 되겠죠. 그러니 이쯤에서…."

"닥쳐라."

준호가 신경질적으로 찬혁의 말을 끊었다.

'아아, 역시 안 되나.'

'역시'라는 생각이 든 이유는, 아마 기대하지 않았기 때문이리라.

정상에 선 사람은 그곳에서 내려오고 싶어 하지 않는다. 얼굴에

주름이 하나, 머리에 흰머리가 하나 늘 때마다. 유망주라는 신인이 데뷔할 때마다. 부모님이 얼마나 전전긍긍하는지, 어릴 때부터 봐왔다.

무슨 말을 해도 통하지 않으리라.

"지금이라도 늦지 않았다. 당장 임지완이랑 관계를 끊고, 잠시 활동 접어라. 기사랑 사진들은 다 내리도록 조치해둘 테니까."

준호가 은혜라도 베푸는 어조로 말했다.

"아니요, 아버지. 아무것도 해주시지 않아도 됩니다."

"찬혁아."

"지완이랑 관계를 끊을 생각 없습니다. 기사를 내리지 않아도 됩니다. 제가 관계할 사람은 제가 정합니다. 아버지도, 어머니도, 그리고 한성 그룹도. 이제는 제가 만날 사람들을 터치하지 않는 게 좋겠습니다."

침묵 속에서 시선이 오갔다. 고운 시선은 아니었다.

아아, 그렇구나. 찬혁은 주먹을 꽉 쥐었다.

이 사람에게 나는 아들이 아니었구나.

아무 감정도 담기지 않은 준호의 눈빛에, 새삼스럽게 그 사실을 실감했다.

알고 있으면서도 인정하고 싶지 않았던 사실.

내 부모는 나를 자식으로 생각하지 않는다. 그저 잘 이용할 수 있는 도구로만 여길 뿐.

"네가 뜻을 굽히지 않겠다면, 넌 더 이상 내 아들이 아니다."

이윽고 준호가 확인사살을 하듯 말했다.

찬혁은 애정이 조금도 담기지 않은 아버지의 눈을 가만히 응시하다가 빙그레 웃었다.

"그렇습니까? 그렇다면 일이 더 쉬워지겠군요."

"윤진 사건이 오히려 전화위복이 됐어."

현준은 그렇게 말했다. 현준의 말이 아니었더라도, 최근 지완은 갑자기 불어난 인기를 실감하는 중이었다. 거리 공연에서 보여준 지완의 실력도 실력이지만, 찬혁이 지완을 공주님처럼 안고 갔다는 사실이 큰 이슈가 되었다.

지완을 모르던 사람들까지도 그 일로 인해 '임지완'이라는 듯게 되었다. 한동안 연예계 뉴스에는 그 사건이 심심치 않게 거론되었고, 그때 찍은 사진이 텔레비전에 나오기도 했다.

한 달쯤 지나자, 찬혁과의 사건보다는 지완이 그날 부른 노래에 대한 이야기가 더 많아졌고, 광고도 다시 들어오기 시작했다. 지완은 이미 두 개의 광고를 찍은 후였다.

"윤진은 아직도 혼수상태인가요?"

수술은 성공했지만 진은 깨어나지 못했다.

"그래."

"깨어날 수는 있는 거랍니까?"

"글쎄다. 병원 측에서는 힘들 것 같다고 하더라."

"그렇군요."

"신경 쓰이냐?"

"네, 뭐. 아무래도 저랑 관계된 일이니까요. 게다가 아무리 생각해도 이해가 안 돼서요."

"뭐가?"

"절 찌르려고 한 거. 정말 단순히 제가 윤진 자리를 차지하려고 하는 것 같아서, 미움 때문에 벌인 일일까요? 절 죽인다고 해도 풍월에 다시 돌아올 수 있는 게 아닌데."

"그럼 다른 의도였다고 생각해? 윤진은 상습적으로 약을 하던 놈이야. 그런 녀석들은 이성적인 판단을 못 하지."

"그건 그렇지만···."

"문제는 윤진이 아냐. 네가 여자라는 소문이, 또다시 나돌기 시작했다."

"아아. 그거요."

지완도 느끼고 있었다.

최근에는 연예인들과 꽤 친해져서 오며가며 인사를 하기도 하고 수다를 떨기도 하는데, 요새 지완을 보는 눈빛들이 조금 변했다는 것을 느꼈다.

누군가는 대놓고 "지완아. 너 진짜로 남자 맞아?"라고 물어오기도 했다.

"그러게요. 이제 조만간 걸리겠어요, 여자라는 걸."

"괜찮겠냐?"

"네, 뭐. 각오하고 있었으니까요. 문제는 광고인데. 광고주들이 계약 파기를 하려고 하지 않을까요? 손해배상청구라도 할까 봐 걱정이에요."

"아아, 그거라면 걱정할 거 없어. 그 조항, 대표님이 두루뭉술하게 바꿔서 계약했으니까."

"아, 그래요?"

"대표님이 손해 보는 장사를 할 리 없지. 네가 여자라는 게 알려진다고 해서, 광고주들과 문제가 생기는 일은 없을 거다."

그렇다면 다행이었다.

"그리고 또 하나."

지완의 마음에 걸리는 일이 두 개 있었는데, 하나가 광고. 그리고 또 하나가 한성 그룹에 대한 이야기였다.

"찌라시, 라고 하죠? 그런 게 돌고 있다는 얘기를 들었습니다. 어제 누군가가 물어보더라고요. 찬혁이 형과 한성의 공주님이 정말로 약혼한 사이냐고. 그리고⋯ 한성의 높으신 분들 중에 연예인 스폰을 해주는 사람들이 있다고 들었는데, 거기에 찬혁이 형 부모님도 포함되어 있다는 거 아느냐고 물어보더라고요."

"벌써 그렇게까지 돌았나?"

"혹시 알고 계셨어요?"

"그래. 그거, 찬혁이가 퍼뜨린 거거든."

"네?"

전혀 몰랐다. 그 사건 이후에도 찬혁과 만나기는 했지만, 이런 이야기를 나눈 적은 없었다. 아무 일도 없었다는 듯이, 평범한 연인처럼 평범한 대화를 나누었을 뿐이었다. 그래서 찬혁이 무언가를 하고 있을 줄은 꿈에도 생각하지 못했다.

"어쩌자고 그런 걸…?"

"글쎄. 나도 확실히는 몰라. 대표님과 찬혁이가 뭔가 계획하고 있는 것 같더라. 대표님이 무슨 일이 벌어지든 그냥 모르는 척 하라고만 언질을 해주셨어."

"그렇군요."

"너무 신경 쓰지 마라. 이번에 1위도 했으니 더 바빠질 거야."

"그러게요. 저 1위 했죠."

차트에서는 1위를 했지만 음악 방송에서 1위를 한 건 이번이 처음이었다.

인기투표까지 포함한 결과이니 그만큼 지완의 인기가 높아졌다는 의미였다. 팬카페의 회원 수도 하루가 다르게 늘어나고 있었다.

차에서 내린 지완은 현준이 떠나는 것을 지켜본 후 돌아섰다. 그러다가 문득 걸음을 멈췄다.

'누가 있어.'

지완의 예민한 감각이 누군가 이쪽을 주시하고 있다는 사실을 알려주었다.

'누구지? 팬인가?'

휙 돌아봤더니, 누군가 쓱 몸을 숨기는 모습이 보였다.

'카메라…를 들고 있는 것 같은데.'

그곳을 가만히 응시했지만 상대는 움직이지 않았다.

'파파라치일지도 모르겠네.'

지완은 시선을 거두고 빌라 안으로 들어왔다.

파파라치가 붙었을지도 모른다고 생각했기 때문일까.

집안에 들어왔는데도 시선이 따라붙는 느낌이 들었다. 커튼을 치고 소파에 앉아 휴대폰을 들었다. 파파라치에 대해서는 찬혁에게 들은 말이 있었다.

지완은 찬혁에게 메시지를 보냈다.

- 형. 파파라치가 붙은 것 같아.

찬혁은 가만히 문자를 내려다보다가 소파에 머리를 기대고 눈을 감았다.

'생각보다 빠르군.'

지완은 오늘 처음으로 음악 프로그램에서 1위를 차지했다. 조금 더 1위의 기분을 느끼게 해주고 싶었는데.

재희와 민하는 텔레비전 앞에 나란히 앉아 게임을 하는 중이었다. 피잉, 피잉, 우두두두. 시끄럽게 울리는 게임 효과음을 뚫고….

"얘들아."

찬혁의 목소리가 울렸다.

"어."

"왜?"

재희와 민하가 텔레비전에서 시선을 떼지 않고 대답했다.

"지완이 오늘 1위 했어. 축하 파티나 해주자."

임지완 1위 축하 파티는 지완의 숙소에서 열렸다. 족발과 보쌈, 치킨으로 하는 간소한 파티였지만, 분위기만큼은 유쾌했다. 축하를 받고 축하를 하며 잔을 주고받다 보니, 다들 얼큰하게 술에 취했다.

재희와 민하가 먼저 돌아갔고, 찬혁은 그대로 지완의 집에 남아 있었다. 지완은 찬혁이 왜 혼자 이곳에 남았는지 알고 있었다.

쉽게 말을 꺼내지 못하고 테이블 위의 잔만 물끄러미 응시하는 찬혁을 지켜보던 지완은, 천천히 일어나 거실 창문으로 향했다.

아까부터 쳐놨던 커튼을 살짝 걷고 창밖의 어두운 거리를 내다보는데, 어느새 뒤로 다가온 찬혁이 지완의 허리를 끌어안았다. 이런 상황에서도 등 전체에 닿은 그의 체온이 기분 좋았다.

찬혁은 커튼을 완전히 옆으로 치운 후, 지완의 날씬한 배를 어루만졌다.

창 밖에 누군가 있다면 이 모습을 그대로 볼 수 있을 터였지만, 지완은 아무 말도 하지 않고 그의 스킨십을 즐겼다.

그의 입술이 귓불에 닿았고, 그의 숨결이 귓가를 간질였다. 달콤한 전율이 척추를 타고 내려갔다.

그는 느릿하지만 꼼꼼하게 지완의 긴 목덜미를 애무했다. 그의 입술이 닿는 곳마다 낙인이 찍힌 듯 뜨거웠다. 찬혁의 손이 지완의 셔츠 안으로 들어갔고, 셔츠가 걷히며 그 안을 감싼 붕대가 살짝 내보였다.

그런 후, 찬혁은 창문으로부터 돌려세워 자신을 마주 보게 만들었다.

그의 깊은 눈동자가 오롯이 지완만을 향해 있었다.

그 눈이, 지완은 참으로 좋았다. 나만을 향하고, 나만을 비추는 그의 눈동자. 어느 누구도 지완을 이토록 똑바로 봐주지 않았고, 어느 누구도 지완을 이토록 존재하게 해주지 않았다. 그의 검은 눈동자가 나를 봐주고 알아주기에, 나는 이곳에 존재한다.

"지완아."

"응."

그가 지완의 이마를 가린 머리카락을 쓸어 넘겨주며 물었다.

"다 버릴 준비 됐어?"

"응. 언제든지."

그들은 그날 밤, 두 번 다시는 만나지 못할 연인들처럼 사랑을 나누었다. 넓지 않은 방에 신음과 거친 호흡이 가득 찼고, 둘의 몸에서 시작된 열기가 넘쳤다.

갈증이 끊이지 않는 듯, 그리하여 멈출 수 없는 듯, 그들은 서로의 육체를 탐하고 즐겼다.

지완의 새하얀 피부에 발긋한 낙인이 남고, 붉은 입술이 부풀었다. 잔뜩 예민해진 육체 안에 그가 깊이 들어올 때마다, 지완은 신음하며 그를 끌어안았다. 밤이 지나가 동이 틀 때까지, 그들의 시간은 계속되었다. 이윽고 지완이 기절하듯 잠이 들었고, 찬혁은 그런 지완을 가만히 끌어안았다.

군살 없는 지완의 매끈한 등을 쓰다듬으며, 찬혁은 작게 한숨을 내쉬었다. 연인을 향한 다정하고 섬세한 손길과 달리, 찬혁의 눈은 냉정하게 빛나고 있었다.

얼마나 잤을까.

알람 소리에 깨어났을 때, 찬혁은 이미 돌아가고 없었다. 서운함을 느끼진 않았다. 그러기로 예정되어 있었으니까. 어젯밤의 격한 행위에 온몸에 근육통이 생겼다.

무거운 몸을 일으켜 침대에서 내려온 지완은, 전신 거울 앞에 서서 자신의 모습을 비춰보았다. 일자로 쫙 뻗은 어깨와 쇄골, 그 아래로 이어지는 봉긋한 가슴과 긴 팔다리, 지금은 그가 남긴 흔적이 있지만 평소에는 잡티 하나 없는 우윳빛 피부.

전에는 참으로 싫었던 육체였다. 이 가슴도, 미끈한 팔다리도 끔찍이 싫었다.

더 형편없는 몸꼴이었으면 좋겠다고, 그래서 사내들이 슬금슬금 피할 만한 외모였으면 좋겠다고, 간절히 바랐던 적도 있었다. 그러나 지금은 그를 안을 수 있는, 그를 받아들일 수 있는 이 몸이 참으로 사랑스럽다. 찬혁을 사랑하게 되면서, 싫었던 자신의 육체 또한 사랑하게 되었다.

그러한 것인가 보다, 사랑이라는 건. 사랑을 하는 나 자신도 사랑하게 만들어주는, 그러한 것인가 보다.

지완은 빙그레 미소를 지었다.

'나는 여자야.'

이제 그 사실이 혐오스럽지 않았다.

'나는 여자야.'

그를 사랑하기에, 자기가 여자라는 것 또한 기뻤다.

'나는 임지완이고, 여자야.'

부모가 자신에게 준 이름은 아무래도 좋았다.

찬혁이 자신을, 소중한 사람들이 자신을, 팬들이 자신을 임지완이라고 불러주고 기억해준다. 그러니까 임지완은 스스로가 쟁취한 이름이다.

그 무슨 일이 생겨도, 두 번 다시는 잃지 않을 이름. 기억될 이름.
존재할 이름.

임지완.

여느 때보다도 공들여 씻고 나갈 채비를 끝냈다. 현준이나 임시
매니저를 부르는 대신 집을 나와 큰길로 향했다.

지완을 알아본 팬들이 다가와 사인을 요청하면 사인을 해주고,
사진을 요청하면 함께 사진을 찍었다. 아마도 곧 임지완을 봤다는
게시글들이 여기저기 올라올 것이다.

자기에 대해 잘 알지도 못하면서 사랑을 준 팬들에게 미안하고
고마웠다.

"오빠, 좋아해요."

"사랑해요."

"진짜로 잘생겼어요!"

"노래, 진짜 좋아요!"

그런 말들에 진심을 담아 "감사합니다. 고마워요." 대답하며 택
시를 잡았다. 택시에 타서 목적지를 말한 후, 창문을 내리고 팬들을
향해 손을 흔들었다.

이것은 감사의 표현이자 이별의 인사였다. 환하게 웃으며 화답

해주는 팬들의 모습에 콧등이 시큰거렸다.

처음으로 '여자'로 데뷔할 걸 그랬다고 후회했다.

그러나.

'어차피 여기까지야, 나는. 이 세계는 나랑 어울리지 않아.'

여자로 데뷔했어도 마찬가지였을 것이다.

연예계는, 많은 사람들의 시선을 신경 쓰고 자신의 모습을 점검해야 하는 이 세계는, 임지완과 어울리지 않는다.

택시가 MS 엔터테인먼트 본사 앞에 멈췄다. 지완은 택시에서 내려 본사 건물 안으로 들어갔다.

지완을 알아본 직원들이 인사를 건넸다. 그들과 가볍게 대화를 나눈 후 엘리베이터에 올랐다. 출발하기 전, 승호와 현준에게 본사에 들를 거라는 연락을 넣어뒀다. 두 사람은 아마도 승호의 사무실에서 지완을 기다리고 있을 것이다.

지완이 무슨 말을 하려는지도 알고 있을까?

'아마 알고 있겠지.'

그렇게 생각하며 엘리베이터에서 내렸다.

대표실 앞에 멈춰 크게 심호흡을 한 후 노크를 했다.

똑똑.

"들어와."

승호의 대답을 듣고 곧바로 문을 열었다.

승호와 현준이 소파에 나란히 앉아 지완을 기다리고 있었다.

안으로 들어가 꾸벅 인사를 하고 맞은편에 앉았다.

이곳에 오기 전 할 이야기는 다 생각해두었다. 그런데 막상 두 사람을 앞에 두니 입이 열리지 않았다.

고마운 사람들이었다.

신분도 증명할 수 없는 지완을 데려와 신분을 주고, 투자를 해준 사람들. 지완을 신뢰해준 사람들.

그들에게 받은 은혜는 크고 깊어서, 아마 평생을 갚아도 다 갚지 못할 것이다.

그것이 단지 돈을 위해서건, 명예를 위해서건 상관없었다. 어찌 되었든 지완은 그들로 인해 많은 것을 얻었으니까.

수많은 말들이 머릿속을 오고가는데, 승호가 봉투 하나를 지완의 앞으로 내밀었다.

이것이 무엇인가 싶어 고개를 들자, 승호가 말했다.

"확인해 봐라. 할 이야기는 본 다음에 하고."

지완은 봉투를 열었다.

그 안에는 새로운 주민등록증과 여권이 들어 있었다.

지완의 증명사진이 붙어 있는 건 마찬가지인데, 성별이 달랐다.

2로 시작하는 주민번호, 여권의 성별 F.

왈칵 눈물이 쏟아지는 바람에, 주민등록증과 여권을 쥔 손으로 얼굴을 가렸다.

"아… 아, 대표님. 아…"

감사하다고 말해야 하는데 울음이 목에 차, 이 벅찬 마음을 표현할 수가 없었다.

어둠뿐인 줄 알았는데. 자신의 삶은 저주받았다고 생각했는데.

아니었다.

이렇게 좋은 사람들을, 이렇게 밝은 빛을 주는 사람들을 만나게 되었다.

알고 보니 삶은 기적으로 가득 찼다.

그것도 그 크기를 짐작할 수 없는 빛으로 넘쳤다.

감사하다는 말도 채 하지 못하고 펑펑 우는 지완을, 이제야 비로소 그 좁은 옷장에서 빠져나온 어린 소녀를, 승호와 현준은 묵묵히 응시했다.

어두운 옷장에 갇혀 겁에 질려 있던 소녀, 두려움조차 표현할 수 없었던 소녀, 이제 남들 앞에서 소리 내서 울 수 있게 되었다.

그것이 기쁘기도 하고 안쓰럽기도 해서, 현준은 가만히 숨을 내쉬었다.

"너는 아주 잘 해줬다, 임지완. 내가 투자한 만큼 거두기도 했고, 네가 할 일은 끝났어. 이제는 네가 하고 싶은 대로 하면 된다."

승호가 나직한 목소리로 말했다.

현준은 승호를 흘긋 돌아봤지만 그의 말을 끊지 않았고, 승호는 계속해서 말했다.

"네가 여자 임지완으로서 연예계 생활을 계속하고 싶다면, 우리랑 재계약을 해도 되고. 네 소문이나 기사는 내가 잘 마무리지어줄 테니까."

하고 싶은 대로 해, 원하는 걸 할 수 있어, 라고 승호는 말하고 있었다.

소망을 품을 수 없고, 미래를 꿈꿀 수 없었던 지완에게, 승호는 여러 미래를 내어주고 있었다.

지완은 간신히 울음을 멈추고 승호를 응시했다. 뿌연 시야로 보이는 승호는 항상 그렇듯 무표정했다.

"감사합니다, 대표님. 부대표님. 두 분께서 베풀어주신 은혜는 평생 잊지 않겠습니다. 늘 기억할게요. 이런 제게 재계약 제안까지 해주셔서 정말 감사드려요. 하지만 저는 연예계와 어울리지 않는 것 같아요. 여기까지 하는 게 좋을 것 같아요."

"그래, 그럼 그렇게 해."

"감사해요, 정말로."

"기자회견을 해야 할 일이 생길 거다. 그때 할 이야기들을 정리해두도록 해. 어려우면 현준이한테 도움을 받고."

"네."

"가봐라."

"네."

지완이 신분증과 여권을 들고 일어났다.

"아, 맞다."

문으로 향하는 지완을 승호가 멈춰 세웠다.

지완이 걸음을 멈추고 돌아봤다.

"처음 봤을 때부터 네게 하고 싶은 말이 있었다."

"네, 뭔가요?"

승호가 일어나 지완에게 다가왔다.

앞에 멈춘 승호가 커다란 손으로 지완의 머리를 가만히 쓰다듬었다. 아버지가 딸에게 그러듯, 선생님이 학생에게 그러듯.

애정이 담뿍 담긴 손길로 지완의 머리를 쓰다듬는 승호의 얼굴엔 옅은 미소가 걸려 있었다.

"참으로 고생스러운 삶이었을 텐데 정말 잘 자라줬다, 지완아. 너는 참 착하고 좋은 아이야. 그러니까 앞으로도 이렇게만 살아."

아, 어떡하지?

지완은 또 울음을 터뜨릴 것 같아서 얼른 고개를 숙였다. 실컷 울었으니 더는 나올 눈물도 없을 줄 알았는데, 고개를 숙이자마자 눈물이 바닥으로 뚝뚝 떨어졌다.

코를 훌쩍거리며, 지완은 간신히 대답했다.

"네, 그럴게요."

지완이 나간 후, 승호가 다시 돌아와 소파에 앉았다.

"깜짝 놀랐네요. 대표님이 그런 소리를 하시다니. 귀신이라도 씌었나 했습니다."

"자네는 그렇게 생각하지 않았어? 지완이, 잘 자랐잖아."

"네, 그렇긴 하죠. 그런 삶을 살았는데도, 애가 정말 잘 자랐어요."

"처음 봤을 때부터 정말로 칭찬해주고 싶었어. 늦게라도 할 수 있게 돼서 다행이군."

"그러게요. 그런데 대표님. 투자 금액, 훨씬 못 미치게 거둬들였는데, 괜찮은 겁니까?"

사실 지완이 벌어들인 돈은, 지완에게 투자한 돈보다 훨씬 적었다. 그리고 승호는 MS를 세운 후, 단 한 번도 투자에 실패한 적이 없었다.

때문에 이번의 실패를 현준 탓으로 돌릴까 걱정이 되어 물었는데, 승호가 피식 웃으며 대답했다.

"괜찮아. 여러 가지로 재미있었고, 앞으로도 재미있어질 테니까."

해림은 고용인이 가지고 온 봉투를 열었다. 안에는 여러 장의 사진이 들어 있었다. 지완이 여자라는 증거를 담은 사진과 지완과 찬혁의 애정 어린 포즈를 담은 사진.

사진을 보는 해림의 눈이 차갑게 빛났다.

이런 사이일 줄은 예상했지만, 그것을 실제로 확인하니 분노가 치밀었다.

지완을 앞에 둔 찬혁의 입가에는 달콤한 미소가 묻어 있었고, 찬혁은 해림에게 단 한 번도 이러한 표정을 보여준 적이 없었다.

해림의 손가락이 찬혁의 얼굴을 한 번, 그리고 지완의 얼굴을 한 번씩 눌렀다.

"이렇게 나온다는 거지?"

두 사람은 구태여 감출 생각 없다는 듯, 창가에 서서 이런 짓을 하고 있었다. 해림을 향한 명백한 도발이었다.

"그래, 그럼 원하는 대로 둘 다 부숴줄게."

찬혁은 강원도를 향해 차를 모는 중이었다. 운전을 하는 찬혁의 두 눈은 형형히 빛나고 있었다.

30분 전, 재희가 전화로 인터넷을 달군 기사 내용을 알려주었다.

- 임지완은 여자?

- 임지완, 남장의 이유는?

- 옷 사이로 보이는 붕대. 가슴을 감추기 위한 것인가?

- 임지완, 남자인가, 여자인가.

그런 기사들이 우후죽순으로 올라오고 있다고 했다.

지완의 숙소 앞은 이미 기자들이 쫙 깔렸고, MS 본사 앞도 시끄럽다고 들었다.

- 아직 너랑 지완이 사이에 대해서는 안 떴어. 운전 중일 텐데 일

단 끊을게. 조심해서 다녀와라.

그렇게 말하고 재희는 통화를 종료했다.

해림이 아직 지완과 찬혁의 열애설을 터뜨리지 않은 이유는 뻔했다. 찬혁이 후회하고 달려와 용서를 빌 기회를 주는 것이리라.

'안 됐지만.'

찬혁은 액셀을 세게 밟았다.

'난 그럴 생각 없어.'

강원도 산속에 있는 자그마한 별장 앞에서, 찬혁은 차를 세웠다.

그리 크지도 화려하지도 않은 별장은 인적이 없는 듯 조용했다. 하지만 찬혁이 차에서 내리자마자 검은 그림자들이 움직여 찬혁의 주위를 둘러쌌다.

남자들은 전부 검은색 양복을 입고 있었고 풍채가 좋았다. 찬혁을 알아봤을 텐데도, 남자들의 표정은 변하지 않았다.

"회장님을 뵈러 왔습니다."

찬혁의 말에 남자 하나가 다른 남자에게 눈짓했다. 그 남자가 별장 안으로 사라졌다가 돌아올 때까지, 아무도 입을 열지 않았다.

"들이라고 하십니다."

이윽고 돌아온 남자의 말에, 다른 남자들이 길을 터주었다.

한성 그룹의 회장이 강원도의 작은 별장에 머물고 있다는 걸 아는 사람은 많지 않았다. 최측근 정도만이 알고 있어서, 해림 역시 회장의 거처를 몰랐다.

그곳을 찬혁이 알고 있는 이유는, 2년 전 회장이 찬혁을 따로 불러 이야기한 적이 있기 때문이었다.

"강원도에 작은 별장이 하나 있지. 내가 참 좋아하는 곳이야."

그때는 회장이 왜 그런 이야기를 하는지 알 수 없었다.

"이런 날이 오리라는 걸 예상하신 겁니까? 아니면 제게 기회를 주신 겁니까?"

소파에 느긋하게 앉아 바둑을 두는 회장에게, 찬혁은 인사도 하지 않고 물었다.

회장 역시 바둑판에서 눈을 떼지 않고 답했다.

"내가 예언가도 아닌데 어찌 예상했을까."

"그럼… 기회를 주신 거군요. 제가 그 감옥에서 빠져나갈 기회."

그제야 회장이 찬혁을 향해 시선을 돌렸다.

머리카락이 온통 희게 샌 노회장은, 눈빛만큼은 여전히 젊은이처럼 형형했다.

"앉아라."

찬혁은 회장의 맞은편에 앉았다.

"무슨 일로 찾아왔느냐. 아무 힘없이 요양하고 있는 노인네한테."

"아무 힘이 없다니요. 할아버지는 아직 건장하시잖아요."

할아버지라는 호칭에 회장의 눈빛이 부드러워졌다.

어릴 때부터 그랬다.

해림의 집에 불려갔을 때, 간혹 회장과 마주칠 때가 있었다.

"안녕하세요, 할아버지"

그렇게 인사를 하면 회장은 늘 부드러운 눈빛으로 찬혁의 머리를 쓰다듬어주곤 했다.

아버지나 어머니의 손길보다 더 다정하고 따사로워서, 찬혁은 해림에게 불려갈 때마다 회장이 있었으면 좋겠다고 생각했었다.

"할아버지. 요새 연예계에 도는 소식을 알고 계십니까?"

"내가 왜 여기에 머문다고 생각하느냐. 여기는 인터넷도 되지 않고 텔레비전도 없지. 아주 조용하고 평화로운 곳이야."

그렇게 말하며 회장은 창문 쪽으로 시선을 돌렸다. 어쩌면 이 불굴의 노회장 역시 도망치고 싶었던 것이 아닐까, 라는 생각이 들었다. 찬혁이 시선의 감옥에 갇혀 있었던 것처럼, 거대 그룹의 총수였던 이 사람 또한 어딘가 갇혀 있다는 느낌을 받았던 것이 아닐까.

"조용하고 평화로운 곳에 분란 거리를 가지고 와서 죄송합니다. 하지만 할아버지께는 꼭 말씀 드리고 움직이고 싶었습니다."

"움직이지 말라 하면 움직이지 않을 테냐?"

회장이 찬혁과 시선을 맞추고 물었다.

찬혁이 씩 웃었다.

"아니요. 제가 요새 반항기라서요."

회장의 눈이 가늘어졌다.

"그래. 반항기. 그럴 때가 되었지."

"조금 늦은 편이지요."

"무엇에 그리 반항하고 있지?"

"제 목줄을 움켜쥔 사람들한테요."

"말해 보거라."

찬혁은 천천히 그동안의 일을 이야기했다.

그리고 한성의 몇몇과 연예인과의 관계, 해림이 벌인 짓까지.

"해림이가."

이러니저러니 해도 손녀가 그런 짓까지 벌인 것이 충격인 듯 회장의 표정이 어두워졌다.

"저는 윤진이 차에 치인 게 우연이 아니었다고 확신합니다. 아직은 못 찾아냈지만, 조만간 의뢰를 받아 근처에서 대기하고 있던 사람을 찾아낼 수 있겠죠. 그자가, 윤진이 도망칠 때 우연으로 가장해서 죽이는 역할을 맡았을 겁니다."

"어린아이는 잔혹하지."

어린아이는 순수하기에 잔혹하다.

자신의 행동이 상대에게 어떤 영향을 미치는지 알지 못하기 때문이다.

그 순수한 잔혹함은 혼나기도 하고, 때로는 자신이 당하기도 하면서 점차 사라지게 된다.

타인의 아픔에 공감하고 내 행동이 미칠 영향이 어떤 건지 깨닫게 되는 것이다.

그러나 모든 것을 할 수 있고, 모든 것을 용서받았던 해림에게는 그러할 기회가 없었다.

"해림이 부모가 해림이에게 배움의 기회를 주지 않았구나."

회장이 침통하게 중얼거렸다.

"회장님. 저는 증거를 가지고 있습니다. 아마 이것이 흘러나가면 한성 그룹의 몇몇 사람들은 물론, 연예인들 중 꽤 많은 사람들에게도 타격이 될 겁니다."

"네 부모도 무사하진 못할 텐데."

"네, 회장님. 저는 각오를 했습니다."

잠시 침묵이 흘렀다.

이윽고 회장이 말했다.

"도와주진 않겠다. 허나 네 일을 방해하지도 못하게 하마."

네 안전은 보장해주겠다, 라고 회장은 말하고 있었다.

"죄송합니다, 회장님."

찬혁의 말에 회장이 빙그레 웃었다.

"되었다. 썩은 물은 퍼내야지. 네 덕에 물갈이를 좀 하겠구나."

지완에 대한 기사는 다음 날이 되자, 여자라는 걸 확정짓는 내용으로 바뀌었고, 찬혁과의 관계 또한 기사화가 되었다.

전국민적 사기라는 표현이 사용되었고, 지완의 과거에 대한 의문들이 떠올랐다.

인터넷은 그야말로 뜨거운 불 위에 놓인 냄비처럼 들끓고 있었다. 집 밖이 몰려든 기자들과 팬들로 시끄러웠다.

지완은 창문에 커튼을 치고 거실에 앉아 있었다. 오늘은 촬영이 있는 날이지만 취소되었다. 아마 앞으로도 쭉 촬영을 하러 나가는 일은 없을 것이다.

'이제 곧 이 집에서 생활하는 것도 끝이구나.'

새삼스러운 기분으로 집안을 둘러봤다. 생전 처음으로 갖게 되었던 내 집(물론 명의는 회사로 되어 있지만)이었다.

오랜 시간 지낸 것은 아니지만 여러 가지 추억이 묻어 있었다. 돌이켜보니 참으로 꿈같은 시간이었다.

휴대폰이 울렸다. 제나에게서 걸려온 영상통화였다. 지완은 수락을 누르고 휴대폰 화면을 응시했다. 제나의 얼굴이 화면을 채웠다. 휴대폰 화면을 거쳤는데도 제나의 걱정이 고스란히 전해졌다.

"너, 지금 집이야?"

"응."

"집 앞에 기자들 장난 아니지? 지금 너희 집 앞 사진도 올라오고 있거든."

"아아, 그래? 커튼 쳐두기를 잘했네."

"혼자 있어?"

"응. 내일 기자회견을 열기로 했거든. 오늘은 혼자 있고 싶다고 했어."

"찬혁이 오빠?"

"형도 아마 혼자 준비하고 진행해야 할 게 많을 거야."

"이게 대체 어떻게 된 일이래. 처음에 기사 뜬 거 보고 얼마나 놀랐는지 알아? 찌라시 돌 때부터 불안하긴 했는데."

"하하하."

제나는 그 찌라시가 찬혁이 흘린 것이라는 사실을 몰랐다.

지완 역시 찬혁의 계획을 전부 알지는 못하기에, 그저 웃는 수밖에 없었다.

"웃긴 뭘 웃니? 너, 앞으로 어쩔 셈이야? 그만 두는 거야, 가수? 이제야 궤도에 오르기 시작했는데?"

"응. 난 여기랑 안 맞는 것 같아."

"안 맞긴. 너보다 더 잘 맞는 사람도 없을걸."

"그런가?"

"하지만 뭐, 그래. 어떻게 보면 안 맞을 수도 있겠다. 넌 늘 자유로웠으니까."

제나의 말에 지완은 빙그레 웃었다.

"자유. 그래, 자유. 처음에는 자유를 뺏긴 기분이었어. 그런데 언니, 자유보다 더 좋은 것들도 있다는 걸 알게 됐어. 팬들의 시선도, 내 주변 사람들의 시선도. 그런 관심들이 꼭 무섭고 불편한 것만은 아니라는 걸 알게 됐어."

데뷔를 했을 때만 해도, 날 향한 관심이 불편하고 버거웠다. 그래서 그보다 더한 관심을 받는 찬혁의 괴로움도 이해할 수 있었다.

하지만 시간이 지나면서 알게 되었다.

날 향한 다정한 걱정과 애정은, 결국 그 시선에서 비롯된 것이라는 걸. 그것이 단순히 불편하고 무거운 것만은 아니라는 걸. 사람과 사람이 관계하기 위해서는, 어느 정도의 자유는 포기할 수 있어야 한다는 걸.

"자유를 포기하고 얻는 것이 애정이라면, 얼마든지 포기할 수 있어. 자유보단 언니가, 재희 선배랑 민하 선배가, 대표님과 부대표님이, 그리고… 찬혁이 형이 더 좋으니까."

"뭐니, 그게."

그렇게 말하는 제나의 눈시울은 붉었다.

"언니랑 같이 하고 싶은 게 정말 많았어. 여자들끼리 하는 그런 거 있잖아. 팔짱 끼고 쇼핑도 다니고, 영화도 보고, 카페에서 수다도 떨고. 그런 것들, 같이 하고 싶었는데 참 아쉬워."

"아쉬울 거 없어. 나중에 같이해."

"하지만 난 지금 어마어마한 이슈의 한가운데에 있는걸. 내일 기자회견이 끝나자마자 외국으로 갈 거야."

"그래, 지금은 그래야겠지. 하지만 사람들이 널 그렇게 오랫동안 기억해줄 것 같니? 내일이면 또 다른 신인이 나올 거고, 또 다른 사건들이 터질 거야. 아마 1~2년쯤 지나면 임지완이라는 이름을 기억하는 사람도 없을걸."

지완이 웃었다.

"언니는?"

지완의 질문에 기분 상했다는 듯 제나가 인상을 찌푸렸다.

"뭘 그런 걸 묻고 그래? 난 머리 좋아. 10년 후에 돌아와 봐. 그래도 똑똑히 기억하고 있을 테니까."

임지완 성별 사태에 대해, MS 엔터테인먼트의 문승호 대표는 말했다.

"임지완의 성별에 대해 말한 적은 없습니다. 성별을 알리지 않고 비밀스러움을 강조해서 활동하는 것이 임지완의 콘셉트였습니다. 여자인가, 남자인가에 대해 팬들이 궁금해하고, 성별과 상관없이 노래만으로 어디까지 인기를 얻을 수 있나 알아보려고 한 건데. 우리 쪽에서 밝히기 전에 파파라치가 붙을 줄은 몰랐습니다. 1년만 딱 활동한 후, 성별을 알릴 예정이었죠. 당사의 기획이 이렇게까지 비난을 받을 일인지 모르겠군요."

잘못한 것은 하나도 없다는 듯 당당한 태도여서, 일부는 '그렇구나.' '그러고 보니 정말 남자라고 말한 적은 없었어.'라고 납득했다.

그러나 아직 비난하는 무리들이 더 많았다.

배신감 때문에, 혹은 그냥 비난할 상대가 생긴 것이 즐거워서.

인격적인 모독과 살의까지 띤 악플들이 댓글창을 가득 채웠다. 특히 찬혁의 팬들이 심했다.

모두의 적대감 어린 분노 속에서, 지완의 처음이자 마지막 기자회견이 진행되었다.

기자회견은 처음이었다.

쏟아지는 질문과 셔터 소리에 정신을 차릴 수가 없었다.

바로 뒤에 현준이 서 있었지만, 그의 존재조차 느낄 수 없었다.

여러 이야기를 생각해 왔지만 아무것도 생각이 나지 않았다. 호기심 어린 질문도 있지만 낯선 질문들도 많았다. 지완에게 상처를 주기 위해 결심하고 나온 사람들처럼, 기자들은 아픈 질문들을 쏟아냈다.

"고아원에 있었다는 얘기가 있던데."

그때, 질문 하나가 지완의 정신을 들게 했다. 지완은 눈을 크게 뜨고 질문을 던진 기자 쪽으로 고개를 돌렸다. 20대 후반 정도로 보이는 여성이었다.

"고아원에 있다가 탈출한 후, 거리에서 생활을 했다는 소문이 있더라고요."

그런 소문은 없었다.

"사실인가요?"

기자가 도발적인 표정으로 물었다.

"대답하지 않아도 돼. 최해림 쪽에서 보낸 사람인가 보다."

현준이 작은 목소리로 속삭였다.

지완은 심호흡했다.

대답하지 않아도 된다. 그러나 이 의문은 부풀어 진실이 되고, 진실은 독이 될 것이 분명했다. 지완이 아닌, MS엔터테인먼트와 찬혁을 향한 독. 자신으로 인해 소중한 사람들이 피해를 입을지도 모른다고 생각하자 정신이 맑아졌다.

지완은 마이크를 잡았다.

"안녕하세요, 임지완입니다. 음악 방송 프로그램이 아닌 곳에서 인사를 드리는 건 처음인 것 같네요."

"인사가 아니라 질문에 대답을⋯."

"쉿!"

지완의 낮고 허스키한 음성을 끊으며, 여기자 하나가 날카롭게 외쳤다.

하지만 그 말은 주위 다른 기자들로 인해 끊겼다. 기자들은 지금 지완이 하는 말을 끊으면, 앞으로 그 어떤 대답도 들을 수 없으리라는 것을 눈치채고 있었다.

여기자는 불만스러운 듯 인상을 찌푸렸지만, 여러 명을 상대하기 어렵다고 생각했는지 입을 다물었다.

소란이 가라앉자, 지완은 다시 이야기를 시작했다.

"여자로 살 수가 없었던 이유에 대해서는 말씀드리지 않겠습니다. 여러분에게 말 못 할 비밀이 있듯, 이것은 제게 그러한 비밀입니다. 알 권리라고 주장하신다면, 저는 말하지 않을 권리라고 대답하고 싶습니다."

거기까지 말하고 지완은 잠시 숨을 골랐다.

"저는 아주 어둡고 고독한 삶을 살아왔습니다. 사람들의 시선과 자그마한 접촉조차 두려운, 그런 삶을 걸어왔습니다. 친구도 없고, 가족도 없는 인생이었습니다. 그러던 제게 연예인이 될 기회가 생겼고, 저는 한번 해보마고 했습니다. 잠 잘 곳이 필요했거든요. 단지 그뿐이었습니다. 잘 곳을 보장받을 수 있는 삶. 그거 하나 때문에 이 길에 들어오기로 결정했습니다. 삼시세끼를 챙겨서 먹을 수 있고, 퇴근 후 돌아갈 집이 있다는 것이 제게는 그저 꿈만 같았습니다. 모두에게 당연한 그곳이, 제게는 없었으니까요. 그러나 이 길을 걷게 되며, 삼시세끼와 잠 잘 곳, 그보다 더 소중한 것이 있다는 것을 알게 되었습니다. 저를 보살펴주고 걱정해주는 사람들이 생겼고, 그런 관심을 받아본 적 없는 저는 그것이 그저 무척이나 따뜻해서. 때로는 이러다 화상을 입지 않을까 생각될 정도로 따스해서."

지완은 말을 멈췄다. 잠시 눈을 감고 눈물을 삼키는 동안, 기자들은 조용했다. 눈을 감은 채로 지완은 다시 입을 열었다.

"세상에 태어나 처음으로 행복이라는 것이 무엇인지 알게 되었습니다. 하루 일과를 말할 사람이 있고, 걱정을 털어놓을 사람이 있고, 혼내주는 사람이 있고, 같이 밥 먹을 사람이 있고… 그런 건 정말로 처음이라서, 그게 얼마나 기쁘고 좋은지. 매일 매일이 꿈만 같았습니다. 어느 날엔가 무대 위에서 긴장을 덜 느끼게 되었을 때에, 방청객 여러분을 둘러본 적이 있었습니다. 다들 기대와 애정이 담긴 눈으로 저를 보고 계셨죠. 그것이 참으로 신기했습니다. 저에 대한 것은 알려져 있지도 않은데, 어쩌면 이렇게나 순수하고 깊은 애정을 줄 수 있는 걸까. 저에 대해 잘 알지도 못하는데, 어떻게 이렇게 응원해주고 격려해줄 수 있는 걸까."

지완이 다시 눈을 떴다.

연갈색 눈동자가 반짝 빛을 냈다.

"많은 것을 알려 드릴 수 없어서 죄송합니다. 알지 못함에도 사랑해주셔서 감사합니다. 제 인생에서 제게 애정을 주는 사람이 생길 줄은 꿈에도 생각하지 못했습니다. 소망조차 죄스러워, 그저 어둠 속을 걷기만 했습니다. 그 어둠의 끝을 밝혀주는 이들을 만나 참 행복합니다. 그리고."

지완이 일어났다.

옷매무새를 가다듬은 지완이 허리를 깊이 숙였다.

"저를 행복하게 만들어준 여러분께 정말로 감사드리고, 또, 죄송합니다."

승호가 마련해둔 전용기를 타고, 지완은 이륙을 기다리고 있었다. 비행기를 타보는 건 처음인데, 도망치듯 한국을 떠나느라 타게 될 줄은 몰랐다. 배웅을 온 현준이 지완의 옆자리에 앉았다.

"이륙은 언제 한대?"

"30분 후에요."

"그래. 마음의 준비는 됐고?"

"네. 예전부터 하고 있었죠."

"인터넷에서는 네 기자회견을 보고…."

"안 들을래요, 부대표님."

지완이 말했다.

"이제 저는 그 세계의 사람이 아니에요. 저에 대해 어떻게 평가하든, 이젠 괜찮아요."

그렇게 말하는 지완은 평온해 보였다.

비행기의 작은 창문으로 들어온 햇빛이 지완의 옅은색 머리카락 위에서 부딪쳤다. 햇빛을 받아서인지, 지완의 하얀 피부가 유독 더 희게 보였다. 햇살이 부딪쳐 흩어지듯 지완 또한 햇살에 묻혀 사라질 것만 같았다.

"지완아. 너, 사라지지 않을 거지?"

지완이 작게 웃었다.

"마법사도 아닌데 어떻게 사라지겠어요. 게다가…"

지완이 현준을 향해 고개를 돌렸다.

"너무 좋아져버렸어요. 사는 게."

현준이 내리고 얼마 안 있어 비행기가 이륙했다.

드르르르르!

거센 진동에 무서웠던 것도 잠시. 창문 아래로 펼쳐진 지상의 모습에 지완은 작은 탄성을 내뱉었다. 비행기가 올라가면 올라갈수록, 크게만 보였던 건물들이 점점 작아졌다. 사람들의 모습은 아예 보이지도 않았다.

그러나 이제 지완은 알고 있었다. 저기 어딘가에 내가 사랑하는, 그리고 나를 사랑하는 사람들이 있음을. 나를 걱정하고 아끼는 사람들이 있음을. 그들이 주는 빛은 쉬이 사라지지 않을 것임을.

그리하여 내가 걸어가는 인생의 길이 두 번 다시는 어둡지 않을 것임을 알기에.

'정말이에요, 부대표님. 산다는 게 너무 좋아져버렸어요.'

삶을 사랑하게 되었다.

'지금쯤 출발했겠군.'

풍월 숙소 소파에 누워, 찬혁은 시간을 확인했다. 찬혁의 상황은 지완보다 더 안 좋았다. 휴대폰은 이러다가 폭발하는 게 아닐까 싶을 정도로 울려 댔고, 숙소 앞은 주민의 항의가 들어올 만큼 시끄러웠다.

몇 시간 전, 지완의 기자회견을 텔레비전으로 시청했다.

카메라를 똑바로 응시하고 담담하게 말하는 지완의 모습은 예뻤고, 찬혁은 자신이 팔불출이라 그렇게 보이는 것만은 아닐 거라고 생각했다.

카메라는 지완의 감정을 전부 담아내지 못했지만, 그럼에도 그녀가 느끼는 고마움과 행복이 전해졌다. 아마 그 시간에 기자회견을 시청한 사람들도 같은 마음이었을 것이다.

아무리 눈과 귀를 닫고 자신의 즐거움에 악플을 다는 사람이라도, 진심을 목도하면 변하는 법이다. 지완을 향한 여론의 온도는 바뀌겠지만, 그런 건 아무래도 좋았다. 이제 지완은 이 세계로 돌아오지 않을 테니까.

지완은 바람이었다.

바람은 한곳에 머물지 않는다.

연예계 같이 고인 우물에, 지완은 어울리지 않았다.

재희와 민하가 지친 표정으로 숙소에 돌아온 건, 밤 12시가 지나서였다.

재희가 냉장고에 가서 맥주 세 캔을 들고 와 하나씩 건넸다. 셋은 말없이 맥주를 마셨고, 한 캔을 단숨에 비운 민하가 말했다.

"으아, 이제 좀 살 것 같네!"

"미안하다, 나 때문에."

"됐어, 이 자식아. 네가 진짜로 미안해할 건, 나한테 메신저 역할을 시킨 그 빌어먹을 짓거리였어!"

찬혁과 지완의 사이에서 서로의 대화를 전해주었던 것이, 민하의 트라우마로 남았나 보다. 그런 지 한참이 지났는데도, 민하는 그 일을 끄집어내며 오만상을 찌푸렸다.

재희가 웃었다.

"송찬혁이 사과를 다 하다니. 진짜 징그럽다."

"사람 앞에 두고 징그럽다는 말은 좀 그렇지 않냐?"

"하하하하. 넌 발언권 없어, 송찬혁. 이게 웬 고생이냐."

"그래, 미안하다."

지완과 찬혁의 열애설이 터진 후, 찬혁이 은둔을 하는 바람에 멤버인 재희와 민하만 죽을 맛이었다.

재희와 민하는 여러 프로그램에서 활발하게 활동 중이었기 때문에, 스케줄을 아는 기자들이 가는 곳마다 따라다녔다.

"앞으로 어쩔 셈이야?"

재희가 진지하게 물었다.

찬혁은 잠시 고개를 숙이고 생각에 잠겼다.

다시 고개를 든 찬혁의 시야에 두 친구들의 모습이 들어왔다. 항상 밀어내고 무시하는데도 가장 중요한 순간에 힘이 되어준 친구들.

찬혁은 주먹을 꽉 쥐고 입을 열었다.

"풍월 10주년까지 함께 하고 싶었는데, 그러지 못하게 돼서 미안하다."

"윤진, 그 새끼가 사고 쳤을 때부터 10주년은 기대도 안 했다."

민하가 대꾸했다.

"지완이가 여자라는 게 밝혀졌고, 너와의 관계도 알려졌어. 이제 슬슬 네 계획을 말해줄 때도 되지 않았냐?"

재희의 말에 찬혁은 고개를 끄덕였다.

"응. 나는 이제부터 동영상을 하나 찍으려고 해."

세상은 항상 원하는 대로 굴러갔다. 어릴 때부터 쭉 그랬다. 원하는 것은 손에 넣을 수 있고, 바라는 것은 반드시 이루어졌다. 어둠이라는 것을 단 한 번도 느낀 적 없이, 해림은 살아왔다.

그런데 왜일까.

가장 간단한 일이라고 생각했던 것들이, 해림의 마음대로 굴러가지 않았다. 지완이 사라지면 찬혁이 다시 자신의 장난감으로 돌아올 거라고 생각했다.

그러나 지완은 죽지도, 다치지도 않았다. 윤진 역시 혼수상태에

412

빠져 있지만 언제 깨어날지 모르는 상황이었다.

지완이 여자라는 걸 밝히면 다들 배신감에 치를 떨 거라 생각했다. 처음에는 그랬다. 모두가 지완을 비난하고 조롱했다. 그러나 그 기간은 길지 않았다.

기자회견에서 지완은 담담히 속내를 털어놓았고, 어째서인지 그 뻔한 변명이 사람들의 분노를 가라앉혔다.

지완의 기자회견이 방송된 지 일주일이 지난 지금, 사람들은 지완의 노래를 그리워하고 있었다. 다시 연예계로 돌아왔으면 좋겠다는 글들이 왕왕 올라왔고, 지완을 두둔하는 글들도 많았다.

― 따지고 보면 진짜로 임지완이 자기 입으로 남자라고 한 적 없잖아.

― 결국 남장한 건, 소속사 의도 아냐?

― 튀어야 살아남는 세계니까 임지완도 튀어보려고 한 거고, 그것 때문에 임지완을 비난할 일은 아니지.

― 임지완이 남장했다고 피해본 사람이 있나? 없잖아.

― 솔까 실력은 죽여줬잖아.

― 노래가 진짜 굉장했지.

― 노래 라이브로 들으면 장난 아니라던데. 들어보고 싶다.

― 콘서트라도 한번 열고 그만두면 좋았을 텐데.

해림을 초조하게 만드는 건 그뿐만이 아니었다.

지완은 한국을 떠났는데, 어느 나라로 갔는지 확실하게 알 수가 없었다.

게다가 한성 그룹의 임직원들 중 몇몇이 연예인 스폰서를 하고 있다는 게시글이 여기저기 올라왔고, 그중에 최해림이라는 이름이 거론되기도 했다.

– 최해림 있잖아. 걔가 남자를 그렇게 좋아한대. 잘생긴 남자. 그래서 신인 배우들 나오거나 그러면 바로 침 발라둔다던데.

– 송준호랑 채희나가 아직도 승승장구하는 이유가 한성이 스폰 해줘서라더라.

– 최해림이 송찬혁 스폰서라던데.

며칠 전부터 아버지에게 매일 전화가 걸려왔지만, 해림은 받지 않았다. 무슨 말을 할지 안 봐도 뻔했다.

독일로 돌아가라는 말을 하려는 것이겠지.

'대체 무슨 일이 벌어지려는 거지? 왜 일이 이런 식으로 돌아가는 거야?'

해림은 들고 있던 아이패드를 벽에 집어 던졌다.

"아, 진짜! 짜증 나!"

마음대로 되는 일이 하나도 없었다.

이건 전부 임지완 때문이다.

임지완이 송찬혁의 인생에 끼어들면서, 모든 것이 헝클어졌다.

심지어.

해림은 거실로 나가 창성을 노려봤다.

지창성까지도.

통화를 하던 창성은 해림이 나온 걸 확인하더니 곧바로 목소리를 낮췄다.

해림의 콧등이 실룩거렸다.

다른 사람은 몰라도 지창성과 송찬혁만큼은 자신에게 이래서는 안 됐다. 숨기는 것도, 반항하는 것도 그들에게는 허락되지 않았다. 둘 다, 해림을 위해 준비된 장난감이었으니까.

"누구 전화야?"

창성이 전화를 끊기를 기다렸다가 물었다.

"해림아. 이제 그만두고 독일로 돌아가자."

"누구 전화냐고?"

"해림아."

"너, 요새 나한테 비밀로 하는 게 많아졌네? 내가 시키는 일도 제대로 안 하고. 임지완이 어디로 갔는지, 송찬혁이 어디로 갔는지, 알아내라고 했을 텐데."

"해림아."

"말해, 어서."

"알아내서 어쩌려고 그래? 임지완은 연예계 생활을 그만뒀어. 찬혁이도 그러려고 하고 있고."

"지창성."

해림이 창성의 뺨에 손을 얹고 눈을 맞췄다.

"송찬혁은 내 개야. 어릴 때부터 지금까지 쭉 내 개였어. 그 개가 주인을 배신하면 죽여야지. 안 그래?"

"놓아줄 수도 있잖아. 자유롭게."

"아니. 너도 알잖아. 내가 사는 세계는 그렇게 녹록치 않다는 거. 배신한 개는 목을 매달아 죽여야 돼. 다른 개들이 따라하지 않도록. 나는 날 배신한 개도, 내 개를 배신하도록 만든 임지완도 살려둘 수 없어. 그러니까 너까지 날 배신하지 마."

표독스러운 말을 들으며, 창성은 눈을 감고 방금 전의 통화 내용을 떠올렸다.

찬혁에게서 걸려온 전화였다.

"창성아. 나는 어지간하면 조용히 이 모든 일을 마무리 짓고 싶어. 만약 해림이가 여기서 멈춘다면, 나도 멈출 거야. 하지만 멈추지 않는다면, 나도 내 여자를 지키기 위해 뭐든 해야겠지. 나는 내일 모레 한국을 떠나. 지완이가 있는 곳으로 갈 거야. 그날이 기한이야. 해림이가 움직이면, 나도 움직일 거야. 그러니까… 너는 발을 빼라. 거기서."

그렇게 말하고 찬혁은 전화를 끊었다.

발을 빼라니.

창성은 쓴웃음을 지으며 해림을 내려다봤다.

'나는 발을 뺄 수가 없어, 찬혁아. 이미 너무 많은 걸 이 손으로 해 버렸거든.'

"말 안 할 거야? 너도 날 배신할 거니? 너 하나로 안 끝날 걸 알면서? 네 가족들 생각을 해야지."

해림이 경고하듯 말했다. 창성은 한숨을 삼켰다. 말릴 수 있다면 말리고 싶었다. 찬혁이 무엇을 하려는지는 모르겠지만, 무언가 거대한 일이 벌어질 것만 같았다.

"지창성!"

해림이 목소리를 높였다.

"유럽."

"유럽?"

"그래. 찬혁이는 내일 모레 프랑스로 가는 비행기표를 끊었어."

"임지완이 프랑스에 있어?"

"아니, 스위스에. 프랑스행 비행기는 연막이야. 찬혁이는 프랑스에서 차를 타고 스위스로 이동할 예정이야."

해림의 눈이 가늘어졌다.

"정말이야?"

"믿지 않아도 상관없어. 나는 내가 아는 대로 말해준 거니까."

찬혁은 비행기 좌석에 앉아 눈을 감았다.

어젯밤, 스위스 시골의 어느 작은 집을 침입한 남자를 붙잡았다는 보고를 받았다.

'결국은 해버렸구나, 최해림.'

창성에게는 지완이 스위스에 있다고 말해뒀다.

하지만 창성은 아마도 지완이 다른 곳에 있다는 걸 이미 알고 있었을 것이다.

알려고만 하면 얼마든지 알 수 있으니까.

그럼에도 창성은 해림에게 지완이 스위스에 있다고 알렸고, 해림은 그곳으로 사람을 보냈다.

일을 마무리 짓기 위해.

아마 그 남자는 잡히지만 않았다면 지완을 처리한 후, 찬혁이 그곳에 도착하는 대로 붙잡아 한국으로 끌고 올 예정이었을 것이다.

'소꿉놀이는 이제 끝났어, 최해림. 나는 이제 한성 그룹과 내 부모님이 만든 놀이터에서 벗어나야겠어.'

찬혁은 휴대폰으로 승호에게 문자를 보냈다.

- 대표님. 비행기는 곧 이륙합니다. 동영상, 배포해주세요.

인터넷을 통해 빠르게 퍼진 동영상의 주인공은 송찬혁이었지만, 그 사건은 '한성 사건'이라고 불리게 되었다. 영상은 찬혁의 인사로 시작되었다.

"안녕하세요, 팬 여러분. 송찬혁입니다."

그렇게 시작된 영상에서, 찬혁은 한성 그룹의 인사들과 연예인들 사이에 있는 모종의 거래 관계에 대해 이야기했다. 그 증거 자료

418

들도 편집을 해서 영상으로 확인할 수 있었다.

연예인 A씨와 한성 그룹 B전무의 관계.

한성 그룹 C씨가 연예인 D씨에게 한 제안.

연예인 E씨가 변함없는 지원을 대가로 한성 그룹 F에게 바친 것.

그런 정보들이 잔뜩 담겨 있었다.

실명을 거론하지는 않았지만, 누구인지 충분히 알 수 있을 만큼의 정보였다. 그 정보들의 영상이 끝난 후, 다시 찬혁이 등장했다.

"저는 늘 감옥에 갇힌 기분을 느꼈습니다. 일거수일투족을 감시받고, 부모님과 F씨가 원하는 대로 휘둘려야만 했습니다. 그들은 제 목줄을 움켜쥐고 저들이 바라는 곳으로 저를 끌고 갔습니다. 태어나서 단 한 번도 편안히 숨을 쉴 수가 없었습니다. 풀려날 방법을, 사실은 알고 있었습니다. 멀리, 멀리 도망치면, 이 모든 것을 밝히면 자유로워질 수 있었겠지요. 그러나 항상 발목을 붙잡는 생각이 있었습니다. 내가 이대로 도망치면 아버지와 어머니의 명성은 어쩌지? 나의 이미지는 어떻게 하지? 저는 그저 다른 사람들이 제 목줄을 잡고 있는 줄만 알았습니다. 그런데 아니었죠. 결국 제 목에 채워진 목줄의 끝은, 제 자신이 잡고 있었던 겁니다. 진즉에 놓았으면 좋았을 것을, 여러 가지 잃을 것들이 겁이 나 부여잡고, 나는 감옥에 갇혀 있네, 숨을 쉴 수가 없네, 고통스러워했던 겁니다. 제가 만들어놓은 그 감옥에, 어느 날 바람이 한 줄기 불어왔습니다. 그 바람은 무척이나 부드럽고, 햇살을 잔뜩 머금어 사랑스러웠습니다. 그리하여 제 감옥에도 햇살이 비추기 시작했습니다. 그 햇살이 차게 식은 제 육체를 따스하게 덥혀주고, 꽉 죄어 피부를 파고들었던 목줄을 자유로이 풀어주었습니다. 그래서 저는 이 감옥을 벗어날 꿈을 꾸게 되었고, 실행에 옮기게 되었습니다. 제가 잡고 있던 목줄을, 오늘 놓으려고 합니다."

그다음에 찬혁의 양쪽으로 재희와 민하가 나란히 섰다.

"오늘부로 풍월은 해체합니다. 그리고 저는 한국을 떠나 저 멀리 저의 바람이 있는 곳으로 가려고 합니다. 오랜 시간 동안 송찬혁이라는 이름을 아껴주고 사랑해주신 팬 여러분. 정말 감사합니다. 풍월의 송찬혁이었습니다."

찬혁과 재희, 민하가 깊이 허리를 숙이면서 영상은 끝이 났다.

팬들은 울고 혼절하고 욕하고 비난했다.

하지만 풍월 팬들의 반응보다는 스폰서 사건이 더 큰 반향을 불러 일으켰다.

찬혁이 탄 비행기가 한국을 떠난 지 두 시간 30분 만에 벌어진 일이었다.

한성의 최 회장이 오랜만에 강원도를 떠나 서울로 올라왔다든가, 물의를 일으킨 한성의 임직원들이 회장실로 불려갔다든가, 최해림이 울면서 독일로 끌려가듯 떠났다든가 하는 사건들은, 이제 찬혁의 관심 밖이었다.

공항에 내린 찬혁은 미리 마련해둔 차에 올랐다.

베트남의 후텁지근한 공기를 뚫고 한참을 달렸다.

그렇게 달리다가 멈춘 곳은, 베트남에서도 시골에 있는 민가 앞이었다.

통나무로 지은, 크지도 작지도 않은 민가 앞에는 작은 벤치가 있었다. 그리고 그 벤치에, 단 며칠 못 봤을 뿐인데도 그리웠던 사람이 앉아 있었다.

흰색 슬리브리스 셔츠에 청반바지를 입은 그녀가 차를 발견하고는 미소 지었다.

찬혁은 차에서 내려 지완을 향해 걸어갔다.

머리카락이 살짝 덮은 희고 긴 목 아래로, 봉긋하게 올라온 가슴이 보였다. 옷을 잘 챙겨 입고 있는데도 어쩐지 색정적으로 보여 심장이 뛰었다.

아니, 그 어떤 모습일지라도 심장이 빠르게 뛸 거라고, 찬혁은 생각했다.

이윽고 찬혁이 그녀의 앞에 멈췄다.

"지완아. 나 왔어."

지완도 일어나 찬혁을 올려다봤다.

지완의 연갈색 눈동자 안에 별이 담겨 있었다. 그 별은 한때 한국의 스타였던 송찬혁이란 이름의 별이었다.

사랑하는 이가 담겨 더욱 빛나는 눈으로, 지완은 한참 동안 찬혁을 응시하다가 입을 열었다.

"오빠. 잘 왔어."

찬혁이 두 팔을 벌리자 지완이 기다렸다는 듯 그 품에 안겼다.

맞춘 듯 쏙 들어오는 지완을, 찬혁은 가만히 끌어안고 그녀의 머리카락에 얼굴을 묻었다. 지완의 향기와 체온이 전해지자, 이제야 살아 있는 느낌이 들었다.

찬혁은 미소를 지으며 속삭였다.

"사랑해, 지완아."

"나도, 오빠. 사랑해."

공기조차 없던 그 별에.

바람이.

불어왔다.

〈끝〉

국립중앙도서관 출판시도서목록(CIP)

나의 별에 부는 바람. 2 / 지은이: 이현성. — 고양 :
위즈덤하우스미디어그룹, 2017
    p. ;   cm

ISBN 978-89-97414-74-1 04810 : ₩12000
      978-89-97414-72-7 (세트) 04810

한국 현대 소설[韓國現代小說]

813.7-KDC6
895.735-DDC23   CIP2017030721

나의 별에 부는 바람 2

초판 1쇄 인쇄 2017년 11월 27일 **초판 1쇄 발행** 2017년 12월 1일

지은이 이현성
펴낸이 연준혁

웹소설사업분사 이사 정은선
책임편집 양은경

펴낸곳 (주)위즈덤하우스미디어그룹
출판등록 2000년 5월 23일 제13-1071호
주소 경기도 고양시 일산동구 정발산로 43-20 센트럴프라자 6층
전화 031-936-4000 **팩스** 031)903-3893
홈페이지 www.wisdomhouse.co.kr

값 12,000원
ISBN 978-89-97414-72-7 04810 나의 별에 부는 바람(세트)
      978-89-97414-74-1 04810 나의 별에 부는 바람 2